KB057881

굿바이!
명왕성

굿바이!
명왕성

• 권정현 소설 •

문이당

작가의 말

  스물아홉이 되자 설명할 수 없는 열병이 찾아왔다. 편히 누울 집과 자동차, 그럭저럭 미래가 보장된 직업, 이제 막 예쁜 사랑을 만들어 갈 법한 인연을 두고 오래 망설였다. 그 길은 세세한 곳까지 좌표가 정해졌고 끝이 보였다. 나는 내가 하고 싶은 걸 하며 살고 싶었는데 그러자니 포기해야 할 것들이 너무 많았다. 고민이 깊어지니 몸이 아팠다. 7개월쯤 지독하게 앓고 나자 한겨울이었다. 나는 쏟아지는 눈을 맞으며 사당역에서 남산까지 걸어가 대학에 원서를 넣고 뒤늦게 문학을 배우기 시작했다.

  10년이 지난 지금 그때의 선택이 옳았는지는 자신할 수 없다. 나는 여전히 떠난 것들을 그리워하며 좌표 없는 길 위에 서 있고, 내가 가늠하는 저 끝에 무엇이 있는지 알지 못한다. 시간이 어떻게 가는지도 모르겠다. 문을 열고 밖으로 나서면 시간은 나흘, 혹은 보름씩 흘러 있기 일쑤고 나는 거울 속에서 홀로 나이를 먹는다. 그래도 여전히 더듬질을 멈추지 않는 이유는 당장 눈앞의 명예보다, 언젠가 스스로 만족할 수 있는 단 한 편의 소설을 꼭 쓰고 말겠다는 그 열정 때문일 것이다.

왜 그랬는지는 모르지만 1년에 한두 번씩은 꼭 이사를 하던 시절이 있었다. 할 때마다 '다시는 이사하지 않아도 되는 곳'을 꿈꾸지만 이사하고 나서 짐이 정리되면 지도를 펴 놓고 동서남북의 길들을 탐색했다. 동사무소에 들러 작정하고 주민등록을 떼어 보니 서울에 올라온 이후에만 스무 번 가까이 거주지를 옮겼다. 무엇으로부터 그렇게 쫓기듯 도망 다닌 것인지, 무엇을 찾아 헤맨 건지 지난 시절이 아득하다. 여기 실린 아홉 편의 소설들은 그 와중에 쓰인 불안정한 내 정신의 기록이다.

소설가로서 출사표라 할 수 있는 작품집을 엮고 보니 그리운 기억들이 많다. 중3 때 집을 나와 아궁이에 불을 지피며 배화교도로 한 시절을 보냈던 충남 천안의 은석사, 나를 버린 아버지를 찾아다닌 시간들, 누군가와 사랑하고 일별한 일들, 스치며 상처 주고 상처 받았던 인연들. 스물아홉에 불현듯 나를 찾아온 열병도 따지고 보면 이렇듯 오랜 세월 내 몸에 새겨진 필연의 유전자들이 제 몫의 길을 찾고자 아우성쳤음이 아닐까. 전·현생을 씨줄과 날줄로 꿴 그 기억들이 나로 하여금 자꾸 무언가를 쓰게 하는 건 아닐지.

　발랄하고 발칙한, 혹은 엽기적이고 기발한 서사가 넘치는 시대에 어쩌면 유행 지난, 낡은 서사에 매달린 이유는 소설이 주는 다양한 빛깔과 역할 때문이다. 누군가는 이런 소설도 쓰고, 이런저런 것들이 함께 모여 문학의 큰 은하를 이룬다는 믿음이 있기에 다소 늦은 감이 있지만 한 권의 책을 짓게 되었다. 어려운 여건 속에서도 글을 좋게 보아 주신 문이당에 감사드린다. 사람에게도 그렇듯 소설에도 운명이 있을 것이다. 언젠가 내 안쪽에서 빛날 저 '푸른빛'의 힘을 나는 여전히 믿는다.

2009년 3월
권 정 현

차례 굿바이! 명왕성

굿바이! 명왕성

사정이 생겼겠지. 그 자판기 주인.

펠라티오를 너무 많이 해 입술이 부르텄다든지

무허가 건물로 자판기를 구청에 압수당했다든지

짭새들에게 상납을 게을리 해서 영업을 못하게 됐다든지

아니면 그가 자리를 비운 사이 어느 눈치 없는 고물업자가

자판기를 냉큼 들어내 차에 싣고 고물상으로 가버렸다든지

비극은 누구에게나 시도 때도 없이 찾아오는 법이니까.

살다 보면 말이야…….

「그런 얘기 들어 봤니?」

「뭘?」

「영등포역 앞에 가면, 아니, 정확히는 그 옆이야. 철길을 따라 신길역 쪽으로 조금 걷다 보면 '바나나'라는 술집이 나와. 4층 으로 이루어진 룸살롱인데 옥상에 남자 성기 모양의 바나나 네 온사인이 걸려 있대. 저녁이 되어 바나나에 불이 들어오면 마치 성기가 부풀듯이 힘차게 반짝거리나 봐.」

「가볼래?」

「서두르지 마. 내가 말하려는 건 그게 아니니까. 바나나는 하나의 기준점일 뿐이야. 그러니까 바나나를 끼고 좁은 골목으로 쏙 들어가면……」

「쑥?」

「쭈글쭈글한 아줌마들이 행인을 붙잡는 곳이 나와.」

「음, 들어 본 것 같아.」

「뭐, 나도 가본 건 아니지만, 그런 여자들을 따라가면 으레 그렇듯 좁은 방으로 들어가게 되지. 천장에 쥐오줌 자국이 있고, 붉은 네온등이 정육점 불빛처럼 걸려 있다. 침대에 누워서 조금 긴장한 채 기다리면 아줌마뻘의 여자들이 진한 화장으로 주름살을 감춘 채 어기적거리며 들어와 함부로 가랑이를 벌려 대는 곳이래.」

「욱, 그만! 토할 것 같아.」

「아니야. 조금 더 들어야 해. 내가 말하려는 것은…….」

「……?」

「아줌마들이 점령한 곳을 지나쳐서 직진해야 돼. 그렇게 3분쯤 가면 전봇대가 나오는데 그 맞은편에 '오성식품'이란 작은 구멍가게가 있어. 자, 이제부터 잘 들어. 그 구멍가게 뒤로 개미굴 같은 골목이 이어지는데 그곳으로 들어가면 막다른 골목이 떡 앞을 가로막고 나타나거든. 가로등 불빛조차 미치지 않아 아주 어두운 곳이야.」

「…….」

「막다른 골목으로 들어서면 골목 끝에 자판기 한 대가 서 있는 것을 볼 수 있을 거야. 자판기가 보이면 제대로 찾아간 셈이지.」

「나 홀로 다방인가?」

「아니, 그건 예사 자판기가 아니야. 자세히 자판기를 살펴보면 일반 커피 자판기보다 좀 크다는 걸 알 수 있을 거야. 가로가 1미터쯤, 세로가 한 2미터쯤? 자판기는 골목을 막고 있는 막다른 담장과 붙어 있는데 담장 너머에 무엇이 있는지는 아무도 알지 못해.」

「뭘 파니?」

「아는 사람들은 그 자판기를 명왕성이라고 불러.」

「명왕성?」

「응, 우리 세계의 은밀한 은어라고 할 수 있지.」

「궁금해. 무엇을 파는 자판기인지 자세히 얘기해 줄래?」

「여느 자판기랑 다를 바 없어. 다만 자판기치곤 서비스 가격이 좀 비싼 것이 흠이라고나 할까. 만 원짜리 한 장을 날름날름 잘도 받아먹거든.」

「무엇이 나오니?」

「혀.」

「거 짓 말!」

「정말이야. 커밍아웃 했으니까 너도 이제 알 건 알아야지? 거기다가 만 원짜리 세종대왕을 쏙 집어넣으면……, 자판기 중앙에, 그러니까 사람 허리쯤 높이에 사람 입술 모양의 구멍이 하나 뚫려 있는데 그 구멍이 덜커덕 하고 열린대.」

「혹시……?」

「맞아, 바로 그거! 거기 서서 자판기 구멍에다가 골반뼈를 잔뜩 밀착시키고 몇 초쯤 기다리면 부드러운 손길을 느낄 수 있지. 그 손길은 결코 서두르는 법이 없어. 천천히 바지 지퍼를 연 뒤 긴장으로 잔뜩 쪼그라든 그걸 꺼내서 정성껏 손으로 비벼 준단 말이야. 그것이 발기를 하든 안 하든 걱정할 필요도 없어. 손으로 비비다가 고추가 조금이라도 반응을 보이면 곧장 그것을 뜨거운 입안으로 빨아들이지. 마치 블랙홀처럼. 그 속에서, 도무지 어딘지도 알 수 없는, 누구의 입인지 알 수도 없는 그곳에다가 대고 장렬하게 사정하는 거야.」

「아, 심장 떨려서 못 듣겠어.」

「그럴 거야. 그게 얼마나 흥분되는 일인지 가본 사람만이 알겠지. 거긴, 그러니까 몸 파는 게이들이 튀어나온 똥배에 주름살 투성이 몸으로 서비스를 해주는 싸구려 쥐빠들과는 질적으로 다른 곳이라니까. 상대의 얼굴을 확인할 필요도 없고, 지저분하게 팁을 요구하지도 않고, 시간 끈다고 욕을 하지도 않아. 중간에 발기가 시들해져도 쪽팔릴 일 없고, 하다 안 되면 슬그머니 지퍼를 올리면 그만이니까.」

「가봤니?」

「헤헤, 실은 나도 친구에게 들은 얘기야. 그동안 몇 번이나 가보고 싶었지만 용기가 나지 않았어.」

16

「누굴까? 그 혀의 주인공.」

「온갖 풍문이 돌아다니지만 그 정체가 무엇인지는 아무도 몰라. 얼굴을 본 사람도 없고. 일설에 의하면 콧수염이 긴 언니라고 해. 세상에서 가장 멋진 입술과 혀를 가진 사람이지. 숨어서 이따금씩 소설을 발표하는 자폐아 같은 작가란 소리도 있고, 관내 형사계 직원이란 소리도 있어. 심지어는 이름만 대면 알 만한 유명한 정치가란 풍문도 떠돌지. 그중에서 가장 신빙성 있는 소문은 혀의 주인이 국내 자판기 업계의 대부인 T라는 거야. 거의 정설처럼 굳어진 얘기지만 확인할 방법은 없어.」

「흥미롭네. 자판기 업자가 혀의 주인이라?」

「T는 해외에서 히트 치던 자판기를 국내에 제일 먼저 소개한 작자야. 음료수 자판기는 물론이고 화장실마다 걸려 있는 콘돔 자판기까지 죄다 그자의 손을 거쳤지. 그런데도 뭔가 성이 차지 않은 모양이야.」

「난 그 심정 이해할 수 있을 것 같아.」

「맞아! 펠라티오였던 거지. 성적 취향 말이야.」

「더 흥미가 생긴다.」

「우리, 가볼래?」

「그럴까?」

뭉과 타는 가볍게 키스를 나눈 뒤 공원을 빠져나왔다. 영등포로 가려면 지하철을 타야 했다. 타가 곁으로 다가서며 다정하게 뭉의 손을 잡았다. 얼마쯤 걷다가 둘은 자연스럽게 서로의 허리에 손을 둘렀다. 하이힐을 또각이며 걸어오던 여자 하나가 그들을 보자 인상을 찌푸렸다. 여자를 필두로 지나가던 행인들은 흘끔거리며 그들을 쳐다보았다. 뭉과 타는 시선에 개의치 않고 상대의 허리를 감은 팔에 더욱 힘을 주었다.

롯데리아를 지나자 지하철 출입구가 삼킬 듯 그들 앞에 입을 벌렸다. 그들은 출입구 옆에 서서 계단을 내려다보았다. 퇴근 무렵이라 그런지 한 무더기의 사람들이 출구 밖으로 떠밀려 나왔다. 그들은 잠자코 사람들이 다 올라올 때까지 기다렸다. 햄버거를 베어 먹으며 롯데리아를 빠져나오던 청년 하나가 그들을 발견하고 먹던 햄버거를 종이 가방에 쑤셔 넣었다. 그들은 재빨리 지하철 계단으로 걸어 내려갔다.

「여기도 많이 변했네. 5년 전만 해도 저 시계탑이 그렇게 커 보일 수 없었는데.」

「5년 전 여기서 뭘 했니?」

「시골에서 고등학교 마치고 무작정 상경했어. 인 서울 대학에 갈 실력은 안 됐고 그렇다고 지방 대학은 가기 싫고. 그래서 집을 나와 버렸지. 주변에서 대학 간다고 깝치는 애들 꼴을 보고 있자니 배알이 꼴리기도 했고.」

18

「잠은 어디서 잤니? 올라와선 뭘 했어?」

「궁금해 할 것 없어. 소 판 돈 훔쳐 가지고 상경해서는 떼돈 벌었다는 식의 흔한 성공 스토리와는 거리가 머니까. 호주머니에 있는 돈이라곤 참고서와 교복 팔아 마련한 3만 원이 전부였어. 이틀 동안 만화 가게를 전전하다가 도로 내려갔지 뭐. 어라, 이 부근 어딘가에 만화 가게가 있었는데 지금은 보이질 않네.」

「5년이면 긴 시간이지. 나도 여기는 오랜만이야.」

「근데 저 사람은 뭐지?」

「뭐가?」

「저기 말이야. 어떤 여자가 우리를 쳐다보며 라이터를 켰다 껐다 하잖아.」

「아, 저거.」

「왜 웃니?」

「여기도 길녀가 있네. 게다가 오까마야.」

「길녀는 뭐고 오까마는 뭐니?」

「넌 이 세계를 너무 몰라. 길녀는 상대를 헌팅하기 위해 거리를 헤매는 이반들이야. 오까마는 여장 남자고.」

「저 사람 여장 남자였나? 그런데 라이터는 왜?」

「우리에게 함께 시간을 보낼 의사가 없냐고 물어오는 거야. 일반인들의 눈을 피하기 위해 라이터로 서로 신호를 주고받는 거지. 서울역이나 남산, 파고다공원 같은 곳엘 가면 저런 불빛을 가끔 볼 수 있어. 짝을 찾는 불쌍한 외기러기들이지.」

「꿀꿀하다……」

「사람은 어떡하든 다 살게 돼 있어. 그게 신의 섭리야.」

「제대로 찾아갈 수 있을까?」

「우선 이쪽으로 계속 가보지 뭐. 내 친구 L 말로는 바나나만 보이면 다 찾은 거나 마찬가지래.」

「바나나? 바나나라면 바로 저거 아냐?」

「훗, 정말이네.」

「이제 막 네온에 불이 들어오기 시작했어. 봐, 저건 성기가 분명해. 황홀하다. 저렇게 거대한 건 난생처음이야.」

「빨리 가보자.」

「이를 어쩌지. 내 건 이미 잔뜩 흥분이 되었다구!」

「후후, 기왕이면 조금만 더 참으시지. 저 골목 안쪽에 우리를 기쁘게 해줄 마법의 혀가 기다리고 있으니까.」

「서두르자. 바나나를 끼고 좁은 골목으로 들어가랬어.」

「여기 이 길목을 말하는 것 같다. 여기로 들어가다 보면 뭔가 있겠지.」

「한데 어쩐지 좀 으스스해. 골목도 불결하고.」

「원래 이런 곳이 다 그렇지 뭐. 밝은 골목에 보란 듯 자판기가 혀를 내밀고 있을 수는 없잖아?」

그들은 바나나를 지나 좁은 골목을 서른 발짝쯤 걸어 들어갔다. 그곳에서 길은 우측으로 길게 활처럼 휘어지며 좁아졌다. 사람 하나가 겨우 지나갈 수 있을 정도로 폭이 좁은 곳이었다. 보도블록은 군데군데 깨져 그 사이로 휴지와 담배꽁초 따위가 아무렇게나 엉겨 붙어 있었다. 주변엔 지린내가 진동했고 고양이들이 불쑥 튀어나오기도 했다. 시멘트가 부스러진 담장 밑엔 잡풀들이 드문드문 고개를 내밀었다.

　좁은 골목을 빠져나오자 네온이 비추며 길이 넓어졌다. 우측으로 올라가자 금하여인숙, 양지여관, 제일여인숙 같은 숙박업소들이 막아섰다. 까닭 없이 서성이던 서너 명의 아줌마들이 그들 옆으로 하나둘씩 다가왔다. 그들은 좀 멋쩍은 기분이 들어 주변을 휘둘러보았다. 거리에 지나가는 행인이라곤 그들밖에 없었다. 아줌마들은 빠르게, 그러나 정확한 말투로 "3만 원"이라든지 "자고 가", "잘해 줄게", "두 번 해도 돼" 같은 말들을 늘어놓았다. 그들은 걸음을 최대한 빨리하며 그 골목을 지나쳤다.

「휴, 10년 감수했네.」

「겁낼 것 없어. 강제로 끌고 가거나 그러진 않아.」

「난 생각만 해도 끔찍해. 그 자판긴 하필 왜 이런 곳에 놓여 있는 거지?」

「안전하니까. 경찰도 이렇게 후진 곳은 들어와 보지 않을 거

「야. 더럽고 냄새나는 곳이잖아. 고도의 영업 전략이겠지.」

「생각도 못했어. 화려한 역 주변에 이런 골목이 있을 줄.」

「사람 사는 곳은 어딜 가도 똑같아. 눈에 잘 보이는 것들, 보이지 않는 것들, 그런 것들이 섞여서 이 거대한 도시를 형성하는 거지.」

「잠깐, 저기 전봇대가 보인다. 옆에 오성식품도 있어.」

「정말이군. 다 온 모양이야. 이제 저 뒤로 2분쯤 돌아가기만 하면 돼.」

「너무 어두워. 앞이 잘 안 보이잖아.」

「어두울수록 좋아. 환한 데서 그 짓을 할 수는 없잖니?」

「누군가 길을 막고 있다가 돈이라도 요구하면 꼼짝없이 빼앗기겠어.」

「난 그런 녀석을 만나면 손목을 비틀어 흉기를 빼앗고 무릎을 꿇린 뒤 펠라티오를 시킬 생각이야. 아주 거친 녀석일 테니까 솜씨도 거칠겠지?」

「킬킬. 너다운 발상이야. 난 늘 너처럼 강한 녀석을 만나는 게 소원이었어. 고등학교 때 체육 선생님이 너처럼 가슴이 넓은 남자였지. 난 체육 시간마다 그 선생님 품에 안겨 잠드는 상상을 했어, 같은 반 계집애들 따위는 안중에도 없이.」

「체육 선생이 첫사랑이야? 막 질투가 이네.」

「지난 일이야. 한데 막다른 골목이 나올 생각을 안 하네.」

「그러게. 2분도 더 됐잖아?」

「혹시 길을 잘못 든 건 아닐까?」

그들은 더듬거리며 좁은 골목을 빠져나왔다. 눈앞에 차들로 꽉 들어찬 6차선 대로가 펼쳐졌다. 길을 잘못 든 것 같다는 생각에 그들은 왔던 길로 천천히 되돌아 걸었다. 오성식품까지 왔지만 막다른 골목은 끝내 보이지 않았다. 오성식품 앞에 다른 길이 있어 그리로 걸어가 보았지만 그 길은 방금 그들이 지나온 지하철역으로 이어졌다. 뭉은 담배를 꺼내 불을 붙였고 타는 한숨을 흘리며 안절부절못했다.

「어떻게 된 거지?」

「그러게. 자판기는커녕 고장 난 냉장고조차 없잖아.」

「전화해 봐, L이라고 했던가? 네 친구.」

「그럴까? 잠깐만…….」

전화를 걸며 그들은 바나나 앞으로 되돌아갔다. 검정 양복에 나비넥타이를 맨 두 명의 웨이터가 그들을 발견하고 손에 든 전단지를 나누어 주었다. 전단지에는 '초미녀 100명 상시 대기', '집 나와 갈 곳 없는 유부녀들' 같은 글귀들이 적혀 있었다. 전단지를 손에 들고 그들은 바나나 뒷골목으로 걸음을 옮겼다. 창틈으로 쿵작거리는 음악 소리가 비어져 나왔다. 뭉은 전단지를 비행기 모양으로 접어 공중으로 날렸다. 전단지는 담벼락에 부딪힌 뒤 보도블록 틈새로 처박혔다.

「여기가 틀림없다는데? 바나나 뒤로 돌아 들어가 아줌마들 골목을 지나고 오성식품을 찾은 뒤 그 뒷골목으로 들어가면 나오는 막다른 골목.」
「근데 막다른 골목이 없잖아.」
「제길, 문제는 늘 막다른 골목이네.」
「어디 옆으로 샛길이 있는 건 아닐까?」
「글쎄, 샛길이 있다면 벌써 눈에 띄었겠지.」
「자판기가 있기나 한 거니? 배고프고 힘들어.」
「오성식품에 들어가 물어보자.」
「뭐라고 할 건데? 만 원짜리를 집어넣고 고추를 밀어 넣으면 부드러운 입술과 혀가 나와 그것을 촉촉하게 적셔 주는 인간 자판기가 어디 있느냐고 물을 생각이야?」

그들은 세 바퀴째 같은 지점을 빙빙 돌다가 다시금 오성식품 앞까지 걸어왔다. 전구가 다 됐는지 전봇대에 매달린 가로등이 깜빡거리고 있었다. 뭉은 핸드폰을 꺼내 시간을 확인했다. 시간은 어느덧 아홉 시를 가리켰다. 둘은 어기적거리며 오성식품 안으로 들어갔다. 세 평 정도 되는 가게 안에 과자 몇 종류와 생필품, 술과 음료수 따위가 어지럽게 널려 있었다. 가게 주인은 머리가 센 노파였다. 뭉과 타는 가게에 온 목적도 잊고 소시지와 우유, 빵을 사서 꾸역꾸역 입안으로 밀어 넣었다. 타가 용기를 내어 막다른 골목의 위치를 물었지만 노파는 들었는지 못 들었는지 선반에 놓인 TV에만 정신을 팔았다.

달리 시선을 둘 곳이 없었으므로 그들도 TV를 쳐다보며 빵을 다 먹을 때까지 버텼다. 골목으로 나가 처량하게 빵과 우유를 넘기는 일보다는 그 편이 나을 것 같았기 때문이다. TV에서는 며칠 전부터 화제가 되고 있는 명왕성에 대한 뉴스가 흘러나왔다. 명왕성은 과연 행성일까요? 아니면 소행성에 불과할까요? 이 문제를 논의하기 위해 모인 각국의 천문학자들과 국제소행성센터 (MPC) 관계자들은 오늘 장시간의 논의 끝에 명왕성을 행성에서 제외시키고 '소행성 134340'이라는 새 공식 명칭을 부여했습니다……. 아나운서가 뉴스를 전하는 순간 화면에는 태양계의 모습이 그래픽으로 떠올랐다.

「명왕성이 뭘 잘못했지?」
「잘못한 게 아니라, 태양계에서 사라지게 됐나 봐.」
「잘못이 있으니까 저런 결정이 내려진 거겠지.」
「이건 잘하고 잘못하고의 문제가 아니라 기준의 문제야. 행성이라고 정의를 내리기 위해서는 거기에 맞는 기준이 필요하고 명왕성은 그 기준을 충족시키지 못한 거지. 세상이 바뀌었기 때문이야. 성능 좋은 망원경이 개발되면서 명왕성보다 질량 면에서 훨씬 더 큰 소행성들이 속속 발견된 거지. 그걸 다 행성의 범주에 넣자니 행성 체제에 혼란이 일어날 수밖에 없게 됐고 결국 명왕성을 희생시키기로 한 거야.」

「과학자들 마음에 들지 않았나 봐.」

「세상 모든 일이 그렇잖아. 어떤 기준이 있어야 그다음 기준을 세울 수 있는 거니까.」

「짜증나.」

「그렇지? 성기 모양으로 남녀를 구분하는 세상만큼이나 우스워.」

「134340은 또 뭐야?」

「글쎄, 소행성 넘버 같은 게 아닐까?」

「나는 저게 왠지 수인 번호 같아.」

「명왕성은 원래가 불길한 운명을 타고난 행성이야. 어쩌면 오늘날과 같은 결과가 필연적이었는지도 모르고.」

「어째서?」

「넌 명왕성을 왜 플루토라고 부르는 줄 아니?」

「아니.」

「플루토는 저승의 신이야. 명왕성의 '명(冥)' 자는 명복을 빈다는 의미의 한자지. 1978년 위성이 발견되자 천문학자들은 저승의 뱃사공을 뜻하는 카론이라는 이름을 붙였어. 애초부터 사라질 운명을 안고 태어난 행성이야.」

오성식품을 나서자 기다렸다는 듯 가로등이 꺼졌다. 식품점 앞 길이 어둠 속으로 한 걸음 물러났다. 그들은 다시 한 번 주변을 세심하게 살폈다. 그러나 자판기 같은 건 어디에도 보이지 않았다. 식품점에서 흘러나온 형광등 불빛만이 괴괴하게 어둠을 받치고 있었다. 그들이 나가자 식품점의 노파는 머리를 끄덕이며 졸기 시작했다. 고양이 한 마리가 야옹, 소리를 내며 식품점 앞을 가로질러 기어갔다.

「이제 어떻게 하지?」
「글쎄.」
「L은 뭐라는데?」
「응, 정 못 찾으면 P공원이나 가보래.」
「P공원?」
「거기에도 자판기가 있대?」
「P공원은 우리에게 성지 같은 곳이야. 그곳에 가면 언제든 우리 같은 사람들을 만날 수 있었지. 요즘은 거의 시들해졌지만 10년 전만 해도 그곳에선 별난 일들이 많이 벌어졌대. 그중 엑

기스를 꼽으라면 뭐니 뭐니 해도 지금은 사라지고 없는 P극장을 들 수 있어.」

「P극장?」

「응, P극장은 일반인들은 찾지 않는 우리만의 해방구였어. 그중 압권은 화장실이지. 극장 5층에 가면 외진 곳에 화장실이 하나 있는데 겉으로 보기엔 일반 화장실과 다를 바 없어. 문제는 화장실 가장 안쪽 칸과 그다음 칸이지. 그 2개의 화장실 칸막이 사이에 사과 모양의 주먹만 한 구멍 하나가 뚫려 있었던 거야.」

「짐작이 간다. 그 구멍을 통해 일을 벌이는 거지?」

「그래, 생각이 있는 사람은 누구든 화장실 안쪽 칸에 들어가 바지를 내리고 기다리는 거야. 그러면 서로 얼굴도 모르는 상태에서 다음 사람이 두 번째 칸으로 들어가게 되지. 하지만 꼭 일이 성사됐던 건 아니야.」

「왜?」

「응, 취향과 스타일이 다 다르니까. 예를 들어 어떤 사람은 펠라티오를 받고 싶어 들어갔는데 반대로 해줘야 하는 상황이 벌어질 수도 있잖아. 애널도 마찬가지야. 마짜도 있고, 떼짜도 있고, 뭐든 할 수 있는 프리 올을 만나기란 여간해서 힘든 법이지. 간혹 까다로운 사람은 펠라티오와 애널을 동시에 다 요구하기도 하고.」

28

「휴, 누가 사람을 이 모양으로 만들었을까?」

「누구긴 누구야. 저 위에 계신 분이지.」

「신을 믿니?」

「물론, 하지만 종교에서 말하는 유일신은 아니야.」

「네 말대로 신이 있다면 그는 허점투성이 공상가일 거야.」

「그렇지 않아. 신이 완전해야 한다는 생각은 인간들의 어리석은 바람일 뿐이야. 신은 다만 창조자일 뿐, 인간의 일에 관여하지 않아. 공장에서 제품을 만들 때 불량이 나오듯 신도 완벽하게 임무를 수행할 수는 없을 거야. 그도 가끔은 피곤할 때가 있고 또 쉬어야 하니까.」

「너는 긍정론자구나?」

「시간이 흐르면 나처럼 변하게 돼 있어. 체념이랄까.」

「체념?」

「그렇지, 지독한.」

그들은 아줌마 거리와 술집 바나나를 지나 영등포역까지 걸어왔다. 영등포역 주변은 술꾼들의 거리였다. 서너 명씩 모여 비틀거리며 2차를 외치는 사람들과 서둘러 지하철을 타기 위해 어깨를 부딪치며 뛰어가는 사람들, 택시를 잡기 위해 도로를 점령한 인파로 역 주변은 시장 바닥처럼 시끄러웠다. 뭉은 다시 어디론가 한 통의 전화를 걸었고 타는 초조하게 뭉을 쳐다보며 보도블록 위에 침을 뿌렸다.

「L은 바쁘다네. 오늘따라 손님이 넘친다고 즐거운 비명이야.
이제 어디로 가지? 그냥 집으로 돌아가긴 싫은데…….」
「나도 집은 싫어. 잔소리는 정말 지긋지긋하거든.」
「너는 그래도 행복한 편이야. 우리 집은 내가 고등학교를 졸업
하고부터는 매일매일이 지옥이었어. 아버지가 술만 마시면 엄
마를 때렸거든. 한번은 아버지의 매질을 피해 달아나던 엄마가
아파트 베란다에 대롱대롱 매달린 일도 있었어, 발가벗긴 채
로. 넌 사람을 죽여 본 적 있니?」
「글쎄…….」
「그런 대답이 어디 있어? 난 어쩌면 살인을 하게 될지도 몰라.
아버지를 용서하는 일도 이젠 지쳤거든.」
「넌 긍정론자 아니었니?」
「내가 긍정론자라고 해서 어머니와 다른 가족들의 삶까지 바
뀌는 건 아니잖아. 그들에겐 당장 대책이 필요해. 가족의 기준
에 맞지 않는 아버지를 가족이라는 울타리 밖으로 추방하는 거
지. 저기 명왕성처럼.」
「그래도 널 낳아 준 아버진데…….」
「아버지는 무슨. 그건 그렇고 이젠 정말 어디로 갈까?」
「생각났다. 남산타워!」

「왜, 하필이면?」

「거길 가면 별들을 볼 수 있지 않을까? 난 명왕성이 보고 싶어. 자판기가 아닌 진짜 명왕성.」

「바보. 명왕성은 육안으로 볼 수 있는 별이 아냐. 더구나 이 시간이면 타워는 문을 닫아.」

「생각났어.」

「이번엔 어디?」

「세종로!」

「난데없군. 이 시간이면 교보문고도 문 닫을 시간이잖아. 세종 문화회관의 셔터도 굳게 내려져 있을 테고. 목봉을 움켜쥔 전경들만 서성거리겠지. 그런데 거긴 왜?」

「이순신 장군 동상!」

「갈수록 태산이네. 설마 동상한테 경배라도 하러 가자는 소린 아니지?」

「그건 아니지만, 같이 가면 안 될까?」

「어렵진 않지만 뜬금없잖아?」

「전부터 난 그 동상만 쳐다보면 왠지…….」

「뭐?」

「…….」

「싱겁긴, 그래서 데려다 주면?」

「동상을 보면 만져 보고 싶어.」

「하하. 근데 그게 말처럼 쉽지 않을걸?」

「누가 지키기라도 한데?」

「이건 나도 들은 얘긴데……. 밤마다, 자정이 넘으면 동상 주변은 군인들의 세상이 된다는 거야.」

「전경들?」

「아니. 12시가 넘으면 일단의 해병대원들이 동상 주변에 나타난다고 해. 집으로 돌아가는 제대병들이지. 이순신 장군 동상 앞으로 몰려와 신고하는 거야. 임무를 마치고 무사히 집으로 돌아간다고. 이렇게, 충성!」

「지들이 해군인가, 이순신 동상 앞으로 가게.」

「자신들의 군 생활에 나름의 의미를 부여하기 위해 그러는 거야. 의미를 부여하는 일인데 이순신이면 어떻고 해적이면 어때? 그 일을 한다는 게 중요한 거지. 진실이 중요한 게 아니라, 나누고, 가르고, 기준을 만들어 질서를 부여하는 것에 의미가 있는 거겠지. 정말 갈 거니?」

「아니, 네 말을 듣고 나니 흥미가 떨어졌어.」

파란색 노선버스가 그들 앞에 멈추었다. 뭉은 자신이 먼저 버스에 오른 뒤 타의 손을 잡아 주었다. 다행히 버스 안엔 빈자리가 넉넉했다. 둘은 몸을 기우뚱거리며 맨 뒷자리까지 걸어갔다. 뭉은 담배가 몹시 피우고 싶어졌고 뒤늦게 요의를 느낀 타는 화장실에 들르지 않은 걸 후회했다. 버스는 차선을 변경해 가며 영등포역을 벗어났다. 뭉이 핸드폰을 꺼내 문자를 입력하는 사이 타는 멍하니 창문 밖에 시선을 놓아두었다. 멀리 우측으로, 강변도로를 따라 가로등이 출렁이며 버스 차창으로 흘러갔다. 시민공원쪽에서는 이따금씩 폭죽이 터지며 연기와 불꽃이 피어올랐다.

「넌 사람 죽여 본 적 있니?」
「너, 설마?」
「쉿, 비밀을 지켜 준다고 약속해.」
「물론 약속하지. 하지만, 네가 사람을 죽였다고는 상상이 안돼. 내게 넌 그저 작고 귀여운 여자아이로 보일 뿐이니.」
「여자도 사람은 죽여. 더구나 난 군대도 갔다 왔어.」
「정말? 믿어지지 않네.」
「제대 후에 아르바이트로 산불 감시원을 한 적이 있어.」
「그런 직업도 있나?」
「지방 자치단체에서 건조기에 한시적으로 운영하는 일자리였지. 각 등산로마다 구역을 정한 뒤 두 명씩 한 조를 이뤄 아침일찍 산을 올랐다가 날이 어두워지면 내려와야 하는 고된 일이었어. 나중에는 오르내리는 게 귀찮아 텐트를 치고 며칠씩 생활하게 되었는데…….」
「거기서 파트너와 문제가 생긴 거야?」

「응, 나보다 나이가 다섯 살이나 많은 위인이었어. 몇 년 전부터 산불 감시원을 했다는 자칭 베테랑이었지. 친절하게 대해주기에 형처럼 믿고 따랐는데 어느 저녁엔가 소주 한 병을 혼자 다 비우더니 갑자기 그 짓을 요구하는 거야.」

「네 취향이 아니었나 보지?」

「이건 취향의 문제가 아니야. 난, 그때까지만 해도 막연했거든. 내 몸에 무언가 문제가 있다는 건 알았지만 적어도 그걸 강제적인 절차를 통해 확인하고 싶진 않았어.」

「어떻게 했는데? 좀더 구체적으로 얘기해 봐.」

「거절했더니 뺨을 때리며 내 머리통을 잡아 당겼어. 반항해 보았지만 완력이 강해 상대가 되지 않더군. 결국 놈을 뿌리치다가 낭떠러지로 몰리고 말았어.」

「그래서?」

「그 새끼는 숨을 거칠게 내쉬며 나를 덮쳐 왔어. 그렇지만 흥분해서 아마 거리를 착각했던 것 같아. 내가 벼랑 끝에 몰려 있다는 걸 생각지 않고 달려들었으니까. 나는 본능적으로 놈을 힘껏 밀쳤어. 아래로 떨어지며 놈이 뭐라고 간절히 소리를 지른 것도 같은데 자세히 기억은 안 나.」

「별수 있겠니? 살려 달라고 소리쳤겠지.」

「후후.」

「자수했니?」

「미쳤니? 그런 새끼 때문에 내 인생 망치게. 정상 참작이야 되겠지만 어차피 내가 놈을 민 건 사실이니까. 현장 조사를 할 때 난 거짓말을 했어. 놈이 소변을 보기 위해 벼랑 쪽으로 걸어가다가 실족사 한 거라고. 놈의 바지 지퍼가 열려 있었기에 내 증언은 받아들여졌지.」

「그런 일은 흔하지. 실족사라든지, 차량 사고……. 진실을 아는 건 죽은 당사자들뿐일 경우가 많아. 진실을 밝히지 않는 게 고인을 명예롭게 보내 주는 일이 될 때도 있고.」

「그런데 버슨 어디로 가는 걸까?」

「다음 정거장에서 내릴까?」

그들은 오목교를 지나 버스를 내렸다. 저 멀리 난지도 방향으로, 길은 안양천을 따라 한강 하구로 뻗어 갔다. 뭉이 어디론가 통화를 시도하는 사이 타는 제방 둑에 오줌을 갈겼다. 달이 뜨지 않아 컴컴한 어둠 속으로 군데군데 불 밝힌 창문들만 환하게 서 있었다. 뭉과 타는 길을 벗어나 안양천으로 걸어 내려갔다. 갈대 사이로 조성된 산책로로, 조깅을 하거나 자전거를 탄 사람들이 불쑥 나타났다가 뒤로 멀어졌다.

「도심 한가운데 이런 곳이 다 있네.」

「그러게. 여긴 가로등도 없군. 너무 어두워.」

「누가 들어 있었을까? 그 컴컴한 자판기 속에.」

「넌 아직도 그 생각이니?」

「……난 사실 두려웠어. 아까, 영등포역으로 갈 때부터. 그 어둠침침한 골목 안쪽에, 막다른 곳에, 얼굴도 알 수 없고, 누군지도 알 수 없는 그런 존재가 자판기 안에서 입을 벌리고 기다리고 있다는 사실이 말이야. 결과적으로 찾지 못해서, 정말 다행이었어…….」

「그랬니? 그런데 왜 거길 가자고 했어?」

「나도 잘 모르겠어. 어쩌면 난, 그 정체를 알 수 없는 목구멍 속으로, 그 캄캄한 블랙홀 안으로 숨어 버리고 싶었는지도 몰라. 하지만 막상 그 골목으로 들어서자 다리가 떨려 숨 쉴 수조차 없었어. 그게, 정말로 그 자판기가 거기 있는 걸까?」

「있겠지. 있을 거야. 근거 없이 소문이 나진 않거든. 자판기 주인에게 사정이 생겼겠지. 하루쯤 몸이 아프다든지, 펠라티오를 너무 많이 해서 입술이 부르텄다든지, 아니면 무허가 건물로 자판기를 구청에 압수당했다든지, 짭새들에게 상납을 게을리해서 영업을 못하게 됐다든지, 그도 아니면 어느 눈치 없는 고물업자가 자판기를 냉큼 들어내 차에 싣고 고물상으로 가버렸다든지. 살다 보면 비극은 누구에게나 시도 때도 없이 찾아오는 법이니까. 하지만 난 자판기 주인을 믿어. 그가 죽지 않은 한, 자판기는 언젠가 그 어둠침침한 골목 한쪽에 자리를 잡고

36

단골손님들을 기다리게 될 테니까.」

「난 뭐가 뭔지 모르겠어.」

「복잡하게 생각지 마. 영원한 것도 없지만 완전히 사라지는 것
도 없는 법이야. 굳이 자판기가 아니어도 어딘가에 비슷한 것
들은 계속 생겨나기 마련이지.」

「그럴까? 그나저나 여기 오니까 좀 덜 답답하네. 저 갈대들 좀
봐. 갈대숲 너머로 빌딩이 보이다니 기묘해. 이 시간에 운동을
하는 사람들도. 술집 골목과 여긴 완전 딴판이야. 대체 이 길은
어디까지 이어진 거지?」

「아마도 저 밑에 한강 하구까지.」

「우리 달릴까?」

「좋아.」

「그냥 말고.」

「아니면?」

「벗자.」

타가 먼저, 입었던 청바지의 단추를 풀었다. 뭉도 타를 따라 옷
을 벗었다. 그들은 양말과 신발까지 완전히 벗은 뒤 앞서거니 뒤
서거니 뛰기 시작했다. 자전거 몇 대가 전조등을 반짝이며 다가
왔지만 그들은 개의치 않고 달렸다.

「보기보다 제법인데?」
「아, 시원해. 가슴이 뻥 뚫리는 것 같아.」
「창피하지 않아?」
「아니.」
「어디까지 달릴까?」
「저기.」
「저기 뭐?」
「명왕성!」
「좋아. 멈추기 없기다.」

360

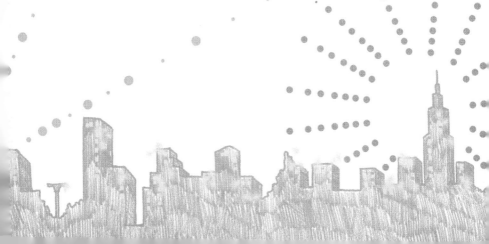

아버진 죽었고

그 빈자리에 358개의 비디오테이프만 남았다.

사고 장면을 녹화한 CCTV 화면을 더한다고 해도

테이프는 359개에 불과하다.

이로써 360회의 공연을 통해 인간의 삶을

하나의 원과 순환의 법칙으로 표현하고자 했던 아버지의 계획은

실패로 돌아간 것 같다.

1. TTN 뉴스 속보

시청자 여러분 안녕하십니까? 저희가 단독 입수한 CCTV 화면을 바탕으로 막 들어온 뉴스 속보를 전해 드리겠습니다. 세계 행위 예술계의 거목이자 '극진 퍼포먼스'의 창시자인 오동기 씨가 방금 전인 23시 50분경, 서울대교 중단에서 교통사고를 당해 강물로 추락한 것으로 알려졌습니다. 현장에 나가 있는 중계차 연결합니다. 김○○기자?

네, 여기는 사고가 난 서울대굡니다.

시신은 찾았습니까?

아직 찾지 못했습니다.

비가 많이 내리는 것 같은데 현장 상황 전해 주시죠.

네, 태풍 사바나의 영향으로 네 시간째 폭우가 계속되다가 잠시 빗줄기가 약해진 상황입니다. 사고 직후 한강순찰대 소속 구조대원들과 소방대원들이 현장에 도착하여 수색 작업을 벌였으나 강물이 불어나 수색에 어려움을 겪고 있습니다.

CCTV 화면상으론 차량에 화재가 발생한 것 같은데요?

네, 달리던 승용차가 빗길에 미끄러지며 가드레일을 들이받았고, 그 충격으로 불길에 휩싸였습니다. 오 씨는 차량에 화재가 발생하자 쇼크 상태에서 다리 중간에 설치된 한 평 남짓한 임시 구난대로 뛰어간 것 같습니다. 아시다시피 구난대는 운전자들이 비상 상황 발생시 차에서 내려 몸을 피할 수 있도록 설계된 작은 공간입니다.

다리 난간을 몸으로 들이받고 추락했다는 얘기군요?

그렇습니다. 더구나 오 씨는 올가을, 자신의 작품 인생을 정리하는 회고전을 준비 중이었는데요. 가족과 제자들은 비가 내리는 가운데에도 오 씨가 무사하기를 바라며 현장을 떠나지 않고 있습니다. 이상 서울대교 현장 중계차였습니다.

2. 모범택시 강 씨

아, 깜짝 놀랐다니까. 쾅, 하고 나서 곧바로 불이 붙어 버렸어. 그나마 비가 내려서 불길이 그만했지, 까딱했으면 차가 폭발하고 말았을걸. 사고 차량, 그러니까 흰색 소나타를 발견한 건 서울대교 북단 진입로 부근이었어. 발견했다기보다는 충돌 직전의 상황이었다니까. 시속 100킬로미터가 넘는 속도로 말이야. 그러다가 쾅! 하고 가드레일을 처박은 거지.

나는 너무 놀라서 멍하니 그 장면을 보았어. 가슴이 콩닥거리고 등으로 식은땀이 흐르더라고. 뒤늦게 정신을 차리고는 소화기를 꺼내서 정신없이 운전자를 향해 뛰어갔지. 차에서 빠져나온 운전자는 괴성을 지르며 구난대로 돌진하는 중이었어. 공포 영화에서나 나올 법한 처절한 모습으로 말이야.

다음 상황은 뉴스에 나온 그대로야. 내가 미처 다가가기도 전에 운전자는 난간 조형물을 들이받고 다리 아래로 추락했어. 운전자는 사라지고 폭우에 불어난 강물만이 금방이라도 다리를 집어삼킬 듯 넘실거리고 있었지. 내가 본 건 그게 다야.

3. 교통관리국 CCTV 관리자

사고가 난 시각은 26일 저녁 11시 58분이에요. 모니터를 통해 저는 처음부터 끝까지 그 장면을 똑똑히 보았어요. 소방서에 제일 먼저 전화로 구조 요청을 한 것도 저였고요. 사고 차량은 빠른 속도로 달리다가 가드레일을 들이받고 멈췄어요. 충돌 직후 차량에 불이 붙었고 운전자는 몸부림치다가 추락했지요. 불과 1, 2분 사이에 벌어진 일이에요.

아, 테이프요? 사고 당시 마침 사령실에 TTN 기자가 와 있었어요. 태풍으로 인한 시내 교통 상황 취재를 하려고 방문했던 것인데, 국민들의 알 권리를 위해 녹화 테이프를 건네준 것뿐예요. 아침 일찍, 다른 케이블 채널과 지상파 방송에도 같은 방식으로 테이프를 전달했어요. 느낌 같은 거요? 안타깝죠, 뭐. 저 역시 생전에 그분을 좋아했던 사람으로서 이런 식으로 최후를 지켜보게 될 줄은 몰랐어요.

4. 주말판 대한일보 특집

세계 '극진 퍼포먼스(極盡 – performance)'의 창시자
시대를 앞서 간 예술 거장

인간의 운명을 가장 현장감 있게 그려 낸 아웃사이더

불의의 사고를 당해 사망한 것으로 추정되는 고 오동기 선생을 일컫는 수식어들이다. 시대의 기인이자 이단아였던 오동기 선생은 태풍 사바나가 맹위를 떨치던 지난 26일 자정, 자신의 승용차로 빗속을 주행하다가 서울대교 난간을 들이받고 강물에 추락, 실종되며 영화 같은 예순한 살 생을 마감했다.

_전쟁의 참혹한 기억을 떨치기 위해 행위 예술계에 입문

오동기 선생은 1946년 7월, 충남 천안군 병천면에서 빈농의 아들로 태어났다. 6·25 전쟁이 발발하기 4년 전의 일이었다. 전쟁이 터지자 그의 부모는 삼 남매였던 자식들을 데리고 피난을 떠나게 된다. 하지만 그 길은 영영 되돌아올 수 없는 길이 되고 말았다. 그의 아버지는 피난을 떠난 지 사흘 만에 대전 인근에서 폭격으로 사망했으며, 어머니 또한 전염병에 걸려 피난 도중 삶을 마감했다. 큰형과 둘째 누이 역시 전쟁 통에 굶주림과 질병으로 죽고 오동기 선생은 혼자가 되어 고아원을 전전했다. 전쟁이 끝나자 고향으로 보내졌고 친척 할머니 손에서 소년기를 보냈다.

고등학교를 마친 뒤 오동기 선생은 곧바로 군에 자원입대한다. 제대 후 일본으로 건너가게 되는데 그 배경은 자세히 알려져 있지 않다. 도일 2년째 되던 해, 고학으로 도쿄대학 미술학부에 입

학하면서 본격적으로 미술을 접했다. 저녁엔 학비를 벌기 위해 우동집에서 아르바이트를 하고 낮엔 학교에 다니는 어려운 삶이었다. 2학년이 되자 그는 인생의 새로운 전환기를 맞는다. 유학생 신분이었던 한국인 아내를 만나 가정을 꾸리게 된 것이다. 이듬해 첫아들을 낳게 되는데 그 아들은 훗날 아버지의 예술 활동에 없어서는 안 될 조력자로 성장한다. 전쟁으로 부모 형제를 잃고 고아나 다름없는 삶을 보내던 그에게 가족이란 존재는 절실했다.

하지만 행복은 오래가지 않았다. 둘째 아이를 낳던 중 아내가 난산으로 유명을 달리하며 그는 깊은 절망에 빠진다. 슬픔에 잠겼던 그는 1977년 방황을 접고 고국으로 돌아온다. 귀국 직후 그가 자리를 잡은 곳은 대학로의 허름한 무대 제작소였다. 그곳에서 공연 소품과 무대를 제작하며 연극을 접하게 된다. 이러한 경험은 그가 행위 예술계로 발을 들여놓는 결정적 계기가 되었다. 훗날 한 방송과의 인터뷰에서 그는 '시간과 공간의 장애를 극복하고 살아 있는 무대'를 재현하기 위해 행위 예술을 시작했노라고 밝힌 바 있다. 그는 일이 없는 날이면 대학로 마로니에 공원 한 귀퉁이에서 즉석 퍼포먼스를 펼치며 조금씩 자신의 영역을 확보해 나갔다.

_시공간 속에 잠긴 인간의 몸을 통해 삶을 표현

오동기 선생의 예술 세계를 한마디로 표현하는 일은 불가능하다. 발표하는 작품마다 논쟁에 휩싸였고 기성 미술계로부터 철저히 외면당했기 때문이다. 그는 오로지 인간의 몸과 몸이 연출하는 순정한 행위에 시간과 공간을 가미하여 자신의 세계를 구축했다. 인간의 몸과 몸짓이 흘러가는 시간, 몸짓과 시간을 품고 있는 공간이 삼위일체가 되어 '비시간적 영속성(aTime-Perpetuity)라는 새로운 개념을 도출해 낸 것이다.

이는 예술 작품의 의미를 현실의 시간 속에서가 아니라 영원하고도 총체적인 현시성(Presentness) 속에서 찾아야 한다는 마이클 프리드의 이론을 뛰어넘는 새로운 개념으로, 그는 기회가 있을 때마다 인간의 모든 행위가 예술 활동이 될 수 있고, 나아가 인간의 몸이 만들어 내는 행위자의 자연스러운 삶이 실은 가장 순수한 예술이며, 행위자가 죽기 전까지는 공연이 끝나지 않는다는 말로 자신이 창조한 '비시간적 영속성'의 의미를 설명했다.

_360과 원(圓)의 이미지를 통해 인간의 생로병사를 구체화

오동기 선생이 즐겨 사용한 소재는 '자신의 일상'이었다. 그는 매 공연마다 파격적인 행동으로 언론의 관심을 끌었는데, 임신한 여자에게 낙태 수술을 하는 모습이라든지 고속도로에서 달리는 트럭에 뛰어든 행위 등은 지금까지도 충격적인 장면으로 인구에

회자되고 있다. 그 결과 격렬한 윤리 논쟁에도 불구하고 언론은 그의 공연에 꾸미지 않은 가장 순수한 예술, 예술 그 자체로서의 예술이라는 의미로 '극진 퍼포먼스'라는 명예로운 닉네임을 붙여 주기에 이르렀다. '비시간적 영속성'이라는 개념이 '인간의 행위'와 결합하면서 '행위 자체로서의 예술'로 승화한 것이다.

또한 그는 살아생전, 자신의 매 작품을 일일이 비디오로 찍어 영상으로 남긴 것으로도 유명하다. 즉, 행위 예술 자체에 비디오 아트가 결합된 것인데 이 2개의 과정은 전혀 별개의 활동이었다. 자신의 삶 속에서 소재를 찾고, 삶의 반경을 작품 공간으로 이용하면서도 자신의 행위를 비디오 기록으로 남겨 현장 행위 예술가들의 약점인 작품의 '소멸성'을 교묘히 극복하려 했던 것이다. 이런 일은 비디오 아티스트의 길을 걷고 있는 그의 아들이 있었기에 가능했다.

또 하나 특이한 점은 그가 자신의 평생 공연 일정을 360회로 한정했다는 것이다. 그는 본격적으로 퍼포먼스에 뛰어든 이후부터 자신의 작품을 인간의 생로병사에 맞춰 360개의 테마로 치밀하게 나누고 계획을 실행에 옮겼다. 공연의 내용 자체는 즉흥적이었지만 매 공연이 모두 360개로 이루어진 퍼즐의 한 조각이었으며 360회의 퍼즐을 모두 규합하여 원을 완성하고 '순환의 고리에서 허덕이는 인간의 삶'이라는, 그가 평생 매달렸던 주제를 완성하려 했던 것으로 보인다. 하지만 이러한 계획은 뜻밖의 죽음으로 미완성으로 남게 되었다. 지금까지 그가 펼친 공연의 횟수, 즉 아들에 의해 필름으로 남겨진 공연의 횟수는 총 358회였다.

_죽는 순간까지도 한 편의 퍼포먼스 같았던 삶

살아생전 오동기 선생은 자신의 작품 활동과 관련하여 일체의 상업 행위를 배제하였다. 같은 작품을 두 번 공연하는 일 또한 없었다. 그 과정에서 현장성은 어쩔 수 없이 시간과 공간 속에 갇혔지만 행위자가 계속해서 다른 행위를 이어 감으로써 영속성을 획득했다. 그의 활동이 다른 예술 장르와 달리 차별화되어 회자되는 이유는 바로 이러한 점 때문이다.

하지만 갑론을박은 여전하다. 그의 행위를 어디까지 공연으로 볼 것이냐, 과연 예술로 해석할 수 있느냐, 하는 문제들은 사후에도 여전히 논란이 되고 있다. 일부에서는 상업적 이익을 전혀 추구하지 않았다는 점에서 그의 예술 세계를 높이 평가하기도 하지만 여전히 회의적인 시각이 남아 있는 게 사실이다. 이러한 논쟁은 국내는 물론 해외에서도 활발히 이루어지고 있으며, 이런 논란을 아는지 모르는지 오동기 선생은 생의 마지막 순간까지도 파격적인 한 판의 퍼포먼스를 펼쳐 보인 채 그렇게 우리 곁을 떠났다.

5. 한국생명보험 조사원―서울대교 사고에 대한 1차 보고서

_사건 개요

2006년 7월 26일 24시 00분경, 피해자 오동기는 자신의 은색 소나타(01 가 127X)를 몰고 서울대교 남단으로 과속 진행하다가 다리 난간을 들이받는 사고를 일으킴. 이 과정에서 승용차에 화재가 발생했으며 사고자는 탈출 도중 한강으로 추락, 실종됨. 기타, 피해 차량 반소.

_조사5팀 소견서

상기 서울대교 사고에는 많은 의문점들이 내포되어 있는 것으로 판단되어 좀더 세밀한 조사를 건의함. 보험 가입자 오동기는 사고 6개월 전, 여러 보험사에 집중적으로 사망 보험을 가입한 것으로 드러났으며 그의 실종을 죽음으로 볼 수 있는 근거 또한 부족함. 설령 사망이 확정적이라고 해도 인위적 자살로 볼 수 있는 근거도 다분함. 사고 직전, 애인 양금자의 집에 머문 것으로 추정되며 음주 혹은 치정으로 다툼이 있었을 가능성도 배재할 수 없음.

목격자들 인터뷰 결과는 대부분 사망에 무게를 두고 있는 추세. 하지만 해당 가입자는 과거 여러 차례 이런 형식의 위험한 퍼포먼스를 감행한 바 있으며 총 공연 횟수가 그가 평소 공언한

360회에 근접하고 있다는 점도 의혹을 불러일으킴. 공연 횟수가 아직 2회 남아 있다는 점이 미스터리지만 조사 과정에서 보다 확실한 전모가 밝혀질 듯.

6. 인터넷 매체 Good My News

'천재 예술가', '시대를 앞서간 기인' 소리를 들으며 한때 세상을 떠들썩하게 했던 행위 예술가 오동기. 그가 우리 곁을 떠난 지도 벌써 한 달이 지났다. 하지만 최근 들어 인터넷을 중심으로 갖가지 억측이 난무하며 그의 죽음은 새로운 국면으로 접어드는 양상이다. 살아 있는 동안 끝없이 화제를 몰고 다녔던 전력만큼이나 죽은 뒤에도 세상을 떠들썩하게 하는 행위 예술가 오동기, 그를 둘러싼 논란 속으로 들어가 보자.

① 자살인가, 사고사인가?

논란의 핵심은 오동기의 죽음이 과연 사고사이냐, 하는 점이다. 사고로 결론이 났지만 그가 죽기 직전 고액의 사망 보험에 연이어 가입한 사실이 알려지면서 논란이 일고 있다. 그의 죽음이 사고로 판명될 경우, 유족이 4개 보험사로부터 받게 될 보험금은 최고 10억 원에 이른다. 나아가 시신이 발견되지 않은 점도 집중적인 의혹의 대상이다. 폭우가 내려 강물이 불어났지만 죽음의 증거가 될 수 있는 시신이나 유류품이 전혀 발견되지 않았다. 물론 반론도 만만찮다. 생전에 오동기는 상업성을 철저히 배제한 채 작품 활동을 해왔다. 따라서 보험금을 노리고 목숨을 내놓을 만한 근거 또한 없는 셈이다.

② 비 오는 날, 차량에 불이 붙었다?

사건 정황과 관련하여 네티즌들이 가장 많이 의문을 제기하는 부분이다. 사건 당일은 태풍 사바나가 한반도 전역을 휩쓸고 있었다. 차량에 불이 붙었다고 해도, 운전자의 몸에 불이 붙을 정도로 불길이 크게 번지지 않는다는 것이 네티즌들의 주장이다. 승용차가 가드레일을 들이받았는데 엔진에 불이 붙었다는 점도 진상을 밝혀야 할 대목 가운데 하나이다.

③ 새 이슈로 등장한 CCTV 녹화 테이프, 시계 조형물

사건 당일, 사고 장면은 고스란히 교통관리국 CCTV에 찍혀 방송을 타고 일반에 공개되었다. 오동기가 평소 자신의 공연을 비디오 기록으로 남긴 전례로 미루어 볼 때, 이번 사건 역시 치밀하게 계획된 연출이라는 것이 네티즌들의 주장이다. 또한 이번 사고로 시계 조형물이 부서졌다는 점도 우연으로 보기 힘든 대목이다. 차량에서 탈출한 오동기는 옷에 붙은 불을 끄기 위해 몸

부림치며 구난대로 뛰어갔다. 이 과정에서 시계 조형물을 머리로 들이받았고 충격으로 시계가 작동을 멈추었다. 공교롭게도 시계가 멈춘 시각은 24시 00분이었다.

④ 숫자 360을 둘러싼 논란

오동기의 작품은 전체적으로 숫자 360과 떼려야 뗄 수 없는 관계를 유지하고 있다. 생전에 그는 미리 자신의 공연을 360회로 나누었으며 다시 생·로·병·사의 과정에 따라 인생의 테마별로 각각 90개씩 나누고 90개의 작품을 연령별로 열 개씩 분류했다. 숫자와 관련된 논란의 핵심은 지금까지 비디오 아티스트인 그의 아들에 의해 촬영된 공식 공연 횟수가 358회라는 점이다. 360회 공연을 목전에 두었던 만큼 죽음으로써 무언가를 완성하려 했다는 의혹을 사기에 충분한 대목이다. 하지만 여기에도 큰 의문이 숨어 있다. 차량 사고를 굳이 의도된 마지막 공연으로 환산한다 해도 1회의 공연이 부족하기 때문이다. 그날의 사고가 CCTV를 의식한 연출된 죽음이었다고 해도 공연의 횟수는 총 359회에 지나지 않는다. 오동기는 어떤 연유로 숫자 하나를 비워 놓았을까?

⑤ 기타 제기되는 문제들

이번 사건과는 별개로 그의 과거 행적에 의혹의 눈초리를 보내는 사람들도 적지 않다. 도쿄대학에서 미술을 공부하고 대학로에서 연극을 하다가 행위 예술계에 입문했다는 그럴듯한 프로필과는 달리, 오동기가 꽤 오랜 기간 차력사로 활동했다는 증언이 있다. 유년 시절, 아버지와 함께 시골 장터에서 직접 오동기의 공연을 보았다는 한 네티즌은 오동기는 손발이 묶인 채 탈출하는 묘기의 달인이었으며 비록 나이가 들긴 했지만 강물로 뛰어내려 불을 끄고 건너편 언덕으로 헤엄치는 일은 식은 죽 먹기였을 것이라고 주장한다.

어떤 이들은 과거에도 꾸준히 언론의 가십에 오르내린 바 있는 오동기의 방만한 여자 관계를 꼬집기도 한다. 오동기가 결혼에 실패한 뒤 여자에 집착하는 버릇이 생겨 젊은 여자들과 여러 차례 동거와 별거를 반복했다는 이야기다. 이러한 주장들은 상당 부분 사실로 밝혀졌다. 이를 증명이라도 하듯 평소 오동기와 가까웠던 한 지인은 그가 생활비의 대부분을 여자들로부터 도움받았다고 증언한 바 있다.

7. 미술평론가 K, 출처: 계간 〈미술〉

내가 오동기 선생의 작품을 처음 접한 건 1980년대 중반이었다. 그날, 나는 무슨 일인가로 대학로에 들렀다가 점심을 먹고 근처 낙산으로 산책을 가게 되었다. 낙산 정상에 도달했을 무렵, 수십 명의 사람들이 웅성거리며 한 곳을 가리키고 있었다. 그쪽으로 고개를 돌리던 나는 두 눈을 의심하며 얼어붙고 말았다. 웬 젊은 남녀가 성곽 위에 누워 보란 듯이 사랑을 나누고 있는 게 아닌가! 사랑도 보통 사랑이 아니었다. 옷을 완전히 벗어 던진 것은 물론 음모와 치부까지도 고스란히 드러내놓고 있었다. 쳐다보는 시선은 전혀 아랑곳하지 않은 채 황홀한 얼굴로 사랑에 몰입한 상태였다. 더욱 해괴했던 일은 앳된 소년 하나가 그 장면을 낱낱이 카메라에 담고 있었다는 점이다. 교합에 열중인 두 남녀의 몸을 제외하면 어떤 인위적인 조명도, 소품도 동원되지 않은 '행위' 그 자체였다. 인간 오동기는 그렇게 강렬한 모습으로 내 앞에 나타났다.

훗날에나 알게 된 사실이지만 그날의 퍼포먼스는 생·로·병·사 네 단락에 따라 나뉜 360개의 퍼즐 조각 가운데 〈生-탄생 전야〉에 해당하는 공연이었다. '인연', '유혹', '교감' 등의 순서를 거치며 낯선 남녀가 만나 사랑을 맺기까지를 표현한 〈生-탄생 전야〉는 총 10개의 테마로 이루어져 있으며, 그날 내가 목격한 낙산에서의 실제 섹스 시연은 360개의 전체 공연 목록 가운데 아홉 번째에 해당되는 공연이었다. 그날 이후, 나는 본격적으로 오동기라는 한 예술가를 주목하기 시작했다. 지금도 크게 나아지진 않았지만 당시만 해도 행위 예술은 우리 미술계에 상당히 낯선 장르였다. 해외 유학을 마치고 돌아온 몇몇 젊은 아티스트들이 실험적으로 공연을 선보였지만 크게 주목받지는 못했다. 기괴함과 낯섦, 그로테스크 같은 이미지만 대중에게 심어 준 채 젊은 아티스트들은 대부분 본업으로 전향했고 행위 예술은 하나의 예술 장르로 뿌리내리지 못하고 미술계의 언저리를 맴돌았다. 그 와중에도 포기하지 않고 꾸준히 자신의 길을 걸어온 사람이 바로 오동기 선생이었다.

다섯 번의 구속 수감이 말해 주듯 오동기 선생의 파격적인 공연은 거기서 끝나지 않았다. 병든 사람이 죽기 위해 트럭에 뛰어드는 장면을 시현한 No.202 〈病-병자의 선택〉, 사랑을 잃고 자식을 낙태하는 여인의 슬픔을 노래한 No.321 〈死-애별리고〉 같은 작품은 비단 한국뿐만 아니라 전 세계적으로 회자되었으며, 그에게 3년의 실형을 선고받게 만든 No.337 〈死-안락사〉라는 작품은 지금도 여전히 뜨거운 논란거리가 되고 있다. No.337 〈死-안락사〉는 암에 걸려 죽음을 앞둔 늙은 여자의 목을 실제로 졸라 죽이는 공연(?)으로, 구속 수감 직전 오동기 선생은 여자의 고통을 덜어 주기 위해 합의하에 그 장면을 시현했다고 밝힌 바 있다.

_해묵은 논쟁 뒤에 가려진 고인의 예술 세계

생전 오동기 선생은 이슈 메이커라 할 만큼 언론의 집중적인 조명을 받았다. 논란의 이유는 앞의 예에서 보듯 대부분 파격적인 그의 행각 때문이었다. 언론이 가십으로 그의 일거수일투족을 주시한 반면 기성 미술계는 그를 완전히 무시했다. 표현의 순수성을 지킨답시고 사람의 목숨까지도 서슴없이 이용하는 그를 기성 미술계로서는 쉽게 받아들일 수 없었을 것이다. 이와 같은 대립은 일반인들 사이에서도 예술성 논란을 불러일으켰고, 오늘날까지도 예술의 경계가 과연 어디까지인지 논쟁이 계속되고 있다.

하지만 이 과정에서 우리가 잊은 것이 있다. 해묵은 예술성 논란만 거듭하였을 뿐, 그의 작품 세계를 제대로 조명하는 연구가 일천했다는 점이다. 오히려 해외 평단에서 그의 작품 세계를 주목하며 연구를 진행해 오는 현실도 우리를 부끄럽게 하는 대목이다. 최근 들어 고개를 들기 시작한 그의 죽음을 둘러싼 온갖 억측들도 마찬가지다. 그의 사생활이 어떠했든 그것을 그의 작품 세계와 굳이 연결시킬 필요는 없다. 설령, 그가 세간의 의혹대로 의도된 죽음의 연출, 즉 자살을 했다 하더라도 그 자체까지도 한 거장의 발걸음으로 이해할 수 있는 넉넉함이 필요하지 않을까?

8. 오동기의 아들

연극 무대를 전전하던 아버지가 본격적으로 행위 예술에 매달린 시기는 1980년대 후반이었다. 고등학교 방송반에 들어가 비디오 촬영을 배우던 내게 아버지의 공연 장면은 더할 나위 없이 찍기 좋은 소재였다. 나는 틈날 때마다 무거운 방송용 카메라를 들고 아버지의 공연 장면을 촬영했다. 처음엔 촬영을 거부하던 아버지도 어느 순간부턴가 순순히 카메라 앞에 자신의 몸을 내보였다. 아버지가 촬영을 거부한 것은 순수성이 훼손된다는 이유 때문이었다. 아버지는 행위 자체에 몰입하길 원했고 나는 아버지의 공연이 아무런 증거도 없이 현장에서 사라져 버리는 것이 안타까웠다. 비디오 촬영은 아버지가 자신의 예술 세계에 대해 세상과 맺은 유일한 타협이었다.

나로서도 갈등이 전혀 없었던 것은 아니다. 아버지와, 경우에 따라 나의 의붓어머니가 될 수도 있었던 낯선 여인과의 노골적인 섹스 장면이라든지, 마약 투약 후의 모습, 생(生)의 한 장면을 잡아내기 위해 야생 벌레나 뱀을 잡아먹는 장면을 찍을 때, 나는 역겨움으로 먹은 것을 모두 토해야 했다. 죽음을 무릅쓰고 트럭을 향해 뛰어드는 아버지를 촬영할 때, 단식으로 죽어 가는 모습을 카메라에 담을 때, 나는 아버지만큼이나 현장에서 죽음의 공포를 느꼈다.

내가 이렇듯 불합리한 점들을 무릅쓰고 아버지의 모습을 카메라에 담아 온 이유는 아버지의 순수한 열정 때문이었다. 생전에 아버지는 작품 활동과 관련하여 단 한 푼의 경제적 이득을 챙기지 않았다. 제법 이름을 얻은 뒤에도 서너 번이나 기업체에서 광

고 모델을 제의해 왔지만 일언지하에 거절한 분이다. 예술성이
나 외설 논란으로 시끄러울 때에도 개의치 않고 자신이 목표한
대로 한 발씩 걸음을 늦추지 않았다. 아버지는 그런 논란 자체를
이해하지 못하는 분이셨다.

　아버지가 자신의 행위에 대하여 '촬영'이라는 형식을 빌어 대
중과 타협을 본 것도 결국은 같은 맥락일 것이다. 순수성을 지키
고자 노력했지만 완전한 순수성이 이미 훼손되었음을 스스로 인
정한 결과다. 이러한 아버지의 생각을 잘 대변해 주는 글이 있는
데 〈벼 베기 論〉이 바로 그것이다. 〈벼 베기 論〉은 언젠가 아버지
가 한 미술 잡지와의 인터뷰에서 인용한 일화로, '작렬하는 태양
아래서 자신이 가꾼 벼를 낫으로 베는 농부의 행위야말로 이 세
상에서 가장 순수한 예술에 속한다'는 주장이었다.

　가족이 먹을 양식을 얻기 위해 벼를 베는 시골 농부에게 벼를
베는 행위는 순수한 땀의 결정체이다. 자신의 행위를 타인에게
보여 주려는 마음이 개입될 수 없는, 행위 그 자체로서의 행위인
것이다. 목적성이 끼어드는 이상(아버지 자신의 공연을 비롯하
여), 예술이라는 이름으로 고고하게 포장된 모든 창작 활동은 대
중의 망탈리테에 호소하는 '학습된 감동'의 일면을 띨 수밖에 없
으며, 따라서 예술성 논란은 불필요하다는 게 아버지의 평소 지
론이었다.

　처음 사고 소식을 접했을 때 나는 눈과 귀를 의심했다. 아버지

가 또 한 차례 극적인 퍼포먼스를 벌인 것으로 믿고 다음 날까지 아버지가 나타나기를 기다렸다. 그러나 아버지는 영영 돌아오지 않았다. 그리고 모든 게 확실해졌다. 아버진 죽었고 그 빈자리에 358개의 비디오테이프만 남았다. 사고 장면을 녹화한 CCTV 화면을 더한다고 해도 테이프는 359개에 불과하다. 이로써 360회의 공연을 통해 인간의 삶을 하나의 원과 순환의 법칙으로 표현하고자 했던 아버지의 계획은 실패로 돌아간 것 같다.

아버지의 공연이 360회를 모두 채우면 원형으로 이루어진 전용 상영관을 건립할 생각이었다. 원형 홀 내부를 각각 1도씩 360개 구역으로 나누고 LCD 모니터를 설치해 1번부터 360번까지, 그동안 촬영된 공연 장면을 동시에 상영한다. 관람자는 작품을 따라 1번부터 원의 안쪽을 돌게 되고 마지막 작품인 360번을 지나 처음 자신이 출발했던 1번 작품 앞으로 돌아오게 되는 구조였다. 상영관 건립을 위해 모금 행사가 활발히 진행되고 있었지만 아버지의 죽음으로 차질을 빚게 되었다. 단 1개의 작품이 부족할 뿐이지만 전체 주제인 순환의 삶을 표현할 수 없게 되었으므로 안타깝게도 작품 전체가 미완성으로 남게 된 것이다.

제 이름은 은희예요. 본명은 양금자. 가난한 부모를 만나 공장을 전전하다가 돈 몇 푼 더 벌어 보겠다는 일념으로 술집까지 흘러들었다는 그렇고 그런 얘기 빼고 본론으로 들어갈게요.

오동기 선생은 지난겨울에 만났어요.

맥주나 양주 같은 걸 파는 '샹그릴라'라는 이름의 카페요. 길 가다가 골목 모퉁이에서 흔히 마주치게 되는 그런…….

전작이 있었는지 그날 선생은 몹시 취해 있었어요. 의자에 앉자마자 맥주 두어 병을 시키더니 젊은 날 아내와 헤어진 이야기를 구구절절 늘어놓았어요.

처음엔 무심코 얘기들을 흘려들었어요. 남정네들이 흔히 하는 닳고 닳은 얘기 가운데 하나가 바로 상처한 아내 스토리니까요. 하지만 계속 듣다 보니 마음이 쓸쓸해졌어요. 어쩌면 밖에 내리던 비 때문이었는지도 몰라요. 그의 이야기를 끝까지 들어 주며 하루쯤 애인이 돼주고 싶었어요. 새벽이 되자 우리는 우산을 받쳐 들고 가게를 나왔어요. 모텔에 가서도 그는 서두르지 않았죠. 우리는 맥주 한 병을 더 나누어 마시고 천천히 하나가 되었어요. 오 선생이 유명한 예술가라는 걸 알게 된 것도 그날 저녁이었어요.

다음 날 오 선생은 새벽이 다 되어 가게에 나타났어요. 가게 문 닫기를 기다렸다가 제게 한 가지 제안을 하더군요. 자신이 준비

하고 있는 생애 마지막 작품을 보조해 달라는 거였어요. 어떤 배역이냐고 묻자 저를 자리에 앉혀 놓고 장광설을 늘어놓더군요. 자신의 작품에는 미리 짜인 각본이 존재하지 않는다, 현장의 상황과 분위기에 따라 자연스럽게 행동하면 된다, 공연이 언제 끝날지는 자신도 모른다, 남은 삶을 함께 걸어간다는 마음으로 자신의 생활(?) 속으로 걸어 들어와 달라…….

듣기에 따라서는 아주 희한한 제안이었죠. 고민 끝에 저는 그제의를 수락했어요. 예술이 무엇인지는 알 수 없지만 그가 하는 일이 대단하다는 것만큼은 분명해 보였으니까요. 선생은 출연 대가로 제게 많은 걸 약속했어요. 술집 쪽방을 벗어날 수 있는 나만의 원룸과 소원해 마지않던 스포츠카, 부모와 내가 진 크고 작은 빚을 갚고도 남을 현금까지…….

약속을 증명이라도 하듯 며칠 뒤 오 선생은 술집 근처에 신축 빌라 하나를 얻어 주었어요. 그러고는 이따금씩 들러 생활비를 주거나 사랑을 나누었죠. 공연을 언제 하게 되는지 물어보았지만 묵묵부답이었어요. 우리는 여느 남녀들처럼—비록 나이 차이는 30년 가까이 났지만—만나서 대화하고 밥을 먹고 차를 마시고 잠을 자고 손을 흔들며 헤어졌어요.

……제가 들려드릴 수 있는 얘기는 여기까지예요. 무슨 말이 더 필요하겠어요? 상상은 자유예요. 나는 예술 같은 덴 통 관심이 없으니까요. 아, 한 가지 말은 알고 있어요. 인생은 길고 그 자

체가 예술이다, 라고 했던가요? 언젠가 오 선생이 제게 들려준 이야기예요. 오 선생을 사랑하냐구요? 아니, 사랑했냐구요? 후훗, 글쎄요. 당신 같으면 시집도 안 간 여자가 미쳤다고 예순이 넘은 중늙은이를 사랑하겠어요? 이건 사랑의 문제가 아니라 인생의 문제예요. 끝으로 재판에 이기게 되었다는 소식을 덧붙일게요. 물론, 보험금 완전 수령을 위해선 절차가 좀 남아 있지만 말예요.

10. 나는 오동기다

이제 사건의 진실을 소상하게 말하겠네. 진실? 그런 것이 정말로 존재한다는 가정하에 말일세. 내 말을 믿고 안 믿고는 당신들의 자유야. 자신이 본 것, 들은 것, 자라며 배운 것, 자신이 속한 사회의 가치관만을 철석같이 진실이라고 믿고 자란 당신들이라면 내 이야기가 진실로 귀에 와 닿을 걸세. 이제 다른 생각일랑 모두 접어 두게. 심란한 의혹들도, 비굴한 음모론들도 모두 물리치게. 오로지 내 말에만 귀를 기울이게.
　'진실'은 이렇다네. 우선 그날의 사고부터 얘기를 해보지. 빗속을 과속으로 달린 것도 사실이고 승용차 엔진에 불이 붙은 것도 사실이라네. 그 장면은 내가 오래도록 꿈꾸었던 작품이었어. 미리 운전석과 엔진룸에 기름을 뿌려 놓고 일부러 가드레일을 들이받았지. 시간이 자정을 가리키는 순간 시계를 들이박아 시간을 멈추고—자정에 맞춰 시간을 멈춘 것에 매우 상징적인 의미가 있지만 멍청한 평론가 놈들은 아무도 주목하지 않더군—강물로 뛰어내렸지. 왜? 불을 끄고 싶었으니까. 그 장면이 CCTV에 고스란히 찍히고 있다는 걸 미리 염두에 두었다는 것쯤은 밝히지 않아도 될 터이고.

강물로 뛰어내린 뒤 벌어진 일 역시 굳이 설명하지 않겠네. 몸에 불이 붙은 상태에서 폭우로 넘실거리는 강물로 추락한 사내의 비극적인 결말을 알고 싶은가? 미리 숨겨 두었던 구명보트에 의해 기적적으로 강물을 탈출했다든지, 사실은 강물로 뛰어내리는 척하면서 밧줄에 의지해 다리 난간에 대롱대롱 매달렸다는 식의 영화 같은 거짓말도 하지 않겠네. 애초에 약속했던 대로 나는 진실만을 이야기하기로 했으니까. 나는 그날 틀림없이 강물로 뛰어내렸네. 그러곤 쿨렁거리는 강의 뱃속으로 걸어 들어갔지. 강물로 추락하는 장면을 카메라로 남기지 못한 게 전체 작품 목록에서 보자면 가장 아쉬운 대목이야. 물론 내 아들놈 입장에서 보자면 그렇다는 얘기지.

상황을 일부 조작했다는 비난은 피해 주게. 이제 와 비로소 고백하건데 이런 식의 조작은 내 작품 전반에 걸쳐 빠짐없이 이루어졌으니까. 실망하는 표정이 역력하군. 그렇다면 당신들은 그동안 예술에 대하여 잘못된 고정관념을 갖고 있었던 셈이야. 당신들이 생각하는 순수성은 이쯤해서 완전히 잊어 주게나. 이해가 가지 않는다는 표정이군. 알기 쉽게 한 가지 예를 들어 주지. 어떤 평론가 놈이 떠벌리고 다니는 낙산의 섹스 장면 말이야. 그 장면을 가지고 이야기를 해보세. 그 장면이 진정으로 순수한 남녀의 교합을 표현한 것이라고 보는가? 나는 그 장면을 찍기 위해 대단한 모험을 해야 했네. 술집 여급을 비싼 돈 주고 섭외했고 마약을 먹여 정신을 흐리게 했지. 그런 다음에야 겨우 그 장면을 찍을 수 있었어. 설령 사랑하는 여자와 그 짓을 했다고 하더라도, 사람이 모이는 장소에서 대낮에 옷을 벗었다는 것 자체가 이목을 끌기 위한 계획된 퍼포먼스일 수밖에 없지 않은가?

이제 이야기를 끝마칠 시간이군.

다시 한 번 진실을 말해 주겠네.

그날, 나 오동기는 틀림없이 강물에 빠져 죽었네.

11. 옆집 여자

누구세요? 경찰이면 다예요? 자는 사람 깨우고. 그 여자 얘기라면 이제 더는 할 말이 없어요. 요즘 들어 낮에는 코빼기도 보이지 않으니까요. 밤에만 살짝살짝 돌아다니는지 가끔씩 문 여는 소리가 들리는 게 전부예요. 그전에요? 술집 여자였던 것 같아요. 슈퍼에서 한두 번 마주친 적이 있는데 짙은 화장에다 독한 향수 때문에 코가 화끈거릴 지경이었죠.

남자요? 남자는 그 중년 남자밖에 보지 못했어요. 사고가 난 뒤에야 그분이 유명 인사란 걸 알았죠. 그전엔 벙거지를 푹 눌러쓰고 있어서 알아보지 못했어요. 약 6개월 전부터 이따금씩 여자의 집에 들렀던 것 같아요. 빌라가 신축되고 마지막으로 입주한 사람이 바로 그 여자였죠. 아무튼 천박한 여자였어요. 창문이란 창문은 다 열어 놓고 남자가 올 때마다 밤낮으로 교성을 질러 대는 통에 이 골목 사람 치고 그 여자 모르는 사람이 없을 정도예요.

12. 교통관리국 CCTV 관리자

월요일 오후 1시. 서울대교의 차량 흐름은 원활하다. 달리는 차들의 보닛 위로 햇살이 눈부시게 튀어 오른다. 점심때까지만 해도 구난대 부근은 공사가 한창이었다. 지난번 사고로 부서진 시계 조형물을 치우고 새 조형물을 세우는 공사였다.

인부들이 철수하자 다리를 걸어서 통과하는 시민들이 하나 둘 모습을 드러낸다. 사람들은 느리게 CCTV 화면으로 미끄러진다. 더러는 구난대 부근에 이르러 새로 설치된 조형물을 감상하기도 한다. 어떤 이들은 강물을 내려다보며 오랫동안 생각에 잠겨 있다. 죽은 행위 예술가를 추모하기 위해 구난대를 찾았는지 꽃다발을 들고 있는 중년 남자도 눈에 띈다.

나는 졸음을 참기 위해 화면에 비쳤다 사라지는 차량 수를 세기 시작한다. 지나가는 차량 1, 지나가는 차량 2, ……지나가는 차량 19, ……지나가는 차량 120, ……지나가는 차량 277……. 차들은 빠른 속력으로 구난대 부근을 지나친다. 꽃다발을 든 남자는 30분이 넘도록 구난대를 지키고 있다. 기다리는 사람이 있는지 가끔 핸드폰을 귀로 가져간다. 푹 눌러쓴 벙거지에 철 이른 바바리코트를 입고 있다. 얼마 뒤 오픈 스포츠카 한 대가 남자 옆에 스르륵 멈춘다. 운전석에 앉은 여자가 남자에게 손을 흔든다. 남자는 들었던 꽃다발을 강물에 내던지고 스포츠카에 오른다. 스포츠카는 속력을 내며 CCTV 화면 밖으로 미끄러진다. 지나가는 차량…….

장마가 온다

거기, 누구요?

다시 굵직한 목소리가 이어졌다.

사내의 부인과 아이들까지 모두 마당으로 내려와 나를 바라보며 묻고 있었다.

거기 누구요?

그러나 그 말은 오히려 내가 물어야 할 말이었다.

당신들은 도대체 누구란 말인가.

내 등에 주먹을 날리던 악마 양동수가 살았던 집에, 그들은 전부 어디로 뿔뿔이 흩

어지고 누가 대신 밥을 짓고 굴뚝에 연기를 피워 올리며 살아가고 있나.

1

　금요일 새벽, 잊고 있던 통증이 손님처럼 불쑥 찾아와 등을 두
드렸다. 전날 저녁, 나는 9시 뉴스에서 한 남자의 사진을 보았다.
TV 화면에는 정면과 측면, 변장에 대비한 컴퓨터 합성 사진까지
여러 각도에서 찍은 죄수의 얼굴을 보여 주고 있었다. 수감 직전
에 찍은 모습인 듯 사진 속 남자의 표정은 딱딱하게 굳어 있었
다. 두툼한 입술과 그 위에 매달린 뭉툭한 들창코, 짝짝인 채 제
멋대로 박힌 작은 눈과 그것을 받치고 있는 사각 턱까지. 강인하
면서도 일견 비열해 보이는 사진 속 인물은 내 등에 주먹을 날리
던 고등학교 동창 양동수가 틀림없었다. 자그마치 12년 만에 놈
의 얼굴을 다시 마주한 것이다.
　뉴스에 보도된 사건의 개요는 이랬다. 일급 죄수를 실은 호송

차가 새벽에 고속도로에서 호위 차량을 들이받아 전복되었다는 것, 죄수 둘과 호송차 운전자가 현장에서 즉사하고 여러 명이 중경상을 입었는데 그 와중에 죄수 하나가 감쪽같이 탈출했다는 것이다. 기자는 사고의 원인을 고속도로를 메운 짙은 안개로 돌렸다. 가까운 곳에 커다란 호수가 있고 호수를 떠난 안개들이 수시로 도로를 에워쌌다. 그 지점은 전부터 사고 다발 지역이었다. 두 다리가 모두 부러진 경찰관은 산모롱이를 돌자마자 한 무리의 안개가 차량을 덮쳤다고 증언했다. 앞서 달리던 경찰차는 급하게 속력을 줄였고 뒤따르던 호송차는 경찰차의 후방 범퍼를 강하게 들이받았다. 죽음이 그들에게 어두운 그림자를 드리우는 순간 수갑이 풀린 한 죄수는 날개를 달았다. 살인죄로 무기 징역을 선고받아 복역 중이던 양동수는 안개를 연막 삼아 유유히 건너편 숲 속으로 사라졌던 것이다.

장마 전선은 아주 느린 속도로 대한해협을 향해 북상 중이었다. 골목마다 휘감긴 전선은 사람들의 머리 바로 위까지 긴 줄을 늘어뜨렸다. 버석버석 시멘트가 묻어 나오는 콘크리트 담장 위로 고양이들은 별 두려움 없이 돌아다녔다. 맞은편 다세대 주택 옥상 위에 걷지 않은 누군가의 빨래가 눅눅해져 가던 새벽이었다. 잠도 아니고 꿈도 아닌 가수 상태에서 나는 서서히 몸을 옥죄어 오는 첫 통증을 감지했다. 등허리 어느 부분인 것이 확실했지만 딱히 근원지를 알 수 없었다. 한 차례 썰물처럼 몸을 관통

했던 통증은 잠잠해지는가 싶더니 다시 뻐근하게 척추를 타고 차올랐다. 손가락에 단단히 힘을 주고 통증 부위를 찾아 꾹꾹 눌러 보았지만 허사였다. 흉추 사이에 잘못 자리 잡은 돌연변이 뼈 하나가 등가죽을 뚫고 자라기라도 하는 양 통증은 집요했다.

담배 한 개비를 꺼내 물고 창문으로 고개를 내밀었다. 바람은 조금도 불지 않았다. 새벽인데도 뜨겁고 탁한 공기가 무겁게 거리를 짓누르고 있었다. 잠자리에 들기 전 샤워를 했는데도 사타구니 사이로 후줄근하게 땀이 배어 나왔다. 불현듯 어둠 속을 짐승처럼 헤매고 있을 양동수가 떠올랐다. 사고가 나고 놈이 탈출한 지 만 하루가 지나고 있었다. 사고 지점에서 내가 살고 있는 S시까지는 걸어서 서너 시간이면 닿을 수 있는 거리였다. 장마를 부르는 이 도시의 끈적임 속으로 놈의 존재가 개입되어 오고 있을지도 모른다는 불길한 예감에 머리가 지근거렸다. 그건 정말 생각하기도 싫은 상상이었다.

냉장고로 걸어가 물통을 꺼냈다. 통증이 몸으로 퍼질 때마다 몸 안의 수분이 미세한 속도로 증발되는 것 같았다. 갈증은 쉽게 수그러들지 않았다. 오래도록 잊고 있던 불행이 이렇게 쉽게 찾아왔다는 사실을 나는 믿을 수 없었다. 다시 잠을 청하기 위해 노력했지만 허사였다. 컴퓨터를 부팅하고 작업 파일을 불러들였지만 며칠째 제자리걸음인 원고는 쉽게 진전되지 않았다. 컴퓨터를 종료하고 방 안 불을 모두 껐다. 불을 끄자 희미하게 밤의 윤곽이 살아나기 시작했다. 나는 다시 밖으로 고개를 내밀고 세심하게 풍경을 훑었다. 아직까지 놈이 오고 있다는 어떤 전조도 찾을 수 없었다. 입고 있던 옷을 모두 벗어 던졌다. 불안이 가중될수록 성기는 꼿꼿하게 일어섰다.

2

북상하던 장마 전선은 해안에 닿기 전에 소멸해 버리고 연일 가뭄이 이어졌다. 나는 빵 한 조각과 우유를 목구멍으로 집어삼키고 버스 정류장 주변 J의원으로 향했다. 의사 앞에 마주 앉자마자 불시에 찾아온 통증의 심각성에 대해 설명하기 시작했다. 진찰용 간이침대에 나를 눕게 한 의사는 세심하게 등을 관찰했다. 의사가 등에 시선을 던지는 순간에도 통증은 불이 붙듯 온몸으로 번졌다. 의사는 이곳저곳을 손으로 누르며 진찰용 망치로 두드리기를 반복했다. 등 전체를 골고루 어루만진 후에 의사는 나를 일으켜 세웠다. 의사는 끼고 있던 검은 뿔테 안경을 고쳐 쓰며 말문을 열었다.

「정말 모르시겠어요? 아픈 곳이 없는데 아픔을 느낄 리는 없지 않습니까?」

의사는 오히려 되묻고 있었다. 모든 일에는 원인이 있고 아픔을 느끼고 있다면 통증 부위가 존재해야 했다. 그 순간 미세하게 증식하던 통증은 마지막 정점을 향해 치닫는 중이었다. 등이 떨어져 나갈 듯한 통증이 한 차례 태풍이 지나가듯 몸 전체를 휩쓸었다. 나는 비명을 지르는 대신 속으로 외쳤다.

'북, 북소리가. 누군가 북을 두드리고 있어요!'

의사는 고개를 갸웃거리며 자리에서 일어났다. 그는 제풀에 한숨을 내쉬더니 에어컨을 향해 몇 발짝 걸어갔다. 바람의 강도를 높였는지 아까보다 팬 돌아가는 소음이 커졌다. 자리로 돌아온 의사는 어두운 낯으로 내 얼굴을 쳐다보았다.

「올바르지 못한 자세로 책상에 오래 앉아 있으면 허리에 디스크가 와요. 그것이 심하면 이따금씩 등 전체로 통증이 감지되기도 하는데 집중하면 부위를 감지할 수 있어요. 그러니까 두려워하지 말고 차분하게 통증을 느껴 보세요.」

자세를 입에 올린 그의 지적은 옳았다. 최근 몇 년간 나는 깨어 있는 대부분의 시간을 컴퓨터 앞에 앉아서 보냈다. 자그마치 6년 동안이나 명망 있는 스토리 작가의 문하생 생활을 하면서 가리지 않고 만화 스토리와 무협지를 대필했다. 그러다가 지난해 봄, 우연히 온라인 게임 스토리 공모전에 응모한 〈영혼 전쟁〉이라는 작품이 당선되었고, 시디로 만들어진 게임이 히트하면서 오랜 문하생 생활을 접고 독립할 수 있었다. 얼떨결에 게임 스토리 작가가 됐지만 사실 내 원래 꿈은 만화를 그리는 것이었다. 스토리 작가가 되기 전 나는 한 중견 만화가의 문하생으로 들어간 적이 있다. 그러나 6개월간의 수습 기간을 거쳤을 때 스승은 재능이 없다며 고개를 저었다. 내 그림이, 특히 사람 얼굴을 그릴 때 다양한 표정을 담아 내지 못하고 분노에 찬, 차갑거나 일그러진 그림만을 그린다는 게 그의 지적이었다. 대신 그는 만화와 무협지 스토리를 전문으로 창작하는 자신의 친구를 소개해 주는 것으로 내가 새롭게 능력을 발휘할 수 있는 길을 열어 주었다.

온라인 게임 〈영혼 전쟁〉은 1년여의 제작 기간을 거쳐 올 봄에 발매되었다. 첫 판매는 참패였다. 판권은 한 초고속 인터넷 설치 회사에 헐값에 팔렸고 그 회사에서는 가입자들에게 게임 시디를 무료로 나눠 주기 시작했다. 한 달 후 아무도 예상 못 한 결과가 나타났다. 인터넷상에 마니아들이 중심이 된 길드가 하나둘씩 생겨나기 시작하며 게임 리그가 탄생한 것이다. 인터넷 길드 자유 게시판에는 매일 게임에 푹 빠진 게이머들의 글이 올라왔다. 그중에는 스토리에 매료되었다는 사람들도 많았다. 이름이 알려지면서 갑자기 스토리 진행 의뢰가 늘어났다. 나는 우선 〈영혼 전쟁〉을 열두 권짜리 시리즈 만화로 바꾸기 위한 스토리 작업에 착수했다. 동시에 한 대기업에서 야심 차게 준비 중인 새로운 국산 게임의 스토리 작업을 의뢰 받아 계약을 체결했다. 만화 개작을 위한 스토리는 지난달, 마감을 보름이나 넘기고 겨우 원고를 넘길 수 있었다. 그러나 정작 중요한 게임 스토리는 초안을 마쳤을 뿐 더 이상의 진전을 보지 못하고 있었다.

「……어디가 아픈 건지 도무지 알 수가 없어요.」

나는 의사를 쳐다보며 간절한 눈빛으로 고개를 저었다.

「일단 외과적으로는 이상 증후를 찾아낼 수가 없습니다.」

그러면서 의사는 조심스럽게 신경성 환상통(phantom-pain)일 확률이 높다는 의견을 내놓았다. 의사의 지적은 그동안의 불안감을 송두리째 재확인해 주는 것이었다. 나는 무겁게 한숨을 내쉬었다. 의사는 내 불안함에 쐐기를 박았다.

「세월이 지나도 몸의 세포들은 과거에 받았던 충격을 기억하고 있습니다. 또 영화나 TV 같은 간접 경로를 통해 인식했던 공포의 기억이 마치 내 몸에서 일어난 일인 양 착각을 일으키게 되는 경우도 있죠. 어떠한 경로를 통해 그 기억이 다시 재생될 때, 세포는 제 몸을 흔들어 과거의 아픔과 똑같은 통증 신호를 보내고 그것이 신경을 통해 뇌로 접수될 때 실제 상황과 똑같은 아픔을 느끼게 됩니다.」

「만약에, 저, 그러니까 과거의 기억과 아무런 관련이 없다면 어떻게 해야 되죠?」

「그때는 내과적인 정밀 검사를 해봐야겠죠. 원인은 여러 경로가 있을 수 있습니다. 피부과나 신경계 쪽 이상일 수도 있고요. 이런 경우는 아주 특이하군요. 통증의 시발지를 등으로 인식하면서 막상 통증을 느끼는 부분은 몸 전체이니까요. 강렬한 기억이 뇌에 이식된 것 같아요. 며칠 두고 보다가 같은 증상이 지속되면 종합 검사를 받아 보도록 하세요.」

의사는 더 할 말이 없다는 듯 다음 환자를 호출했다. 병원을 나서자 뜨거운 햇빛이 두 눈을 찔러 왔다. 나는 손으로 해를 가리고 횡단보도 앞에 서 있었다. 복사열로 달궈진 아스팔트 위에 형체를 알아볼 수 없는 동물 사체 하나가 틈새를 메워 가고 있었다. 납작하게 포가 된, 살아서 개나 고양이로 불렸을 털가죽을 짓뭉개며 자동차 바퀴들이 지나갔다. 잠잠해졌던 북소리가 다시 시작되고 있었다. 바퀴가 사체 위를 지날 때마다 둥둥, 북이 울리듯 통증이 등을 두드렸다.

놈은 지금쯤 어느 곳에 웅크리고 있을까. 신호가 바뀌었지만 나는 얼굴을 찡그린 채 오가는 사람들을 쳐다보았다. 양동수 사건은 장기화될 조짐을 보였다. 언론은 '제2의 신창원 사건'이 될 것을 염려하며 연일 경찰을 조였다. 며칠 사이 수배 전단에 인쇄된 양동수의 현상금은 두 배로 치솟았다. 그러나 그것뿐이었다. 떠들썩하던 언론의 관심은 시간이 갈수록 날씨와 정치 이야기로 되돌아갔다. 양동수 사건은 점점 사람들의 관심에서 멀어지기 시작했다. 하루빨리 놈이 체포되기를 바랐지만 사람들은 저마다 바빴고 그 일이 아니어도 연일 수십 건씩 기가 막힌 일들이 발생하여 신문 사회면을 채웠다.

3

떠올리기도 싫은 그 사건은 전학 다음 날 점심시간에 일어났다. 지방 Y읍에 위치한 시골 고등학교였다. 종이 울리자 학생들은 도시락을 꺼내 들고 밥을 먹었다. 나는 친구들 눈치를 살피며 천천히 교실을 빠져나왔다. 아침부터 속이 좋지 않기도 했지만, 낯선 아이들 틈에 섞여 밥을 떠먹는 일이 붙임성 없는 내겐 쉽지 않은 일이었다. 운동장 뒤로 돌아가자 아담하게 꾸며진 정원이 나왔다. 정원 사이로 오솔길이 나 있었는데 길은 학교 뒷산으로 연결되어 있었다. 새 울음소리를 따라 오솔길을 더듬어 들어갔다. 조그마한 모퉁이를 돌자 비탈을 개간하여 일궈 놓은 밭이 보였다. 그때 밭 한가운데 엉거주춤 서서 막 뽑은 날고구마를 입으로 가져가는 사내의 모습이 보였다.

뜻밖의 장면에 당황한 나는 나무 뒤로 얼른 몸을 숨겼다. 하지만 이미 때는 늦고 말았다. 인기척에 급히 밭을 벗어나던 사내와 나는 정면으로 눈이 마주쳤다. 사내는 손에 든 고구마를 호주머니에 쑤셔 넣고 뛰듯이 내가 있는 곳으로 걸어왔다. 낡은 셔츠와 농구화를 신고 있었다. 풍기는 인상이 어딘가 추레해 보였다. 본능적으로 몸을 움츠리며, 성난듯 일그러진 사내의 얼굴을 보았다. 흙냄새가 훅 끼치며 사내의 주먹이 번개처럼 등허리를 향해 내리 찍혔다. 나는 신음 소리도 내지 못한 채 밭고랑이 털퍼덕 주저앉았다. 살면서 누군가에게 그토록 아프게 맞아 보기는 그날이 처음이었다. 아픔을 이기지 못해 비트적거리는 내 귀에 사내의 말이 날아와 박혔다.

「네가 뭔데 날 비참하게 하냐?」

마른풀 향기가 코로 밀려들었다. 등허리에 구멍이 뚫린 듯 묵직한 통증이 한동안 계속되었다. 죽은 듯이 숲에 엎어져 있던 나는 점심시간에 끝날 즈음에야 겨우 교실로 돌아올 수 있었다. 아무리 생각해도 맞아야 할 이유를 찾을 수 없었다. 사내의 정체는 다음 날 드러났다. 반 친구들의 얼굴을 대충 익히게 되었을 때, 나를 때렸던 인물이 뜻밖에도 그 속에 섞여 있었다. 양동수는 반에서 가장 덩치가 컸으며 다른 친구들보다 조숙한 학생이었다. 턱에 수염이 자라는 유일한 학생이기도 했다. 양동수를 볼 때마다 나는 그날 등에 와 닿던 주먹을 먼저 떠올렸다. 양동수와는 눈을 정면으로 마주치지도 못했으며 근처에 얼씬거리지도 않았다.

며칠 뒤, 양동수에 의해 학교가 발칵 뒤집히는 사건이 발생했다. 점심시간이 끝날 무렵 성난 농부 하나가 양동수의 귀를 잡고 교무실로 향하는 모습이 눈에 띄었다. 양동수의 한쪽 손에는 밭에서 방금 캔 것인 듯 설익은 땅콩 줄기가 한 움큼 쥐어져 있었다. 그날 청소 시간, 등에 두 번째로 양동수의 주먹이 날아들었다. 손을 씻기 위해 화장실에 들어섰을 때 언제 따라왔는지 양동수가 야비한 웃음을 흘리며 뒤에 서 있었다. 두려움으로 등허리가 확확 달아올랐다. 제발, 나는 거울에 비친 양동수를 애원하며 쳐다보았다.

「네가 찔렀지? 그래, 나 혼나니까 기분 좋냐?」

「아냐, 난…….」

「아니긴! 점심시간에 내가 서리하는 거 너밖에 본 사람이 없잖아. 서울 놈들은 다 그러냐?」

어눌한 말투와 함께 주먹이 날아왔다. 나는 몸을 웅크린 채 차가운 화장실 바닥으로 마대 자루처럼 넘어졌다. 양동수는 나를 올라타고 앉아 짐승처럼 거칠게 숨을 몰아쉬며 주먹을 휘둘렀다. 같은 반 친구들 몇이 화장실에 들어오다가 얼굴을 붉히며 도로 나갔다. 누구도 양동수를 말리지 않았다. 아냐, 뭔가 오해를 하고 있어. 나는 입을 열어 의사를 표현하기 위해 애썼다. 말은 입안에서 웅얼거릴 뿐 한 마디도 밖으로 새어 나오지 않았다. 등이 드럼통처럼 쿵쿵 울렸다. 나는 몸을 웅크린 채 녀석의 주먹을 견뎠다. 분해서 눈물이 쏟아졌지만 눈물을 들키고 싶지 않아 이를 악물었다.

4

호송차에서 사라진 양동수의 근황은 여전히 안개 속이었다. 그러면 그럴수록 등의 통증은 전류를 흘려보내는 듯 집요하게 몸을 두드렸다. 프로그램 개발팀에서 며칠에 한 번씩 걸려 오는 원고 재촉 전화를 건성으로 받아넘기며 나는 종일 방구석에 틀어박혀 지냈다. 그 상태로는 아무것도 할 수 없을 것 같았다. 병원에 다녀온 지 사흘째 되던 날 저녁, 나는 집으로 전화를 넣었다. 정년을

몇 해 안 남긴 아버지는 야근이라 들어오지 않았고, 읍내에서 유치원 교사 노릇을 하는 여동생 미란이 전화를 받았다.

「너, 양동수라고 들어 봤지?」

나는 인사도 생략하고 물었다.

「양, 동, 수?」

「왜, 며칠 전에 고속도로에서 도망친 죄수 있잖아.」

「······그런 일도 있었어?」

뜸 들이던 미란의 대답에 나는 맥이 탁 풀렸다.

「미란아, 지금부터 내 말 잘 들어. 그러니까 조만간 누군가 집으로 전화를 해서 내 연락처를 물어볼지도 몰라. 그땐 무슨 핑계를 대서라도 모른다고 해. 알았지?」

「오빠, 뜬금없이 그게 무슨 소리야?」

「넌 뉴스도 안 보고 사냐?」

당부를 하고 전화를 끊었지만 아무래도 뒷맛이 개운치 않았다. 지도책을 꺼내 내가 사는 도시가 속한 10만 분의 1 지도 한 장을 뜯어냈다. 사인펜으로 놈이 사라진 지점을 표시했다. 내가 사는 도시와 직선을 그은 후 직선거리와 우회거리를 계산해 보았다. 놈은 위장을 하고 이미 이 도시 어딘가에서 찢어진 눈을 반짝거리며 숨을 곳을 찾고 있을지도 모른다. 도망 다니느라 지치고 허기진 놈은 하나하나 연고자들을 떠올릴 것이다. 거기까지 생각이 미치자 심장 박동이 빨라졌다. 어느 틈엔가 통증이 쿵쿵 등가

죽을 울리고 있었다. 내가 이곳 S시에 사는 것을 아는 동창들은
꽤 되었다. 좀더 구체적으로 추리해 보았다. 놈이 이 도시로 방
향을 잡았다면 도움을 청하기 위해 십중팔구 친했던 몇몇 동창
녀석에게 은밀히 전화를 넣었을 것이다. 친구들 중 누군가는 이
도시에 사는 나의 존재를 놈에게 귀띔했을 수도 있다.

컴퓨터를 켜고 바탕화면에 바로가기 해두었던 파일을 클릭했
다. 한글 화면이 떠오르기 무섭게 흰 여백 위로 글자들이 쏟아졌
다. 커서는 며칠째 제자리걸음이었다. 늦어도 말일까지는 원고
를 보내 주어야 했다. 등줄기로 식은땀이 맺혔다. 조만간 에어컨
을 구입해야겠다고 생각하는데 정적을 깨고 전화벨이 울렸다.
모처럼 집중했던 마음이 산만해지며 심장이 다시금 강하게 요동
쳤다. 기다렸다는 듯 통증이 사방으로 촉수를 벌렸다. 양동수일
까? 아무래도 느낌이 좋지 않았다. 긴장과 함께 성기는 팽팽하
게 발기되었다. 전화를 건 사람은 며칠에 한 번씩 작업 상황을
체크하는 개발팀의 미스 조였다.

「불안하다고 과장님이 자꾸 닦달이지 뭐예요.」

그녀는 3일째 야근 중이라며 하품을 해댔다.

「틀림없죠?」

그녀가 확인하듯 물었다. 나는 다음에 이어질 말을 익히 알고
있었다. 이미 국내 유수의 프로그래머들이 원고가 도착되기만을
손꼽아 기다리고 있다는 것이었고, 이번의 기획이야말로 홍수처

럼 밀려드는 외국 게임의 공세에 맞서 국산 게임의 자존심을 지켜 낼 대작이 될 것이라는 것이 그것이었다.

「걱정 말아요. 마감 약속은 꼭 지킬 테니까.」

가까스로 수화기를 내려놓았다. 등을 타고 온몸으로 번지는 통증과 초등학교 운동회 날 100미터 달리기를 앞두었을 때처럼 빠르게 울리는 심장의 고동 소리, 그 사이로 떠도는 후텁하고 끈적한 열기들. 그 모든 불안과 초조함이 하나의 커다란 불기둥을 형성한 채 내부에서 소용돌이치며 출구를 찾고 있었다. 숨이 콱콱 막혔다. 이 팽팽한 기운의 생장점을 잘라 버리면 불안과 초조함도 그만 사라지지 않을까. 나는 바지를 벗고 미친 듯 수음을 하기 시작했다. 주기적으로 등을 울리는 통증과 어둠 속을 헤매고 있을 양동수의 발소리. 그 옥죄임이 떨쳐지기를 바라며 빠르게 손을 움직였다. 오래지 않아 희멀건 정액이 손아귀로 뿜어져 나왔다. 순간, 등의 통증은 언제 그랬냐는 듯 잠잠해졌다.

5

터미널 매점에서 사이다 한 병을 산 뒤 단숨에 들이켰다. 줄지어 대기 중인 버스 지붕 위로 이글이글 열꽃이 피어났다. 빈 캔을 쓰레기통에 던진 후 나는 매표구를 빠져나와 T시행 버스에 올랐다. 버스가 달리는 동안 메모용 노트를 꺼내 들고 스토리를 이어 나갔다. 회사 기획팀에서는 지금까지 나온 것과는 전혀 다른 차원의 게임 스토리를 요구했다. 처음 온라인 게임이 나왔을 때 대부분의 스토리는 가상 세계를 바탕으로 한 판타지물이거나 과거, 혹은 미래 세계를 축으로 한 SF물들이었다. 그런 종류의 게임은 수십 개가 쏟아져 나왔고 게이머들은 금방 식상해 했다.

반면 전작 〈영혼 전쟁〉의 바탕을 이루는 배경 스토리는 영(靈)들의 갈등이었다. 무의식 속에서 인간의 정신을 조종하는 영들 중 일부가 어느 날 반란을 일으켜 인간의 사고 체계를 마비시킨다. 이성이 마비된 인간들에 의해 세상은 카오스에 빠진다. 게이머는 선한 영과 악한 영을 자유롭게 선택하여 인간들의 뇌 속으로 잠입한 후 인간을 조종하여 전쟁을 수행한다. 선한 영은 인간에게 농사짓는 법과 목축, 물고기 잡는 법 등을 훈련시킨다. 악한 영은 약탈과 전쟁을 훈련시킨다. 다른 게임에서는 한 개의 캐릭터를 선택하여 계속해서 능력치를 키워 가야 하지만 〈영혼 전쟁〉에서는 선과 악의 절대치가 높을수록 유리했고 동시에 여러 캐릭터를 조종할 수도 있다.

게임 속 최고의 악당 캐릭터는 '와이번'이었다. 악의 상징인 와이번은 악마와 역병을 뜻하는 중세의 상상 동물로 내 의식 속 양동수를 형상화한 괴물이었다. 게이머들은 부지런히 캐릭터들 사이를 옮겨 다니며 선하거나 악한 인물로 개조해야 한다. 하지만 와이번은 여간해서 개조가 쉽지 않았다. 와이번을 선한 캐릭터로 바꾸려다가 오히려 악당으로 포섭되는 유저들도 많았다. 게임 속 악마 와이번의 힘은 실로 막강하다. 초보 유저들은 속수무책으로 와이번에게 집과 농장을 빼앗긴다. 초보 유저들이 할 수 있는 유일한 복수란 와이번의 거대 농장에 침입하여 농작물을 짓밟으며 뛰어다니는 일이다. 유저들은 이를 '아바타의 복수'라고 부른다. 한 게임 평론가는 〈영혼 전쟁〉의 인기를, 청소년들이 집이나 학교에서 받은 억압과 스트레스를 가상 공간에서 풀어내고 있다며 일종의 방어 기제로 해석하기도 했다. 선한 영들은 인간을 선하게 조종했고 악한 영혼들은 악을 선동했다. 그러나 게임 스토리에는 어느 쪽의 승자도 명시되어 있지 않았다. 최후의 승자는 선과 악을 추구하는 게이머들 각자의 몫이었다.

T도에 도착한 후 Y읍으로 가는 군내 버스로 갈아탔다. 고등학교 1학년이던 그해 가을, 새로 이사한 Y읍에서 양동수를 만나고 시달림을 받게 되었을 때 나는 자주 무능력한 아버지를 원망했다. 철도 공무원이었던 아버지는 장비 도입과 관련하여 부서 전체가 연루된 비리에 끝까지 개입하기를 거부했다. 조직에 대항한 대가는 컸다. 아버지는 부적응자가 되었고 이듬해 인사에서 돌연 지방으로 좌천되었다. 서울을 벗어나 시골까지 내려오게 된 배경도, 계속되는 양동수의 횡포를 고스란히 견뎌야 하는 나의 소심한 성격도, 모두 아버지에게 물려받은 것이라 여기던 시절이었다.

공부에 흥미를 잃고 나는 자주 학교를 빠졌다. 긴장으로 초조해질 때마다 방문을 걸어 잠그고 공책에 만화를 그리거나 잡다한 글을 적었다. 그러다가 수음을 했다. 아무런 쾌감도 느낄 수 없는 단조로운 행동이었다. 놈이 언젠가 나를 죽여 버릴지도 모른다는 생각에 사로잡혔다. 밭에서 서리를 못하게 된 이후 양동수는 더욱 악랄하게 나를 들볶았다. 점심시간만 되면 내게 다가와 툭툭 치며 밥 먹는 것을 방해했다. 마을 앞 하천에 밥과 반찬을 버리고 집으로 돌아가는 날이 늘어 갔다. 양동수는 집안이 가난해서 도시락조차 챙겨 올 수 없는 자신의 현실을 스스로 자학하는 듯했다. 양동수는 친구를 괴롭히고 나쁜 짓을 일삼아 악인이 되는 것으로 자신에게 쏟아질 동정을 대신했던 것이다.

학교를 졸업하고 양동수에게서 완전히 해방이 된 이후에도 나는 외출을 자제하고 방 안에 틀어박혀 보내는 것으로 시간을 죽였다. 다니던 전문대도 적응하지 못하고 1년여 만에 자퇴했다. 불안하거나 초조한 일들은 다른 형태로 얼마든지 삶에 끼어들었고 그때마다 나는 수음으로 불안을 다스렸다. 허망한 수음의 뒤끝에는 언제나 양동수의 얼굴이 악령처럼 따라붙었다. 오래도록 잊고 있던 양동수의 소식을 다시 듣게 된 것은 지난해 봄이었다. 읍내에서 약국을 운영하는 희석이 아버지의 회갑연 자리에서였다. 연락이 닿았던 몇몇 친구들이 모였고 술이 한참 올랐을 무렵 계수가 불쑥 그 이야기를 꺼냈다.

「너희들, 동수 소식 아냐?」

일행의 시선이 일제히 계수에게 쏠렸다.

「사람을 찔렀다더라. 한 번도 아니고 아주 벌집을 만든 모양이데.」

나처럼 양동수에게 괴롭힘을 많이 받았던 상범이가 말을 받았다.

「못된 짓은 골라서 다 하더니, 커서도 별수 없군.」

집이 가까워 종종 돈을 뜯겼던 동희도 주먹을 불끈 쥐었다.

「그 자식, 언젠가 그럴 줄 알았다.」

계수가 하던 말을 이었다.

「졸업하고 조직에 들어갔다는 둥, 사고를 쳐 감옥에 갔다는 둥 말이 많았지. 한동안 잠잠하더니 기어이 사고를 치긴 친 모양이야. 것도 지나가는 여자를…….」

잠자코 앉았던 광익이와 동국이가 손을 들어 계수를 말렸다.

「그만해라. 뭐 좋은 일이라고 그 애길 꺼내냐?」

양동수에 얽힌 대화는 그것으로 끝났다. 몇 마디 더 근황을 듣고 싶었지만 분위기가 분위기였던 만큼 더는 얘기가 진행되지 않았다. 며칠 전 고속도로에서 탈주한 범인이 양동수가 틀림없다면 그날 계수의 말은 사실인 셈이었다.

6

저만치 Y읍을 알리는 표지판이 보였다. 나는 긴장하며 내릴 준비를 했다. 어제저녁, 미스 조의 독촉 전화를 받고 밤 늦도록 작업에 몰두했지만 단 한 줄도 쓰지 못했다. 새벽녘, 불현듯 집에 다녀와야겠다는 생각을 하게 되었다. 한 차례 통증이 온몸을 휩쓸고 지나간 뒤끝이었다. 아무리 생각해도 문제는 양동수였다. 놈의 문제가 제대로 해결돼야 게임 스토리를 써 보낼 수 있을 것 같았다.

얼마 전 새로 이사한 아파트는 깨끗하고 넓었다. 처음 서울에서 Y읍으로 왔을 때 우리 가족은 우시장 바로 앞, 낡은 철도청 관사에서 살았다. 5일에 한 번 서는 읍내 장날이면 꾸역꾸역 모여드는 소들을 뚫고 학교에 가야 했다. 아무렇게나 떨어진 소똥이 발에 밟히면 나는 인상을 구기며 흙에다 신발을 비볐다. 언젠가 소 행렬 속에서 양동수의 아버지를 발견한 적도 있었다. 놈의 아버지는 소를 팔기 위해 중간 상인과 손짓 발짓 해가며 열심히 흥정을 벌이는 중이었다. 놈의 아버지가 움켜쥐고 있던 고삐에는 태어난 지 몇 개월 되어 보이지 않는 어린 송아지 한 마리가 묶여 있었다. 양동수는 그때까지도 수업료를 내지 못한 몇 명의 학생들 가운데 하나였다.

놈의 부모는 지금도 그곳에 살고 있을까? 저녁을 먹고 날씨가 좀 선선해지자 아버지의 낡은 자전거를 꺼내 타고 느릿느릿 집을 나섰다. 내 의식 속에 고여 있는 오랜 공포의 실체 양동수와, 놈이 살았던 집을 직접 두 눈으로 확인하고 싶었기 때문이다. 최면을 통해 전생 퇴행을 받는 사람들처럼 나 역시 놈의 집을 찾아가 고통의 근원을 확인하고 나를 꽁꽁 옭아맨 사슬로부터 그만 풀려나고 싶었다. 그 길만이 시시각각 몸을 울려 대는, 뿌리를 알 수 없는 긴 통증으로부터 놓여날 수 있는 유일한 방법이었다.

하천 제방을 따라 북쪽으로 자전거의 방향을 틀었다. 읍내는 하천을 끼고 북읍과 남읍으로 나뉘어져 있었다. 양동수네 집은 북쪽으로 한참을 더 들어가야 하는, 읍내를 많이 벗어난 시골 마을이었다. 나는 옛 기억을 더듬으며 천천히 페달을 밟았다. 페달에 힘을 주자 등으로 후줄근하게 땀이 흘렀다. 놈이 자전거를 타고 그곳에서 헐레벌떡 학교로 달려오던 장면이 또렷이 인상에 남아 있었다. 따갑던 해가 떨어지고 무리를 이룬 하루살이들이 얼굴로 풀씨처럼 날아들었다. 오랜 가뭄으로 보에만 물이 조금씩 고여 있을 뿐 하천은 생선뼈처럼 허옇게 바닥을 드러내 놓았다.

20분쯤 자전거를 달려 양동수가 살았던 마을에 닿았다. 정자나무 밑을 지나 구불구불한 골목을 질러 양동수가 살던 집으로 가 보았다. 옛날 놈이 살았던 낡은 함석집은 간데없고 그 자리에는 멋을 낸 이층 양옥집 한 채가 지어져 있었다. 대문도 없이 곧장 이어진 마당에는 트랙터 한 대가 서 있었다. 저녁을 먹는지 안에서 구수한 된장국 냄새가 풍겼다. 경찰을 따돌린 양동수는 감쪽같이 자취를 감추었고, 그의 부모들도 아들 소식을 손꼽아 기다리고 있을 것이었다. 어쩌면 이사를 가고 다른 사람들이 그 자리에 집을 지었는지도 몰랐다. 누구를 만나든 속 시원하게 양동수 소식을 듣고 싶었다.

놈의 부모는 아직도 이곳에 살까? 나는 조심스럽게 이층집 안의 동정을 살폈다. 아이들의 깔깔거리는 웃음소리가 불빛을 타고 마당으로 쏟아졌다. 바로 그때.

「거기 누구요?」

등 뒤에서 인기척이 들리며 누군가 저벅저벅 걸어 들어왔다. 나는 되돌아 나올 틈도 없이 마당에 엉거주춤 서서 그를 바라보았다. 물꼬라도 보고 온 것일까. 사내는 들고 있던 삽을 수돗가에 세우고 곧장 나를 향해 다가왔다. 당신이에요? 현관 불이 켜지며 안쪽으로부터 젊은 여자가 문 밖으로 고개를 내밀었다. 동시에 앞에 선 사내의 윤곽선이 뚜렷하게 살아났다. 그때 오래된 기억 하나가 스치듯 눈앞에 펼쳐지기 시작했다. 고구마를 뽑아 허겁지겁 입으로 가져가던 양동수와 등허리에 날아와 박혔던 놈의 무지막지했던 주먹, 졸업 때까지 계속되던 괴롭힘, 불안과 초조 속에서 방사했던 정액들.

「거, 누구……?」

다시 굵직한 목소리가 이어졌다. 사내의 부인과 아이들까지 모두 마당으로 내려와 나를 바라보며 묻고 있었다. 거기 누구요?

그러나 그 말은 오히려 내가 물어야 할 말이었다. 당신들은 도대체 누구란 말인가. 내 등에 주먹을 날리던 악마 양동수가 살았던 집에, 그들은 전부 어디로 뿔뿔이 흩어지고 누가 대신 밥을 짓고 굴뚝에 연기를 피워 올리며 살아가고 있나. 놈이 사람을 죽이고 잡혔다는 이야기를 들었을 때, 그리하여 영원히 세상으로부터 분리되었을 때, 나는 비로소 내부의 공포와 불안이 소멸하는 소리를 들었다. 나는 미친 듯 첫 스토리 작업에 몰두했고 사악했던 양동수는 악령을 이끄는 우두머리 캐릭터가 되어 영원히 게임 안에 봉인되지 않았던가.

「실례합니다. 저는 읍내 사는 한창호라고…….」

사내는 우뚝 서서 내 얼굴을 뚫어져라 쳐다보았다.

「누구? 창호라고?」

나는 비로소 불빛에 드러난 사내의 얼굴을 훔쳐볼 수 있었다. 그 순간 나는 짧은 신음을 흘리며 넘어질 듯 비틀거렸다. 각진 턱과 꾹 닫힌 입술, 작은 눈과 콧속이 들여다보이는 들창코, 불빛 아래 보이는 사내는 바로 꿈속에서조차 잊어 본 적이 없는 살인마 탈주범 양동수였다.

「동수, 혹시 양동수?」

나는 눈을 의심하며 목소리를 떨었다. 머릿속이 실뭉치처럼 복잡하게 꼬였다. 전혀 예상하지 못한 일이었다. 어떻게 양동수를 여기서 다시 만날 수 있단 말인가.

92

「야 맞다, 나 동수다. 너 읍내 살던 창호지? 네가 우리집엘 어쩐 일이냐?」

양동수는 거침없이 다가와 덥석 내 손을 잡았다.

「마침 지날 일이 있어 들렀다……」

얼떨결에 둘러댔다.

「잘 왔다. 들어가자.」

놈은 내 손을 놓지 않은 채 방으로 안내했다. 짧은 순간, 나는 재빨리 생각했다. 사람을 죽이고 호송 도중 탈출했던 양동수가 아닌가. 그런 놈이 어찌하여 이렇게 아무 일도 없었다는 듯 살고 있을까. 방 안에 마주 앉자마자 양동수의 얼굴을 자세히 살폈다. 나는 다시 한 번 놀랐다. 다소 비슷하긴 했지만 TV에서 보았던 사진 속 탈주범과는 분명 달랐다. 사각 턱은 생각하고 있던 기억보다 훨씬 부드러웠고, 입술 역시 정상이었다. 눈이 작긴 했지만 흉하지 않았고 비열해 보이지도 않았다. 콧대가 좀 낮은 것을 제외하면 기억하던 들창코도 아니었다. 내가 뭔가 착각을 하고 있던 게 분명했다.

「벌써 10년도 더 됐네. 그래, 어떻게 사냐?」

양동수가 먼저 물었다.

「그럭저럭, 근데 너 도시로 나간 적 없니? 쭉 여기 살았던 거야?」

놈은 그런 걸 왜 묻냐는 투로 뚱하니 나를 보았다.

「나야, 보이는 대로지. 거 왜, 우리 집 어릴 때 찢어지도록 가난했잖아.」

「……」

「너도 알다시피 도시락 한 번 제대로 싸가 본 적이 없다. 가난이 싫어 지금껏 정말 죽기 살기로 일했지.」

「여기, 동네를 한 번도 안 떴단 말이지?」

「그럼, 자리를 잡기까지 안 길러 본 가축이 없고 안 심어 본 작물이 없을 정도다.」

도대체 어디서부터 어긋난 것일까. 나는 어긋난 틈을 메우기 위해 눈을 굴렸다. 평생 놈을 따라다닌 기억은 가난했던 삶뿐인 모양이었다. 나와 관련된 과거의 악연 따위는 애초에 기억에 두고 있지 않은 듯했다. 게임 스토리 속, 악령 캐릭터의 모델이 된 양동수는 현실 속에서 정반대의 삶을 살고 있었던 것이다. 술잔이 오가는 와중에 나는 양동수의 표정 안쪽에 숨겨진 사악한 탈을 찾아내기 위해 집요하게 애썼다. 그러나 놈에게서는 그 어떤 악인의 흔적도 느껴지지 않았다.

「그런데 네 부모님은 왜 안 보이시냐?」

이따금씩 마주친 적이 있던 놈의 부모였다.

「돌아가셨다. 살만 하면 죽는다는 옛말 하나도 틀리지 않더라. 이태 전 여기 이 동네 큰물 왔을 때 그래 됐다. 물이 넘쳐서 읍내 장터까지 들어가고 난리도 아니었거든. 두 분이 논에 다녀

94

오시다가 물을 맞았는데 어머니 빠지니까 아버지도 같이 뛰어 드셨다고 하더라.」

아주 짧은 순간 동수의 눈가에 눈물이 비쳤다.

「고생만 하신 분들인데…….」

나는 되는대로 위로의 말을 던져 놓고 다시금 놈을 천천히 뜯어보았다. 제 부모를 걱정하고 농사 이야기를 늘어놓는 놈은, 적어도 겉으로 보기엔 더 이상 악인이 아니었다.

나는 지난날 놈에게서 받았던 고통을 들춰내 용서의 말을 듣고 싶었다. 그러나 대화는 그쪽으로 깊게 진행되지 않았다. 이야기가 과거형으로 넘어갈 때마다 양동수는 말을 끊었다. 놈은 오로지 현재 이야기만을 원했고 꿈꾸는 얼굴로 자신이 구상 중인 미래의 삶을 이야기했다. 9시가 조금 지났을 무렵 자고 가라는 양동수의 만류를 뿌리치고 밖으로 나왔다. 더는 듣고 있을 수가 없었기 때문이다. 양동수는 내 마음을 아는 듯 모르는 듯 태연했다. 앵앵거리는 모기를 손바닥으로 쳐 죽이며 놈은 자전거를 세워 놓은 곳까지 나를 배웅했다. 개구리 우는 소리가 쉬지 않고 귀를 두드렸다.

「비가 오려나 보네.」

별들 사이로 얼핏얼핏 엷은 구름이 지나갔다.

「요즘, 가뭄 때문에 농사에 지장이 많지?」

자전거를 돌리며 건성으로 놈을 걱정했다.

「말하면 잔소리지. 저길 좀 봐라.」

양동수는 마을 앞 어둠 저편을 손가락질했다.

「오다가 봤나 모르겠지만 저쪽이 내가 경작하는 땅콩밭이야. 자그마치 2만 평이나 되지. 올해 땅콩 농사를 망치는가 했는데 다행이 고대하던 비가 이제야 좀 오려나 보다.」

「비가 아니라 장마라던데?」

「뭐, 설마 땅콩밭이 떠내려가기야 하겠냐?」

놈은 산전수전 다 겪어 본 농부처럼 태연했다.

「간다. 다음에 또 들르지.」

「그래, 어두우니 살펴 가라.」

양동수가 손을 내밀었다. 거친 농사일 때문인지 녀석의 손은 투박하고 단단해 보였다. 오래전 내 등짝을 향해 날아들던 주먹이었다. 내 몸속에 오랫동안 똬리를 틀고 앉아 이따금씩 등가죽을 두드려 대는 바로 그 손이었다. 그 손이 아무 일도 없었다는 듯 태연히 내게 손을 내밀며 악수를 청해 왔다. 나는 가볍게 손을 맞잡고 자전거에 올랐다. 골목을 벗어날 때까지도 녀석은 손을 흔들며 집 앞에 서 있었다.

마을 입구 정자에 이르러 나는 자전거를 멈췄다. 멍한 눈으로 방금 돌아 나온 골목을 더듬어 들어갔다. 한바탕 꿈이라도 꾼 듯 머릿속이 복잡했다. 마당에 세워져 있던 놈을 닮은 억센 트랙터와 쏟아지던 환한 불빛들. 놈을 부르는 아내의 목소리와 아이들의 깔깔거리던 웃음소리가 떠나지 않고 귀를 맴돌았다. 나는 담배를 꺼내 불을 붙이며 곰곰이 생각에 잠겼다. 다른 동창에 관한 이야기를 그동안 나는 어째서 양동수의 일로 잘못 알고 있었을까. 그간의 강박증이 그렇게 만든 것은 아닐까. TV 속 탈주범을 놈으로 착각하게 만든 공포의 실체는 무엇이었을까. 오랜 세월, 마음속에 분노와 공포로 자리 잡고 있던 한 인간에 대한 기억, 눅신하게 살가죽을 두드리며 몸의 이곳저곳을 헤집다가 신경을 타고 뜨겁게 흐르던 그 불기둥의 정체는.

자전거에 올라 천천히 페달을 밟기 시작했다. 땅콩밭을 일군다는 놈의 말은 사실이었다. 올라올 때는 보지 못했는데 길 왼쪽으로 길이를 알 수 없는 땅콩밭이 펼쳐졌다. 흙이 보이지 않을 만큼 진녹색 줄기들이 무성해야 함에도 가뭄 때문인지 군데군데 흙이 들여다보였다. 나는 자전거의 진행 방향을 바꾼 뒤 그대로 땅콩밭으로 돌진했다. 비를 기다리던 가냘픈 줄기들이 짓이겨져 페달 좌우로 갈라졌다. 끊긴 줄기들이 저항이라도 하듯 체인에 감겨 왔다. 그럴수록 나는 고삐 풀린 소처럼 마음껏 땅콩밭을 휘저었다.

돌연 콧등에 차가운 느낌이 전해졌다. 손으로 코를 문지르니 물기가 묻어 나왔다. 고개를 들어 하늘을 보았다. 담요를 펼친 듯 시커먼 먹구름이 하늘을 덮고 있었다. 쏴아, 하는 바람 소리가 귀를 울리고 지나갔다. 하천을 타고 바람이 예사롭지 않게 불어왔다. 읍내 쪽에서 불어 온 바람은 다리를 건너 양동수가 사는 마을로 다투어 밀려갔다. 나는 시간을 확인하고 기나긴 녀석의 땅콩밭을 빠져나왔다. 전화벨이 요란하게 울린 것은 그때였다. 게임 개발팀의 미스 조였다.

「또, 무슨 일입니까?」

나는 신경질적으로 전화를 받았다.

「불안하다고 과장님이 자꾸 닦달이지 뭐예요.」

미스 조는 태연하게 내 짜증을 받아 넘겼다.

「어제도 전화 했잖아요?」

「어머, 그랬나요? 야근을 자주 했더니 통 날짜 가는 걸 모르 겠네.」

미스 조는 언제나 그렇듯 너스레를 떨었다. 전화를 끊고 나는 원고 마감 날짜를 헤아려 보았다. 남은 기간은 불과 보름이었다. 하지만 크게 걱정이 되지는 않았다. 게임 스토리는 어차피 현실이 아닌 픽션에 불과할 뿐이므로…… . 문제는 사실과 허구의 경계를 얼마나 실감 나게 허무느냐다. 3차원 게임 속이지만 유저들로 하여금 게임을 현실처럼 느끼게 하는 게 스토리 작업의 포인트였다. 개발팀의 미스 조가 수시로 전화를 걸어 진행 상황을 체크하는 이유이기도 했다.

쾅, 쿠르릉!

98

갑자기 주변이 번쩍하더니 환해지기를 반복했다. 벌판 한가운데 마른번개가 떨어지고 있었다. 두두둑 하는 소리가 몇 차례 들리더니 자전거 안장 위로 물방울이 픽픽 튀어 올랐다. 본격적으로 장마가 시작되려는 모양이었다. 나는 핸드폰을 주머니에 쑤셔 넣고 자전거에 올랐다. 벌판을 질러 온 빗줄기는 작은 시멘트 다리를 집어삼키고 장거리 육상 선수처럼 그대로 몸을 밀며 나를 앞질러 가버렸다. 타닥타닥, 등으로 빗줄기가 시원하게 내리꽂혔다. 통증은 느껴지지 않았다. 번개가 칠 때마다 곧게 뻗은 길이 드러났다 사라지기를 반복했다. 나는 자전거 페달에 힘을 주며 천천히 구르기 시작했다.

빛과 어둠이 생멸하는 스토리 속으로 빨려 들어갔다.

달밤 달빛

시간이 지날수록 나는 더 깊은 혼란에 빠졌다.

하던 일을 모두 제쳐 두고 멍하니 앉아 생각에 잠기는 날이 늘어 갔다.

마침내 나는 내가 경험한 일들을 모두 믿지 않게 되었다.

나는 정말로 남편과 섹스를 나눈 적이 없는 걸까?

어릴 적 달빛 사이로 보았던 정체불명의 물체는 무엇이며 숲 속에서 내가 마주친

짐승의 정체는 또한 무엇일까?

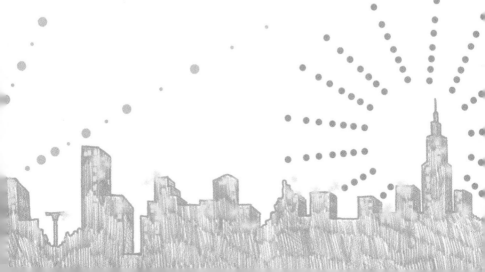

무밭에 정체불명의 여자가 나타난다는 소문은 진작부터 있었다. 흰 소복에 머리카락을 길게 늘어뜨렸다고 했다. 입 주변에 뭔가를 물어뜯은 흔적이 있으며 달 없는 밤에만 목격된다는 것이었다. 구체적인 이야기보다 구름 잡는 소리만 떠돌았다. 누구는 미친 여자일 것이라고 했고 누구는 헛것을 본 것 같다고 말하기도 했다. 무밭 주인이 퍼뜨린 거짓말에서 비롯되었다는 얘기도 들렸다. 밤마다 무가 뽑혀 없어지자 수확을 앞둔 주인이 화가 나서 그런 말을 꾸며 댔다는 것이다. 그 말은 꽤나 신빙성 있는 얘기였다. 소문이 돌기 시작하면서 사람들은 무밭 주변에 얼씬도 하지 않게 되었으니까.

한동안 동네 여자들은 그 이야기로 수군거렸다. 두서넛씩 모이기만 하면 무밭에 나타난다는 여자에 대해 얘기를 늘어놓았다.
말은 확장을 거듭하여 무밭을 일구는 늙은 부부와 그들이 무밭
을 지키기 위해 풀어놓았다는 개 이야기로까지 번졌다. 동네 여
자들은 그런 얘기를 쑥덕이다가 내가 나타나면 말을 그치거나
재빨리 화제를 돌렸다. 이웃들과 교류를 하지 않았기에 여자들
의 그런 반응은 이미 익숙했다. 유일한 친구였던 몇몇 대학 동창
들과도 오래전에 소식이 끊겼다. 그다지 살갑지 못한 형제들과
는 몇 개월에 한두 번 전화로 안부를 묻는 게 고작이다. 나는 마
당에서 화초를 돌보거나 책을 읽는 일로 대부분의 시간을 보냈
다. 서울에 있을 때나 이사를 온 후나 특별히 변하지 않은 생활
습관이었다.

남편과 나는 지난해 봄, 서울 근교에 있는 이 작은 도시로 이사
왔다. 이곳은 월피동이라는 이름을 가진 동네였는데 해발 200미
터 남짓한 산자락을 타고 ㄷ자 형태로 주택 단지가 조성된 시의
외각 지대였다. 이사 직후 나를 가장 궁금하게 했던 점은 月陂洞
이라는 지명의 유래였다. 한자를 그대로 직역하면 달 비탈 동네
였는데 궁금증은 금방 풀렸다. 주소지 변경 때문에 찾아갔던 동
사무소의 지역 소개 게시판에 지명에 대한 구체적인 설명이 붙어
있었다. 월피동의 원래 이름은 '달이 들어오는 비탈'이라는 뜻의
다리피[月入陂]였다는 것이다. 그래선지 산자락을 따라 형성된 월
피동은 어디에서건 달이 뜨고 지는 모습이 한눈에 들어왔다.

처음 이사를 결정했을 때 동네 이름 때문에 잠시 주춤한 기억이 난다. 나는 달 밝은 밤을 그다지 좋아하지 않았다. 하필이면 동네 이름이 월피동일까? 계약금을 걸어 놓고 내가 망설이자 남편은 또 그 얘기냐며 화를 냈다. 그때는 남편과 말다툼까지 벌였지만 지금은 이사를 잘했다고 생각한다. 이사를 하게 된 직접적인 계기는 주치의였던 윤 박사의 권유 때문이었다. 결혼 전부터 나는 가벼운 우울증을 앓고 있었고 윤 박사는 조용한 곳에서 요양할 것을 자주 권했다. 서울에서 자동차로 한 시간 거리인 이곳은 시골과 다름없이 한적한 곳이었다. 시내 중심가에서 멀리 떨어졌을 뿐만 아니라 산비탈을 따라 군데군데 형성된 밭도 많았다. 고개 하나를 넘어가면 개울을 끼고 조성된 과수원도 있었다.

남편은 번역가였다. 종일 방구석에 틀어박혀 원고와 씨름하는 남편으로 말하자면 나보다 몇 배는 더 혼자 지내기를 좋아하는 사람이었다. 덕분에 자잘한 심부름은 언제나 내 몫이었다. 프린터 잉크를 새로 구입한다든지 서점에 나가 남편이 필요로 하는 책들을 사다 주는 일이 그것이었다. 남편은 결벽증 환자처럼 바깥 세계와의 접촉을 꺼렸다. 남편은 완결 시기를 알 수 없는 긴 분량의 원고를 번역 중이었다. 공교롭게도 그 작업은 결혼과 동시에 시작되었다. 언젠가 남편의 작업을 지켜본 일이 있다. 책상 앞에 앉은 남편의 모습은 꽤나 특이했다. 종일 모니터만 바라보고 앉아 있는가 하면 어느 순간엔 맹렬한 기세로 자판을 두드렸다. 원고를 번역하는 것이 아니라 자동기술법에 의지해 글을 쓰는 듯 보일 정도였다. 남편은 방에서 며칠이고 꼼짝하지 않는 날이 많았고 어떤 때는 남편이 아예 없는 듯 느껴지기도 했다.

그 일은 약 한 달 전에 일어났다.

저녁 식사를 마친 나는 물통을 들고 천천히 집을 나섰다. 트럭들이 무질서하게 주차된 골목을 돌아가자 산자락을 따라 숲길이 나타났다. 숲길 주변은 불법으로 개간해 놓은 자투리 밭 천지였다. 봉분에 아까시나무가 뿌리내리기 시작한 주인 없는 묘지들도 더러 눈에 띄었다. 100여 미터가량 숲 안쪽으로 깊숙이 들어가면 오래된 전나무들이 빽빽이 들어차 있는 곳에 이르게 된다. 녹화 사업 때 인공 조림을 한 듯 전나무들은 오와 열을 맞춰 치마를 펼친 듯 산자락을 덮고 있었다.

길은 그곳에서 두 갈래로 갈라진다. 산자락을 따라 왼쪽으로 넘어가면 시에서 만들어 놓은 약수터였다. 일주일에 한 번씩 나는 물을 받기 위해 정기적으로 약수터를 찾았다. 저녁이긴 해도 운동을 하거나 물을 뜨기 위해 오가는 사람들로 숲길은 언제나 붐볐다. 그에 비해 오른쪽 길은 한 번도 가보지 않은 곳이었다. 사람들이 잘 다니지 않아서인지 약수터로 가는 길에 비해 폭이 좁았다. 갑자기 왜 그런 생각이 들었는지 알 수 없다. 갈림길에 이르렀을 때 나는 오른쪽 길로 가보고 싶다는 강한 충동에 사로

잡혔다.

 길은 끊어질 듯 하면서도 안쪽으로 이어졌다. 50미터쯤 들어
가자 길은 다시 두 곳으로 갈라졌다. 가파르게 이어진 왼쪽은 정
상으로 오르는 길이었고 오른쪽은 산자락 아래로 완만하게 뻗어
내려갔다. 나는 홀린 듯 오른쪽으로 방향을 잡았다. 주택가 쪽으
로 꺾어지겠거니 생각했는데 그게 아니었다. 얼마쯤 내려가자
길이 끊기고 별안간 사방이 탁 트인 공터가 나타났다. 공터 한쪽
에는 새로 단장한 듯 깨끗해 보이는 집 한 채가 서 있었다. 한적
한 숲 속에 홀로 지어진 집이라니? 나는 보지 말아야 할 것을 몰
래 보아 버린 아이처럼 가슴이 뛰기 시작했다.

 마음을 가다듬고 조금씩 공터로 다가갔다. 하얀 페인트가 칠해
진 단층집이었다. 안에 사람이 있는지 초저녁인데도 불이 환했
다. 넓은 통유리 안으로 얼핏 사람의 그림자가 비쳤다. 통유리를
보자 은근한 호기심이 일어났다. 그건 무섭거나 두려운 마음을
넘어서는 것이었다. 저 집에는 누가 살고 있을까? 나는 몸을 낮
추고 거실이 정면으로 보이는 곳까지 걸어갔다. 마침 작은 돌무
더기가 눈에 띄었다. 돌무더기에 발을 딛고 거실을 살피던 나는
하마터면 비명을 지를 뻔했다.

 42인치쯤 되는 벽걸이 TV가 눈에 들어왔다. 무엇을 틀어 놓았
는지 TV에서 이상한 소리가 밖으로 흘러나왔다. 짐승의 울음소
리 같기도 하고 누군가 싸우는 소리처럼 들리기도 했다. 거리가

멀어 화면이 제대로 보이지는 않았다. TV 맞은편엔 푹신해 보이는 가죽 소파가 자리 잡았다. 그런데 소파에 앉은 사람의 모습이 아무래도 이상했다. 자세히 바라보니 잿빛 털로 뒤덮인 한 마리 커다란 짐승이었다. 짐승의 크기는 얼추 송아지만 했다. 짐승은 진지한 자세로 TV 화면에 시선을 집중했다. 앞발 옆에는 리모컨까지 놓여 있었다. 무엇보다도 놀라웠던 점은 짐승의 눈빛이었다. 편안하게 치뜬 짐승의 눈동자는 사람의 그것처럼 깊고 그윽했다.

나는 짐승을 자세히 보기 위해 목을 길게 뺐다. 동시에 짐승이 창으로 고개를 돌렸다. 짐승은 게슴츠레한 눈을 슴벅이며 뚫어져라 나를 쳐다보았다. 서로 얼굴이 마주치자 나는 온몸이 오싹해지는 공포를 경험했다. 다른 날과 달리 무엇인가에 홀려 외딴 숲길로 들어섰다는 데에 생각이 미쳤다. 팔다리가 가위에 눌린 듯 뻣뻣해졌다. 나는 뛰는 가슴을 억누르며 숲길을 정신없이 되질러 달리기 시작했다. 신발이 벗겨지고 물통이 손에서 달아났다. 나뭇가지들이 휙휙 얼굴을 후려쳤다.

그날 이후 나는 만사를 잊고 심각한 의혹에 휩싸였다. 헛것을 보았다는 생각이 들 때마다 짐승과 외딴집이 생생히 떠올라 나를 괴롭혔다. 하지만 짐승이 TV를 볼 수는 없는 노릇이었다. 시간이 지날수록 그것이 환영이나 착각이었음을 확인해야겠다는 강박 관념에 시달리게 되었다. 다시 그 장소로 가본다는 것은 생각하기도 싫은 일이었다. 하지만 두려움은 강박 관념을 이기지 못했다. 그 장소로 찾아가 사실 여부를 알아내지 않으면 아무것도 할 수 없을 것이라는 데에 생각이 미쳤다.

정체불명의 짐승을 목격한 지 사흘째 되던 날, 다시 외딴집을 찾아갔다. 해가 떨어지기 전 채비를 하고 집을 나섰다. 물통 대신 굵직한 나무 지팡이를 들고 신발 끈도 단단히 조였다. 외딴집은 어김없이 그 자리에 있었다. 첫날처럼 환하게 불을 밝혀 놓았다. TV 소리도 여전했다. 나는 조심스럽게 거실이 보이는 곳으로 다가갔다. 소파에는 쉰 살쯤 된 사내 하나가 앉아 있었다. 수건을 목에 두른 모습이었다. 지난번 정체불명의 짐승이 TV를 보던 바로 그 자리였다.

나는 이번에도 목을 길게 빼고 사내를 관찰했다. 사내는 더운지 입고 있던 상의를 벗어 던졌다. 밭일을 끝마치고 온 듯 사내의 몸엔 굵은 땀이 흥건했다. 사내는 냉장고에서 음식이 가득 담긴 접시를 내왔다. 사내는 우악스럽게 음식을 입으로 가져갔다. 그 모습을 보자 나는 엄청난 허기와 갈증에 시달렸다. 사내의 강인해 보이는 턱과 붉은 입술은 짐승의 그것처럼 탐욕스럽게 번들거렸다. 그쯤의 남자에게서 흔히 발견되는 무기력하고 쇠한 모습은 어디에서도 찾아볼 수 없었다. 그렇다면 전에 내가 목격한 짐승의 정체는 무엇일까? 내가 사내와 짐승을 혼동했던가?

집으로 돌아온 나는 남편을 붙잡고 그간의 일들을 자세히 들려

주었다. 남편은 딱하다는 듯 한참 동안 내 얼굴을 바라볼 뿐이었다. 나는 마침내 모든 일이 신경 쇠약 때문에 빚어진 일이라고 결론을 내리게 되었다. 환영은 때에 따라 건강한 사람도 볼 수 있다. 처음 가보는 숲길로 접어든 순간 내부에 자리 잡고 있던 어떤 두려움이 집주인 사내를 짐승으로 변모시켰을 것이라는 생각이 들었다. 숲 안쪽에 외딴집이 있다는 것도 크게 이상한 일은 아니다. 집에 어떤 색의 페인트를 칠하건 그건 전적으로 주인의 취향이다. 생각이 거기에 미치자 마음이 한결 편해졌다. 나는 다시 마당의 화초를 돌보거나 책을 읽었고, 이따금 새로 산 물통을 들고 약수터를 찾았다.

그러나 그런 생활은 오래 가지 못했다. 어느 날 잠자리에 드는데 문득 이런 생각이 머리를 찔렀다. 어째서 그 초로의 사내는 숲 속에 혼자 살고 있을까. TV에서 흘러나온 이상한 소리는 과연 무엇일까. 첫날 내가 본 것이 과연 사내였을까. 그렇다면 나는 왜 사내와 짐승을 혼동했을까. 그날 내가 느꼈던 허기와 갈증의 정체는 무엇일까. 의문은 계속해서 꼬리에 꼬리를 물고 이어졌다. 내부에서 스멀거리는 의혹을 완전히 풀기 위해서는 외딴집에 다시 가보는 방법밖에 없었다.

다음 날 조심스럽게 약수터 반대 길로 접어들었다. 외딴집은 여전히 그 자리를 지키고 있었다. 비로소 마음이 놓였다. 사내도, TV도 모두 그대로였다. 중년 사내는 지난번과 같은 행동을 반복했다. 사내는 TV 화면에 시선을 고정한 채 접시에 담긴 무엇인가를 손으로 집어먹는 중이었다. 지금껏 사내처럼 맛있게 음식을 먹는 사람을 보지 못했다. 나는 또다시 허기에 시달렸다. 마른침이 넘어가며 갈증이 났다. 사내를 볼 때마다 허기와 갈증이 왜 그토록 강하게 일어나는지 알 수 없었다. 선선한 날씨임에도 등줄기로 후줄근하게 식은땀이 흘렀다. 몸 전체가 기이한 열기로 들뜨는 느낌이었다.

사내가 보고 있는 TV 화면이 궁금해 견딜 수 없었다. 두려운 마음과 달리 발길은 대담하게 마당으로 옮겨 갔다. 나는 벽에 몸을 살짝 기댄 채 통유리 안을 엿보았다. 사내의 어깨 너머로 TV 화면이 비쳤다. 알 수 없는 붉은빛이 화면에 들어찼다. 붉은빛은 화면 속에서 쉼 없이 출렁거렸다. 화면이 점차 아래쪽으로 이동하면서 출렁거림의 진원지가 드러났다. 맙소사! 나는 심한 구역질을 느끼며 그 자리에 주저앉았다. 남녀의 붉은 속살이 화면을 메웠다. 사내가 보던 영상은 여러 명의 남녀가 뒤엉킨 혼음 포르노였던 것이다.

나는 심한 모욕감에 휩싸였다. 치미는 구역질을 간신히 진정시켰을 때 무언가 눈을 부라리며 곁에서 나를 노려보고 있음을 알게 되었다. 눈빛이 아주 낯익었다. 외딴집을 찾았던 첫날, 거실 소파에 앉아 TV를 보던 바로 그 짐승이었다. 서로 눈이 마주치자 짐승은 이빨을 드러내며 다가왔다. 이빨 주변으로 침이 멀건 죽처럼 비릿하게 흘러내렸다. 금방이라도 달려들어 내 목덜미에 깊숙이 이빨을 박을 태세였다. 뒤늦게 정신이 번쩍 든 나는 첫날처럼 허둥거리며 외딴집을 벗어났다. 정신없이 달리다가 뒤를 돌아보니 다행히 짐승은 보이지 않았다.

침대로 파고든 나는 밤새 악몽에 시달렸다. 끝없이 어디론가 쫓기는 꿈을 꾸었다. 붉은색과 흰색이 펼쳐진 사막이 등장하는가 하면 컴컴한 나락 속에서 손을 휘젓기도 했다. 대학 4년간 회화를 배웠기 때문인지 나는 꿈속에서 유달리 색의 환영에 시달렸다. 전공과 달리 그림에 취미는 없었다. 어머니의 강권 때문에 할 수 없이 미대를 택했다. 한때 화가가 꿈이었다는 어머니의 희망은 도시 외곽의 허름한 간판집 안주인이 되는 것으로 마감되었다. 집을 장만하기 전까지 우리 가족은 가게 안쪽에 붙은 작은 살림집에서 살았다. 방 두 칸에 마당 한가운데 수도가 있는 집이었다. 몸이 약했던 아버지는 결혼 5년째 되던 해 세 딸을 남기고 죽었다. 가게를 정리할 것이라는 주변의 예상을 깨고 어머니는 억척스럽게 간판 일을 도맡았다. 이듬해 지역이 재개발되면서 사업은 날로 번창하여 직원을 세 명이나 두게 되었다. 아버지가 죽은 지 10년 만에 어머니는 그동안 진 빚을 모조리 갚고 아파트도 하나 장만했다.

악몽은 밤새 계속되었다. 새벽녘, 악몽에서 벗어나기 위해 몸을 일으켰던 나는 물 몇 모금을 들이켜고 다시 잠의 터널 속으로 빠져 들었다. 꿈속에서 나는 옛날 간판 가게 안방에 앉아 있었다. 간판 가게는 내가 스물다섯 살이 되던 해 도로 확장으로 문을 닫았다. 건물이 헐리고 지금은 사거리에 편입되어 고가 도로 기둥이 들어선 곳이었다. 꿈속의 나는 일곱 살이었고 방 안에는 두 동생이 나란히 누워 있었다. 나는 문틈으로 안마당을 바라보며 뭔가를 기다리는 중이었다. 담장의 경계선이 출렁출렁 흔들렸다. 이윽고 정체를 알 수 없는 물체 하나가 마당으로 뛰어내리는 게 보였다.

꿈속에서 나는 그 물체가 막연히 짐승일 거라고 추측했다. 모든 게 낯익은 상황이었다. 유년 시절부터 계속되던 꿈이었다. 정체불명의 짐승은 항상 네 발로 담장을 딛고 올라섰다. 그런 다음 엉금엉금 기다시피 마당을 질렀다. 짐승은 안방 옆에 붙은 쪽방 문을 열고 살며시 들어서곤 했다. 이상한 짐승이 쪽방으로 들어서면 어머니는 귀신에 홀리기라도 한 듯 몸을 일으켰다. 그때마다 짐승은 사납게 어머니 몸을 물어뜯었다. 두 평 남짓한 쪽방에서 어머니는 고통스럽게 신음을 흘렸다. 정체불명의 짐승이 얼마나 자주 어머니를 찾아왔는지는 알 수 없다. 내가 그 짐승을 목격한 날은 대부분 달이 환하게 밝은 밤뿐이었으니까. 달밤에 보았던 정체불명의 짐승과 비슷한 사람을 본 적이 있긴 했다. 그는 구청에 근무하는 공무원으로 어머니의 고향 친구였다. 그즈음 마을 앞 도로에 새롭게 도로 교통 표지판이 수십 개씩 신설되는 일이 잦았다. 그런 일이 생길을 때마다 이상한 짐승의 출입도 잦아졌다. 그렇다고 그 공무원에게 혐의를 두는 것은 곤란하다. 어머니를 찾아왔던 존재는 분명 정체를 알 수 없는 짐승이었으니까.

딱 한 번 현장을 눈으로 확인한 일이 있었다. 그날, 어떤 일인가로 어머니는 저녁부터 몹시 취했다. 달이 뜨지 않은 어두운 밤이었으므로 나는 짐승이 쪽방에 침입한 사실을 전혀 몰랐다. 네 살난 여동생이 자다가 울음을 터뜨리는 바람에 어머니가 안방으로 건너왔던 것이다. 어머니는 실오라기 하나 걸치지 않은 몸으로 동생을 달랬다. 들춰진 이불 속으로 술 냄새가 시큰하게 풍겼다. 동생이 잠잠해지자 어머니는 다시 쪽방으로 건너갔다. 술기운 때문인지 문이 꽉 닫히지 않은 것을 모르는 듯했다. 호기심이 인 나는 문틈으로 쪽방을 엿보았다. 한쪽에 쭈그리고 있던 짐승이 무섭게 어머니를 향해 달려들었다. 짐승은 혀를 내밀어 어머니의 목과 가슴을 차례대로 핥더니 무서운 기세로 몸을 물어뜯었다. 어머니의 비명이 극을 향해 치달을 때 나는 눈을 감고 이불 속으로 파고들었다. 결코 잊을 수 없는 악몽 같은 장면이었다.

꿈은 유년의 기억을 반복하여 보여 주었다. 맹렬한 기세로 어머니를 덮쳤던 짐승이 이번에는 안방으로 건너와 내 이불을 들췄다. 짐승은 사정없이 내 몸을 할퀴고 물어뜯었다. 나는 비명을

114

지르며 악몽에서 깨어났다. 사방이 희미하게 밝아 오는 중이었다. 거실로 나와 남편의 방을 열어 보았다. 남편은 모니터 앞에 엎드려 깊이 잠들어 있었다. 이불을 덮어 주고 남편의 방을 나왔다. 외딴집에 갔다가 이상한 짐승을 만나 혼비백산 도망쳤던 어제저녁의 일이 떠올랐다. 뜨거운 물로 샤워를 하고 싶었다. 욕실로 가서 옷을 벗던 나는 또 한 번 크게 놀랐다. 옷 이곳저곳에 정체를 알 수 없는 채소 이파리가 묻어 있었던 것이다. 손과 목, 무릎 주변에도 푸르게 물이 들었다.

그날 이후 나는 숲길로는 아예 발길을 끊었다. 사내가 보던 TV 화면이 떠오를 때마다 심하게 헛구역질을 해댔다. 섹스란 나에게만큼은 더럽고 혐오스러운 행위 가운데 하나일 뿐이었다. 유년 시절의 기억이 나를 그렇게 만들었는지는 알 수 없다. 아무튼 나는 섹스에 대해 결벽에 가까운 기피증을 지녔다. 다행스럽게도 남편은 그 점에 있어 나와 생각이 비슷했다. 결혼 5년 차인 남편과 나에게는 남들이 알지 못하는 비밀이 하나 있다. 지금까지 남편과 나는 섹스를 하지 않았다.

섹스에 관심이 없다고 고백하지만 않았어도 나는 지금의 남편과 결혼하지 않았을 것이다. 사귄 지 2년쯤 지났을 때 술에 잔뜩 취한 남편은 대단한 고백이라도 하는 양 입을 열었다. 남편의 부모는 이단으로 분류된 어떤 교파의 열렬한 신도이며 예의바르고 엄격한 사람들이었다. 그 교파가 첫째로 내세우는 것이 금욕 생활이었다. 말세를 신봉하는 그 교파에게 섹스는 창조자의 뜻을 거스르는 행위였다. 남편이 그 교파를 믿는지 안 믿는지는 알 수 없는 일이다. 다만 그런 환경에서 자란 남편은 어떤 이유로든 부모의 영향을 받은 모양이었다. 우리 부부는 사람들이 짐승처럼 얽혀 하루가 멀다 하고 쾌락을 즐기는 것을 이해하지 못했다.

　동네 여자들은 내가 없는 자리마다 빠짐없이 우리 부부에 대해 떠들어 댔다. 결혼한 지 5년이나 되었다고 묻는 말에 시시콜콜 대답해 준 게 화근이었다. 여자들의 수군거림은 남편을 무정자증 환자로 만들었고 나를 수술로 자궁을 깡그리 들어낸 여자로 바꾸었다. 어떻게 알았는지 남편과 내가 섹스리스 환자라는 소문도 퍼졌다. 남편과 나는 동네에 떠도는 의미 없는 말들에 크게 신경 쓰지 않았다. 대신 우리는 그들과의 교류를 일절 회피하는 것으로 삶의 방식을 바꾸어 나갔다.

　며칠 동안 나는 외딴집에 관한 일을 잊으려고 애썼다. 외딴집과 그곳에서 보고 겪었던 몇몇 일들로 인해 나는 극도로 신경이 쇠약해졌다. 하지만 그와 같은 마음가짐은 며칠을 넘기지 못했다. 어느 저녁, 쓰레기봉투를 내놓기 위해 대문을 나서던 나는 문밖에 앉아 있는 짐승을 목격했다. 짐승은 나를 보자 몸을 일으켜 골목으로 기어갔다. 마치 따라오라는 신호 같았다. 짐승을 보자 외딴집에 대해 주체할 수 없는 궁금증이 일었다. 상체를 고스란

히 드러낸 채 음식을 먹는 사내의 모습을 꼭 한 번 다시 엿보고
싶었다. 사내의 튼튼한 몸을 떠올릴 때마다 나는 그동안 한 번도
느껴 보지 못했던 허기와 갈증을 느꼈다. 몸이 무엇인가를 원했
지만 딱히 그것이 무엇인지는 알 수 없었다.

　나는 몽유병 환자처럼 짐승의 뒤를 따라나섰다. 의식은 또렷했
다. 내키지 않으면 충분히 걸음을 되돌릴 수 있는 상황이었다.
무서운 생각이 들었지만 신경 쇠약에서 벗어나기 위해서는 궁금
증을 해결해야 했기에 꾹 참고 걸음을 옮겼다. 짐승은 외딴집 앞
마당에 이르러 자취를 감추었다. 대신 전에 보았던 늙은 사내가
나를 맞았다. 돌아서야 한다고 생각하는 순간 발이 땅에 박힌 듯
말을 듣지 않았다. 사내는 지난번과 마찬가지로 웃통을 벗은 채
였다. 목에 수건을 두른 것도 여전했다. 사내는 실답게 웃으며
나를 거실로 안내했다. 두려운 마음을 억누르며 사내를 따라 안
으로 들어갔다. 어떡하든 사내의 정체를 알아내야겠다는 생각뿐
이었다. TV를 틀어 놓았는지 귀에 익은 소리가 새어 나왔다. 포
르노 화면을 떠올리며 나는 의식적으로 고개를 돌렸다. 엿볼 때
마다 밖으로 쏟아져 나오던 소리였다. 언뜻 본 화면은 지난번과
다름없이 붉은 살들로 넘쳤다. 나는 눈을 찡그렸다.

「저건 피그미침팬지로 불리는 보노보죠.」

「……?」

「깊은 열대 우림에서 사는데 현재로서는 인간과 가장 유사한

동물입니다. 성이 완전히 개방된 최초의 동물 집단으로 학자들의 주목을 받고 있는 녀석들이죠.」

사내가 묻지도 않은 말을 늘어놓았다. 화면을 자세히 바라보니 내가 포르노로 착각했던 화면 속 영상은 침팬지의 집단 성교 장면이었다.

「다른 침팬지는 먹이를 놓고 심한 싸움을 벌이기 일쑤인데 보노보는 먹이를 먹기 전에 집단 성행위를 하여 긴장을 푼 후 사이좋게 음식을 나누어 먹습니다. 저 장면은 식사 전의 집단 성교 장면인데 녀석들은 사람 뺨치는 색골로 알려져 있어요. 오럴 섹스는 물론이고 스리섬, 그룹 섹스, 동성애 등 인간의 성행위를 뛰어넘는 유일한 집단이죠.」

사내의 목덜미에는 굵은 땀방울이 맺혔다.

「아까 그 짐승은 어떻게 된 거죠?」

나는 변명하듯 물었다. 여자 혼자 외딴집을 찾아온 것에 대해 설명을 하지 않으면 안 될 것 같아서였다.

「짐승이라뇨?」

사내가 수건으로 땀을 훔치며 무슨 말이냐는 듯 반문했다.

「잿빛 털로 뒤덮인 이상한 짐승 말예요. 눈이 유난히 크고 눈빛은 사람을 닮았지요. 줄곧 그 짐승을 따라온 걸요.」

「금시초문인데. 가만있자, 눈이라면 한 가지 짚이는 게 있습니다. 혹시 저걸 말하는 건 아닌지…….」

사내가 손으로 한 곳을 가리켰다. 거실 한쪽에 걸린 10호 남짓
한 크기의 액자였다. 액자 속 그림을 보는 순간 나도 모르게 중
얼거렸다.

「거짓 거울……?」

사람의 눈 하나가 캔버스 가득 그려져 있는 르네 마그리트의
그림이었다. 까만 동공 주변은 구름이 떠 있는 푸른 하늘로 채색
되었다. 눈꺼풀 너머로 뭔가를 강렬하게 쳐다보고 있지만 초점
은 텅 비어 있었다. 그림을 통해 눈동자를 들여다보려고 하지만
반대로 눈동자 밖을 들여다보게 되는 셈이었다. 무엇인가에 놀
란 듯하면서도 실상은 그것을 즐기는 듯한, 공포와 분노, 의혹이
복잡하게 섞인 혼란스러운 눈빛이었다.

벽에 걸린 그림을 보자 그동안 완전히 잊었던 한 가지 장면이
선명하게 눈앞에 펼쳐졌다. 〈거짓 거울〉은 옛날 집 안방 벽에 늘
걸려 있던 낡은 그림이었다. 그 그림이 어떻게 그곳에 걸려 있게
되었는지 정확히 기억할 수는 없다. 그림을 좋아했던 어머니가
걸어 놓았을 것이라고 막연히 짐작할 뿐이다. 내가 태어나기 전
부터 집이 허물어질 때까지 벽을 지키던 그림이었다.

나는 다시 의혹에 휩싸였다. 어릴 적, 집에 걸려 있던 너무도
익숙한 그림 한 점. 그것이 어떤 경로로 낯선 사내의 집에 걸려
있는지 궁금했다. 단순한 우연이라고 치부하기엔 어딘가 이상했
다. 혹시 내가 착각을 하고 있는지도 몰랐다. 어릴 적에 나는 정

말로 르네 마그리트의 〈거짓 거울〉을 보았던가? 낯선 남자의 집
에서 그 그림을 보자 당황한 나머지 경험하지 않은 과거를 스스
로 조작하지 않았을까?

다음 날 저녁에 주치의가 나를 찾아왔다.
그날 남편은 내가 외딴집에 들어선 지 30분쯤 지났을 때 나타
났다. 사내의 권유에 따라 소파에 앉은 나는 TV 화면에 시선을
집중했다. 사내는 내게 잠시 기다리라는 말을 남기고 주방으로
향했다. 카메라는 격렬하게 화면을 채웠던 보노보의 교미 장면
을 지우고 나무 위를 클로즈업해 들어갔다. 나무에는 두 마리의
보노보가 서로를 지그시 응시한 채 앉아 있었다. 놀랍게도 그들
은 인간처럼 서로를 마주 보고 입을 맞추기 시작했다. 상대의 눈
을 바라보며 촉촉한 눈빛을 교환하는 것이었다.
그 무렵 현관문이 거칠게 열렸다. 문을 박차고 뛰어든 남편은
우두커니 서서 놀란 얼굴로 나와 중년 사내를 번갈아 살폈다. 중
년 사내는 접시 가득 음식을 담아서 막 내게 다가오던 참이었다.
숨을 고르던 남편은 사내를 외면하고 다짜고짜 내 손목을 잡아끌
었다. 측은함과 분노가 함께 뒤섞인 표정이었다. 나는 신경 쇠약
을 들먹이며 변명하듯 외딴집에 올 수밖에 없었던 상황을 늘어놓
았다. 남편은 아무런 말도 하지 않은 채 묵묵히 숲길을 헤쳤다.
그날 밤, 나는 침대에 누워 또다시 밤새도록 악몽에 시달렸다.

「갈수록 심해집니다.」

남편이 슬쩍 나를 곁눈질하며 윤 박사에게 말했다. 남편의 말은 꽤나 어이없었다. 진찰을 받아야 할 사람은 종일 방구석에 틀어박혀 지내는 남편이었다. 가끔씩 찾아드는 강박 관념을 제외한다면 내 상태는 지극히 정상이었다. 그 정도의 강박 관념은 누구에게나 있게 마련이었다. 그런 일로 의사를 부른 남편의 행동을 나는 이해할 수 없었다. 더구나 남편은 내게 사전에 한 마디 상의도 하지 않았다.

「저녁마다 아무도 없는 숲 속 무밭에 들어가 무를 뽑아 들고 게걸스럽게 이빨로 물어뜯습니다. 그러고는 온몸에 시퍼런 얼룩을 묻힌 채 밤이 늦어야 돌아오지요. 마치 짐승처럼 말예요. 도대체 왜 저러는지 알 수가 없어요.」

무밭이라니? 남편은 외딴집 사내를 찾아갔던 나를 부도덕한 여자로 보이지 않게 하기 위해 거짓말을 하고 있는 게 분명했다. 뒤이어 내가 알아들을 수 없는 말들이 오갔다.

「계속되는 유산으로 충격이 크셨을 겁니다.」

윤 박사는 딱하다는 듯 혀를 찼다.

「이사를 하면 좀 나아질 줄 알았는데 벌써 몇 달째 저 모양이니…….」

남편의 목소리는 모든 것을 포기한 듯 담담했다.

「부인은 여전히 현실과 충동 사이에서 갈등하고 있어요.」

나는 터지는 웃음을 참느라 애를 먹었다. 주치의로서 맡겨진 임무에 충실하려 애쓰는 윤 박사의 모습이 애처롭게까지 보였다. 몇 마디 대꾸를 할까 하다가 그만둔 것도 같은 이유였다. 사생활을 윤 박사가 시시콜콜 캐물을까 겁이 나기도 했다.

「한 번 더 그런 일이 생기면 즉시 연락하세요.」

윤 박사는 요양원으로 나를 옮기는 게 좋겠다고 충고한 뒤 돌아갔다. 그런데 의사가 돌아간 그날 저녁 뜻하지 않은 일이 벌어졌다. 남편이 내 몸을 더듬으며 섹스를 시도했던 것이다. 남편의 물건은 흥분으로 팽팽하게 부풀어 올랐다. 전에도 가끔 손을 잡는다든지 가볍게 입을 맞추기는 했다. 하지만 섹스를 위해 직접 내 몸을 자극한 경우는 없었다. 남편의 거친 숨소리가 건너왔다. 내 목덜미와 등을 차례로 더듬던 남편의 손이 어느 순간 빠르게 치마 속을 파고들었다. 손이 허벅지 안쪽으로 깊게 들어오는 순간 나는 이물감에 몸을 떨었다. 당황한 나는 힘껏 남편을 떠다밀고 일어섰다.

남편은 전처럼 다시 방구석에 처박혔다. 윤 박사가 찾아온 이후 나는 의식적으로 강박 관념을 벗어나기 위해 애썼다. 마당에 새로 코스모스 화단을 만드는가 하면 요리책을 보며 이런저런 음식을 만들어도 보았다. 하지만 그런 행동들이 마음속 의문을 잠재우지는 못했다. 나를 궁금하게 했던 점은 남편이 윤 박사에게 했던 거짓말이었다. 나는 무밭은커녕 무밭 근처에도 가본 적이 없었다. 더구나 계속되는 유산이라니? 남편과 나는 단 한 번도 섹스를 해본 적이 없지 않은가?

시간이 지날수록 나는 더 깊은 혼란에 빠졌다. 하던 일들을 모두 제쳐 두고 멍하니 앉아 생각에 잠기는 날이 늘어 갔다. 마침내 나는 내가 경험한 일들을 모두 믿지 않게 되었다. 나는 정말로 남편과 섹스를 나눈 적이 없는 걸까? 어릴 적 달빛 사이로 보았던 정체불명의 물체는 무엇이며 숲 속에서 내가 마주친 짐승의 정체는 또한 무엇일까. 침팬지의 교미를 어째서 나는 쉽게 인간의 포르노 장면으로 인식해 버렸을까. 어릴 때 보았던 그림은 어찌하여 외딴집에 걸려 있었던가. 단편적인 의문들이 꼬리를 물고 일어났다. 결국 모든 일의 시작이 외딴집에서 비롯되었다는 데에 생각이 미쳤다.

운동화를 찾아 신고 서둘러 집을 나섰다. 이번에는 기필코 외딴집의 사내와 이상한 짐승의 정체를 확인하고 싶었다. 참나무 가지 사이로 새들이 재잘재잘 날아올랐다. 다시 갈림길을 만났고 오른쪽으로 잔가지를 헤치며 나아갔다. 마침내 외딴집이 있던 공터에 이르렀을 때 나는 깜짝 놀랐다. 눈앞에 펼쳐진 도저히 믿어지지 않는 장면 때문이었다. 내가 공터라고 여겼던 곳에 공터는 존재하지 않았다. 더구나 공터를 끼고 지어졌던 외딴집은 눈을 씻고 봐도 찾을 수 없었다. 대신 넓은 무밭이 나를 맞았다. 무들은 파란 밑동을 흙 위에 조금 드러낸 채 고랑마다 탐스럽게 자라 있었다. 무에 돋아난 잎들은 한결같이 푸르고 싱싱했다. 나는 미친 듯 무밭을 가로질러 반대편 언덕으로 가보았다. 환하게 불을 밝혔던 외딴집의 흔적은 어디에도 없었다.

나는 맥없이 무밭에 주저앉았다. 어디선가 도란도란 말소리가 들렸다. 부부로 보이는 두 중년 남녀가 무를 뽑고 있었다. 그들이 팔에 힘을 줄 때마다 탐스럽게 살 오른 흰 무들이 뿌리째 뽑혀 올라왔다. 그들은 내게 무관심했다. 갑자기 무밭에 나타난 연유를 물어봤을 법도 한데 이따금씩 내 모습을 흘깃거릴 뿐 묵묵히 무만 뽑았다. 나는 허리를 구부리고 흙냄새를 맡아 보았다. 손을 갈퀴처럼 모아 흙을 긁었다. 부드러운 흙이 손끝에 만져졌다. 나는 무밭 주변을 배회하며 내가 보았던 흔적들을 찾기 위해 애썼다. 분명 어딘가에 그 흔적이 남아 있을 것이었다. 며칠 사이에 외딴집이 감쪽같이 사라지고 그 자리에 무밭에 들어설 수는 없는 노릇이었다.

「서리가 내리려나? 갑자기 바람이 멎었어.」

수건으로 이마의 땀을 찍어 내며 사내가 중얼거렸다. 나는 사내의 얼굴을 자세히 들여다보았다. 어딘지 낯이 익었다. 사내의 이마와 목덜미는 땀으로 번들거렸다. 가끔 나를 곁눈질했지만 사내는 무 뽑는 일에만 열중했다. 그렇다! 사내는 외딴집 사내였다. 그는 나를 전혀 알아보지 못하는 눈치였다. 사내의 팔뚝이 움직일 때마다 흙을 떨어뜨리며 무가 뽑혀 올라왔다. 하얀 무를 매단 줄기들이 푸르고 싱싱해 보였다. 무를 바라보며 나는 또다시 알 수 없는 허기와 갈증을 느꼈다. 그의 부인은 리어카를 끌고 밭고랑 사이를 오가며 무를 실어 날랐다. 초록색 무들이 밭 귀퉁이에 쌓여 갔다.

나는 무밭을 벗어나기 위해 천천히 몸을 일으켰다. 그때 무엇인가 눈에 띄었다. 밭고랑을 대각선으로 가로지르며 일정한 간격으로 깊게 패인 짐승 발자국이었다. 발자국은 무가 뽑힌 고랑을 따라 움푹움푹 일정하게 찍혀 있었다. 급하게 발자국을 좇던 내 시선이 숲 속의 한 지점에 가 닿았다. 나뭇가지들이 우거져 빛이 들지 않는 곳이었다. 어둠 속에서 검은 동공 하나가 뚫어지게 나를 노려보았다. 간판집 방 안에 걸려 있던 마그리트의 낡은 그림과 그림 속 눈동자, 그리고 내 시선이 하나로 겹쳤다. 숲 속에 잔뜩 웅크린 눈빛과 기억 속 그림의 눈빛은 너무나 흡사했다. 나는 홀린 듯 숲을 향해 조심스럽게 걸음을 옮겼다. 나무 그늘에 의해 내 몸의 명암은 점차 지워졌다. 숲으로 들어서자 긴장이 풀리며 졸음이 몰려왔다. 정체불명의 짐승은 사라진 뒤였다. 덤불 속에 누워 나는 그대로 잠이 들었다. 오랜만에 맛보는 깊고도 편안한 잠이었다.

나는 사방이 완전히 어두워진 뒤에야 눈을 떴다. 시간이 얼마나 지났는지 짐작할 수 없었다. 귀뚜라미 소리가 사방에서 포위하듯 자글거렸다. 무를 뽑던 부부는 집으로 돌아갔는지 보이지 않았다. 덤불을 헤치고 밭고랑으로 나왔다. 작업이 아직 완전히 끝나지 않은 모양이었다. 뽑다 만 무들이 밭이랑을 따라 여기저기 널려 있었다. 바삐 움직이는 검은 구름장 사이로 별들이 하나둘씩 돋아났다. 별들은 점차 관목 숲까지 내려왔다. 약수터 방향 전나무 숲이 조금씩 환해졌다. 달이 뜨고 있었다. 전나무에 휘감겼던 푸른빛이 어둠을 밀어내며 은은히 달 비탈로 흘렀다.

달빛의 한 귀가 잠시 출렁였다. 언제 나타났는지 정체를 알 수 없는 검은 물체 하나가 밭으로 내려서는 게 보였다. 줄곧 나를 따라다니던 그 짐승이었다. 달빛을 받은 두 눈이 번득였다. 나는 자석에 이끌리듯 검은 물체와 마주 섰다. 검은 물체는 나를 향해 천천히 다가왔다. 사방은 달빛 속에 고요히 가라앉아 있었다. 달빛을 받은 무밭은 차갑게 빛났다. 나는 밭 한가운데 이르러 걸음을 멈췄다. 손을 내밀자 달빛이 엷어지며 물결처럼 손끝에 와 감겼다.

내 몸은 진공 상태의 우주인처럼 천천히 움직였다. 떠오르는가 싶더니 방향이 바뀌며 밭이랑 사이로 가볍게 가라앉았다. 고슬고슬한 흙에서 온기가 느껴졌다. 나는 똑바로 누워 달빛을 응시했다. 검은 물체가 달빛을 지우며 내 몸 위에 그림자를 늘어뜨렸다. 길고 부드러운 혀의 움직임이 느껴졌다. 혀는 천천히 내 이마와 목덜미를 훑으며 아래로 내려갔다. 가슴 위에서 혀는 오래도록 머물렀다. 푸른 무밭은 해구처럼 더욱 깊이 가라앉았다. 어디선가 바람 소리가 들려왔다. 달빛을 슬어 내려온 바람이었다. 검은 물체와 나는 한 마리 물고기가 되어 몸을 흔들며 천천히 다리피를 유영했다.

A.M. 12:00 모텔 그린필드

상상해 보세요.

알몸에 굽 높은 빨간 하이힐을 신고

대로를 횡단하는 여자의 늘씬한 모습을 말예요.

꼭 패션쇼에 나온 모델 같았어요.

한바탕 퍼포먼스라도 하듯 기계적인 걸음걸이였지요.

자신을 향한 사람들의 눈길을 조롱하고 비웃기라도 하듯.

1

소동은 정오 무렵에 일어났다. 6차선 도로가 사방으로 교차하는 네거리였다. 고층 빌딩들이 빽빽이 네거리 주변을 메우고 있었다. 자동차들이 줄지어 오고 갔다. 스모그가 빌딩 사이로 길을 잃고 떠다녔다. 해는 네거리 중앙 상공에 흐릿하게 떠 있었다. 건물 사이로 비둘기들이 날아올랐다. 빌딩 안의 누군가는 하품을 했고 더러는 음악에 맞춰 머리를 흔들었다. 어떤 이는 상사 몰래 애인에게 이메일을 발송했으며 어떤 이는 전화통을 붙잡고 소리를 질렀다. 시간은 천천히 늘어졌고 늘어진 시간 속으로 가볍게 바람이 쏘다녔다. 바람은 빌딩 현관 위에 매달린 국기를 펄럭였고 여자들의 치마를 들췄으며 밑동으로부터 힘껏 수분을 빨아올리는 은행나무를 흔들었다.

대형 멀티비전의 디지털 숫자가 12:00으로 바뀌었다. 네거리 남쪽 모서리, 1층에 증권사가 입주한 건물 옥상이었다. 동시에 수만, 수십만 개의 시곗바늘들이 12시를 가리켰다. 사람들은 손목시계를 통해, 휴대폰의 디지털 숫자를 통해, 혹은 사무실 내벽에 걸린 벽걸이 시계를 통해 속속 시간을 확인했다. 닫혀 있던 문들이 일제히 열렸다. 승강기는 바삐 상승과 하강을 거듭했다. 사람들은 약속이나 한 듯 거리로 쏟아져 나왔다. 도로가 술렁였다. 사람들은 두서넛씩 짝을 이뤄 농담을 주고받으며 식당이 있는 먹자골목으로 걸음을 옮겼다. 주저앉은 보도블록이 사람들의 구둣발에 밟혀 텅텅 소리를 냈다. 횡단보도 앞에 몰린 사람들은 신호가 바뀌기를 기다리며 손으로 옷의 구김을 폈다. 누군가는 문자 메시지를 확인했으며 더러는 휘파람을 불었다. 사람들의 잘 닦인 구두코 위에서 스카이라인은 같은 모양으로 기울었다.

멀티비전에 찍힌 주가 지수가 1000으로 바뀌며 힘차게 ↑를 그리던 순간이었다. 무리들 중에서 갑자기 한 여자가 뛰어나왔다. 네거리 서쪽에 위치한 주상 복합 빌딩 드림타워 앞 횡단보도였다. 어느 곳에서나 볼 수 있는 평범한 외모의 여자였다. 여자는 차들이 속력을 높이고 있는 네거리 중앙을 향해 기계적으로 걸어 나갔다. 사람들의 시선이 일제히 그 여자에게 꽂혔다. 차들이 경적을 울리며 다급하게 멈췄다. 걸으면서 여자는 짜증스럽다는 듯 앞섶을 손으로 문질렀다. 이어 빠른 동작으로 조끼를 벗고 블라우스 단추를 풀었다. 여자의 뽀얀 목덜미가 햇볕 아래 고스란히 드러났다. 차들이 꼬리를 물고 정지했다. 신호가 바뀐 줄도 모르고 사람들은 멈춰 있었다. 빌딩에 있던 남자들이 무슨 일인가 싶어 창으로 고개를 내밀었다. 거리는 깊은 정적에 휩싸였다. 여자는 부지런히 손을 놀려 신고 있던 하이힐을 벗고 그 상태로 걸어 나갔다. 누군가의 입에서 탄성이 흘렀다. 네거리를 무단 횡단한 여자는 맞은편 먹자골목 입구로 물을 머금은 습자지처럼 흐물흐물 스며들었다.

빵빵. 누군가 짧게 경적을 울렸다. 그제야 사람들은 깊은 최면에서 깨어났다. 사람들은 고개를 저었다. 이를 드러내고 웃었으며 저마다 방금 본 것에 대해 떠들었다. 신호가 빨간불로 바뀌고 여자가 벗어 던진 옷가지 위로 자동차가 덮쳤다. 조끼 위로 검은 바퀴 자국이 찍혔다. 하이힐은 납작하게 눌린 채 자동차 바퀴에 치여 멋대로 퉁겨 올랐다. 조금 전까지 농담을 주고받으며 느긋하던 사람들은 쫓기듯 시간을 확인하고 가던 길을 재촉했다. 바람은 쉼 없이 들고났고 국기는 힘차게 펄럭였으며 멀티비전은 시시각각 증권 시세를 표시했다. 여자의 모습은 사람들의 시야에서 사라졌지만 말은 고스란히 남아 도시를 떠다녔다. 당신도 그 여자에 관한 이야기를 들었는가?

택시 기사

그렇다네. 가장 가까운 곳에서 그 여자를 목격했지. 불과 1미터도 떨어지지 않은 곳이었어. 택시 앞 유리를 통해, 미친 듯 뛰어가는 그 여자의 옆모습을 바로 코앞에서 보았으니까. 우리는 운전대를 잡고 종일 쉬지 않고 내달리는 사람들이야. 모르는 사람들은 그런 것에 막연한 동경 같은 것을 느낄지도 모르겠지만. 사람들은 우리가 팔자 좋게 드라이브나 하며 돈 버는 줄 알지만 착각이야. 아무리 낯익은 곳을 내달려도 긴장을 늦출 수 없지. 좁은 유리 밖으로 보이는 세상은 오직 한 방향뿐이니까. 그 많은 사람들 중에서 택시를 향해 손을 들어 올리는 사람을 재빨리 발견하여 태우거나 손님이 탈 만한 목 좋은 자리에 택시를 멈추고 한없이 기다려야 해.

그 여자를 본 건 정오가 조금 지난 시간이었네.

택시가 네거리로 막 진입한 직후였고 좌회전을 하려던 참이었지. 택시에는 어떤 중년 부인이 손님으로 타고 있었어. 그 부인을 태운 건 네거리에서 몇 블록 떨어진 아파트 단지였고. 아침을 거른 탓에 단골 기사 식당에서 황태 백반을 먹고 택시에 시동을 걸려던 참이었지. 부인은 멀리서 택시를 향해 황급히 뛰어왔다네. 마흔 살쯤 되었을까. 보통 키에 약간 마른 듯한 몸매였어. 핏기 없이 창백한 얼굴에 챙이 넓은 모자를 눌러썼었지. 작은 얼굴에 어울리지 않게 알이 굵은 선글라스까지 끼고 있었는데 전체적으로 어딘지 불안해 보였어. 부인은 택시에 오르자마자 시계를 확인하고 네거리로 가 줄 것을 요구했네. 택시가 네거리 근처에 이르렀을 때 부인은 주변을 두리번거리며 무엇인가를 찾기 시작했고. 찾는 것이 눈에 보이지 않는지 네거리에서 좌회전한 다음 내려 달라고 하더군.

네거리 횡단보도 앞은 사람들로 가득했네. 난 담배 피우고 싶은 것을 참으며 좌회전을 하려고 가속 페달에 힘을 주었어. 원래는 점심을 먹고 택시에 기대어 느긋하게 담배 한 모금을 빨고 오후 일을 시작했을 것인데 부인 때문에 쫓기듯 운전대를 잡았기 때문이지. 그 젊은 여자는 신호 대기 중인 무리들 속에서 갑자기 튀어나왔고. 하마터면 그 여자를 칠 뻔했지 뭔가. 나는 재빨리 브레이크를 밟아 택시를 멈췄지. 그 여자는 지나가는 차들 따위는 안중에도 없는 눈치였네. 청바지를 입고 있었는데 날씬하고 예쁘장한 여자였어. 무슨 일인가 싶어 기어를 중립으로 옮긴 후 눈을 동그랗게 뜨고 여자의 옆모습을 바라보았지. 젊은 여자는 매우 서두르는 기색이었어. 마침내 네거리 중앙에 도달했을 때 거침없이 옷을 벗어 던졌지. 그건 분명 돌발적인 행동이었네. 누군가 그 여자를 뒤쫓았을 것이고 여자는 시위라도 하듯 옷을 벗어 던진 거지. 그 여자가 미쳤다는 말은 당찮은 소리야. 누구라도 화가 극도로 치밀거나 마음이 조급해지면 자신도 모르게 생각지도 않았던 돌발 행동을 하게 되는 법이니까.

잠깐 다른 얘기를 좀 해도 되겠나?

언젠가 나는 장거리 손님을 태우고 지방 국도를 달린 일이 있다네. 자정이 넘은 시간, 마주 오는 차 한 대 없이 컴컴한 밤길을 정신없이 달렸지. 손님은 꾸벅꾸벅 졸고 있었고 나는 정면을 응시한 채 가속 페달과 브레이크를 번갈아 밟으며 쉬지 않고 핸들을 돌렸어. 어느 지점에 이르렀을 때 국도를 종으로 가로지르며 재빨리 지나가는 들짐승 한 마리를 본 일이 있네. 전조등 불빛을 뚫고 빠르게 달려가는 그 짐승의 무모함, 그 여자의 행동은 바로 그런 것이었지. 그나저나 점심을 먹은 직후여서 그런지 졸음이 마구 쏟아지는군. 사납금만 아니라면 도로 한쪽에 차를 대고 잠깐 눈을 붙이면 좋을 텐데…….

중년 부인

처음 그 얘기를 들었을 때 어땠냐고요? 저야 당연히 믿을 수 없었죠. 남편이 나 아닌 다른 여자를 가슴에 품을 수 있다는 것은 감히 상상도 할 수 없는 일이니까요. 20년 동안이나 살을 맞대고 살아오면서 남편은 단 한 번도 그런 기미를 내비친 적이 없어요. 남편은 가족들에게 항상 최선을 다했고 직장에서도 존경받는 상사였어요. 친구들의 평판도 좋았고요. 아니, 적어도 겉으로 보기에는 그랬다는 거예요.

집을 나서자 저만치 기사 식당 앞에 정차해 있던 택시가 보였어요. 심장이 주체할 수 없이 뛰더군요. 몰골이 우스웠는지 기사가 룸미러로 슬쩍슬쩍 나를 곁눈질하더라구요. 혹시 남편의 눈에 띌까 봐 모자와 안경으로 어설피 분장을 하고 나섰기 때문일 거예요. 택시는 나를 네거리에 내려놓고 곧장 사라져 버렸어요. 네거리에 서자 우뚝 선 빌딩들이 순식간에 나를 압도하더군요. 나는 현기증을 느끼며 서 있었어요. 많은 사람들이 벌집 같은 건물 안에 촘촘히 박혀 있다는 생각을 하니 숨이 멎을 듯 답답했어요.

네거리에 와서도 정확한 위치를 알 수 없어 열심히 두리번거려야 했어요. 언젠가 스치듯 이 근방 어디에 남편이 일하는 증권사 지점이 있다는 말을 들었을 뿐이니까요. 남편이 일하는 직장이 어디에 붙었는지도 모르고 지금껏 살아왔다니! 그동안 남편에게 너무 무신경했던 것 같아 잠시 미안한 마음이 들기도 했어요. 하지만 그 미안함이 남편의 부정을 덮을 수는 없는 노릇이겠죠? 나는 빌딩 유리문에 모자를 눌러쓰고 선글라스까지 낀 모습을 천천히 비추어 보았어요. 거울에 비친 나는 초조해 보였어요. 세련됨과는 거리가 먼 모습이었죠. 나는 피가 나도록 입술을 깨물어야 했어요.

네거리 한쪽 코너에 우뚝 솟은 건물을 향해 힘없이 걸음을 옮겼어요. 한가롭게 이쪽을 노려보던 늙은 경비가 눈에 띄었어요. 오피스텔과 사무실, 상가가 결합된 복합 건물이었어요. 나는 그 늙은 경비에게 증권사 위치를 물었어요. 경비는 극도로 경계의 눈빛을 띠며 맞은편을 손가락질하더군요. 한데 남편이 근무하는 증권사는 바로 길 건너 코너에 있었지 뭐예요. 무슨 간판들이 그렇게 어지럽게 달려 있는지 코앞에 두고도 찾지 못한 거예요. 나는 뒷통수에 경비의 눈길을 고스란히 느끼며 급히 그 자리를 떴어요.

네거리 맞은편으로 가서 증권사 출입문을 확인했어요. 숨을 곳을 살피느라 주변을 둘러보니 마침 모퉁이에 세워진 신문 가판대가 보이더군요. 가판대 여자는 볼을 부풀리며 바삐 밥을 떠넘기는 중이었어요. 나는 신문 한 부를 사들고 얼굴을 가린 채 증권사 출입문을 노려보았어요. 혹시 남편이 나를 발견하기라도 한다면 뭐라고 변명을 해야 할까. 모자에 선글라스까지 썼지만 안심이 되지 않았어요. 불온한 짓이라도 하고 있는 양 가슴은 콩콩 뛰었고요. 남편은 점심시간에만 그 여자를 만난다고 했어요. 얼마나 젊고 잘난 계집일까? 궁금해서 견딜 수가 없었으니까요. 그 여자는 필시 돈 때문에 남편에게 접근했을 거라는 생각이 들었어요. 증권사 펀드 매니저가 하는 일이란 늘 돈을 주무르는 거니까.

정오가 되자 증권사 회전문이 열리고 남편이 보도로 내려서는 게 보이는 거예요. 아침에 내가 빳빳하게 다려 준 흰 와이셔츠, 손수 골라 준 카키색 넥타이. 틀림없는 남편이었어요. 나는 신문으로 얼굴을 가리고 재빨리 가판대 뒤로 몸을 숨겼어요. 그러면서 몰래 남편을 훔쳐보았어요. 멀리서 보게 되는 남편의 모습은 참으로 낯설었어요. 뒤이어 회전문이 빙글빙글 돌아가며 10여 명의 사내들이 밖으로 쏟아져 나오는 게 보이더군요. 양복바지에 흰 와이셔츠 일색인 남편의 동료들 말예요.

그들은 우르르 횡단보도 앞에 몰려서 있었어요. 신호가 바뀌자 왁자하게 이야기를 주고받으며 내가 숨은 곳으로 다가왔어요. 나는 뛰는 가슴을 억누른 채 자세를 낮추고 그들을 유심히 살폈어요. 그런데 맙소사! 어찌된 영문인지 남편이 보이지 않는 거예요. 분명히 동료들과 섞여 길을 건너고 있었는데 마술을 부린 듯 횡단보도 한복판에서 감쪽같이 사라져 버렸지 뭐예요. 사내들은 유쾌하게 웃으며 신문 가판대를 지나쳐 식당 골목으로 들어갔어요. 나는 귀신에 단단히 홀린 사람처럼 멍하니 서서 방금 남편이 사라진 곳과 사내들의 뒷모습을 번갈아 바라보아야 했어요.

드림타워 경비

아, 봤지. 두 눈으로 틀림없이 봤고말고. 줄곧 건물 밖에 눈길을 주고 있었는걸. 내 업무가 드나드는 사람들 관리하는 일 아닌가. 다른 건 몰라도 그쪽으론 눈이 확 열려 있다네. 내 앞에 놓인 두 뼘도 되지 않는 이 작은 경비실 창문 말이야. 여기서 보면 저쪽이 훤히 다 보여. 왼쪽에 있는 증권사 건물과 대각선에 있는 먹자골목 어귀, 오른쪽 모서리에 있는 건물까지. 나를 팔자 좋게 앉아만 있다고 생각하지만 모르고들 하는 소리야. 들고나는 사람들 감시하는 게 쉬운 일인가? 조금이라도 이상한 행동을 하는 사람은 결코 내 눈을 못 피해 가. 한번 본 사람을 절대 안 잊어버릴뿐더러 오랜만에 보는 사람도 항상 내가 먼저 척 알아보게 된다니까.

한번은 그런 일도 있었어. 건물 회장님이 사람들 틈에 섞여 현관으로 걸어오는 거야. 다른 날 같으면 지하 주차장에 차를 파킹한 후 엘리베이터를 통해 회장실로 곧장 올라갔을 텐데 어디서 예정에 없던 낮술이라도 한잔 걸치신 거겠지. 난 단박에 회장님을 알아보았네. 회장님은 맞은편 횡단보도에서 택시를 내린 후 천천히 이쪽으로 걸어오더군. 재빨리 달려가 현관문을 열고 90도로 허리를 숙였지. 그 양반 껄껄 웃으며 그러는 거야. 허허, 자네 눈 하나는 끝내주는군. 끝내줘.

단점이 있다면 오히려 단순한 사실을 잘 기억 못한다는 거야. 사람 하나하나는 또렷이 기억해도 밖에 비가 왔는지 계절이 어디쯤 왔는지 당최 무신경하게 지나칠 때가 많아. 사람들한테만 온통 신경이 집중된 때문이겠지. 신문을 봐도 늘 사건 사고에만 관심이 간다니까. 별별 해괴한 일들이 도심에서 버젓이 벌어지잖아. 나와 관계없는 일이면 옆에서 누가 죽어도 모른 척하는 게 사람들이고. 마치 고래 뱃속에 들어앉아 있는 기분이라니까. 기린처럼 목을 빼고 밖을 내다보지만 보이는 건 언제나 같은 풍경

뿐이야. 우뚝우뚝 솟은 저 빌딩들 좀 봐. 가끔은 숨이 턱턱 막힌다니까.

참, 그 여자 얘기를 물어봤지?

시계를 흘끔거리며 엘리베이터와 거리를 번갈아 보고 있었어. 건물 로비에는 총 여덟 대의 엘리베이터가 있는데 가끔 중간에서 누군가 엘리베이터를 붙잡고 있을 때가 있잖아. 짐을 나르거나 동료를 기다리면서 말이야. 점심시간에는 일시에 사람들이 쏟아져 나오니까 그런 일은 즉시 경고해야 하거든. 많은 사람들이 도로에 몰려나와 있더군. 건너편에 식당들이 많으니까 그쪽으로 가는 거였지. 바로 그때였네. 마흔 몇 살쯤 되었을까. 어떤 중년 부인 하나가 주변을 두리번거리며 저쪽에서 걸어오는 거야. 부인은 챙이 넓은 모자를 쓰고 검은 선글라스를 낀 이상한 모습이었어. 경비실을 두드리더니 허둥거리며 증권사 위치를 묻더군. 무엇에 쫓기듯 불안한 얼굴로 말이지.

그 여자를 본 건 중년 부인이 길을 묻고 사라진 직후였네. 사무실 사람들이 대부분 빠져나간 시각이었지. 신호가 바뀌기 직전이었어. 갑자기 그 여자가 도로를 향해 냅다 뛰어나간 거야. 물론 이 자리에서 뒷모습을 본 게 전부였지만. 여기서 먹자골목으로 가기 위해서는 ㄴ자로 꺾어 두 번 횡단보도를 건너야 하거든. 여자는 그게 귀찮았던 모양이야. 저 넓은 거리를 곧장 대각선으로 가로질렀으니까. 도로가 술렁이더군. 검정 치마에 흰 블라우스를 입었고 그 위에 검정 조끼를 덧입은 여자였어. 유니폼이 어딘가 낮이 익었지. 뒷건물에 세 든 여행사 직원들 중에 하나라는 생각이 들었어. 점심시간이면 여직원 대여섯 명이 몰려나와 길을 건너가는 걸 종종 봤거든.

한데 오늘은 무슨 일로 그 여자 혼자 횡단보도 앞에 서 있었는지 몰라. 차들이 클랙슨을 울리며 멈추기 시작했고 곧이어 그 여자가 옷을 벗어 던진 거지. 얼굴을 볼 수는 없었지만 젊은 아가씨가 틀림없을 게야. 치마와 속옷까지 아주 깡그리 벗어 던졌지. 노랗게 물들인 긴 생머리가 허리까지 찰랑찰랑 햇볕을 튕겨 내더군. 뽀얀 몸매가 어찌나 눈이 부시던지. 허허, 그 상태로 경중경중 맞은편으로 뛰어가는데 아찔해서 혼났지. 뉘 집 자식인지 모르지만 영 제정신이 아닌 것 같았어.

말을 많이 했더니 배가 고프군. 난 아직 점심을 못 먹었다네. 경비는 점심시간이 제일 바쁘지. 사람들 왕래도 많고 사무실이 비게 되면 좀도둑이 끓으니까. 같이 근무하는 영감이 하나 있긴 한데 당최 행동이 굼떠서 말이야. 그래도 이 건물 지하에 있는 구내식당 밥맛은 최고라네. 회장 영감도 종종 들를 정도니까. 그나저나 오늘 메뉴가 뭔지 모르겠네. 목도 깔깔하고 이런 날은 돼지 두루치기에 소주 한잔이 딱인데 말이야. 아, 마침 저기 교대근무자 영감이 오는군. 내려가서 또 한 끼 때워야지. 근데 정말 궁금하단 말이야. 그 여자는 왜 미친 듯 옷을 벗어 던졌지?

오피스텔 남자

그런 일이 있었습니까? 처음 듣는 소리군요.

물론 이곳에서 보면 저 아래 네거리가 한눈에 들어옵니다. 오른쪽 코너에 위치한 건물과 옥상에 멀티비전이 있는 네거리 왼편의 증권사 건물, 수십 개의 식당이 다닥다닥 붙어 있는 저쪽 맞은편 먹자골목까지. 저는 늘 벽 하나를 다 차지한 이 통유리로 세상을 봅니다. 이곳은 38층 드림타워 맨 꼭대기 층이죠. 드림타워는 주상 복합 건물로 20층까지는 사무실이고 그 이상은 오피스텔입니다. 저는 이곳에서 아내와 둘이 삽니다. 남들은 고소 공포증 때문에 꼭대기 층을 피하기 마련인데 저는 이런 곳이 좋아요. 넓은 시야로 마음껏 세상을 바라볼 수 있으니까요. 물론 네거리 아래에서 무슨 일이 일어나는지 세부적인 부분은 알지 못해요. 자동차와 사람들이 마치 송사리 떼처럼 사방으로 몰려다니고 태양은 조금씩 각도만 달리할 뿐 늘 같은 방향으로 뜨고 지죠. 스모그 때문에 시야가 흐려질 때가 있지만 저는 이곳이 참 만족스럽습니다.

그런데 정말 그런 일이 있었습니까?

요즘은 교양 없는 사람들이 참 많더군요. 문명의 발전 속도를 인간의 지적 수준이 따르지 못한다는 것은 참 안타까운 일이에요. 그 얘길 듣고 나니 저 아래 땅으로 선뜻 내려가기가 더욱 두려워지는군요. 저는 생활의 대부분을 이 건물 안에서 해결합니다. 이곳엔 사우나는 물론이고 상점과 식당까지 웬만한 건 다 있습니다. 가끔 여행을 가거나 사람을 만나는 것을 제외하면 대부분의 시간은 이 안에서 보내죠. 아이가 생기면 집을 옮겨야겠지만 아이 계획은 전혀 없습니다. 아내요? 아내는 지금 외출 중입니다. 점심 식사 후에 아내는 종종 네거리 건너에 있는 골프 연습장으로 스윙 연습을 하러 가곤 하거든요. 보세요. 저기, 네거리 저쪽, 먹자골목 뒤편에 쳐진 그물이 보이죠? 저곳입니다. 골프는 아내가 즐기는 유일한 운동입니다. 많이 움직이는 게 싫어 저는 골프를 좋아하지 않습니다. 우리 부부는 서로 상대방의 생활을 존중해 주는 편이죠. 간섭하지 않고 서로의 인생을 즐길 수 있다는 것, 그것만큼 좋은 것도 없으니까요.

아내와 나는 12시가 되기 전에 일찌감치 점심을 함께 했습니다. 아침을 간단히 토스트로 때워 둘 다 몹시 배가 고팠지요. 건물 2층에 있는 전문 식당가에는 '프라데시'라는 정통 인도식 레스토랑이 있습니다. 프라데시는 땅이라는 뜻의 인도어라고 하더군요. 그곳에서 아내와 저는 검은콩을 크림과 함께 삶은 달 마카니와 담백하게 구워 낸 인도식 빵 난, 그리고 홍차를 마셨습니다. 아직 완벽하게 실천은 못하고 있지만 저는 채식을 지향합니다. 어느 잡지에서 보니 동물성 음식의 과다 섭취는 인간의 유전자를 폭력적으로 변화시킨다고 하더군요. 아내는 한때 뉴델리에 있는 한 대학에 교환 학생으로 건너가 비교 종교학을 배운 경험이 있습니다. 인도 음식이 둘 다 입맛에 맞는 이유죠.

아무튼 식사가 끝난 후 저는 곧바로 집으로 올라왔습니다. 방으로 돌아와 줄곧 네거리를 내려다보며 앉아 있었죠. 그런데 그런 일이 있었군요. 여기서 보면 저 아래 풍경은 한 장의 그림 같습니다. 태양의 위치에 따라 조금씩 색깔만 달리할 뿐, 자세히 들여다보지 않으면 세계는 정지한 것처럼 느껴지죠. 세상엔 별별 일들이 다 일어나기 마련이고 일일이 관심 가질 필요는 없다고 생각합니다. 아, 지금쯤 아내가 친 공이 먼지 낀 저쪽 철망 구석으로 힘껏 날아가고 있겠군요. 모르죠. 벌써 골프를 끝내고 돌아와 지하 사우나에서 뜨거운 물에 몸을 담그고 있을지도요.

물론 이런 삶이 늘 행복하다는 뜻은 아닙니다. 아내처럼 골프를 배워 볼까 생각도 해봤지만 당최 흥미가 느껴지지 않아서요. 점심시간요? 제겐 그다지 큰 의미가 없습니다. 글쎄요. 아침과 저녁 사이의 팽팽한 경계? 혹은 나른함과 여유로움 뭐 그런 것들이겠죠. 회사원들에겐 식당으로 몰려갈 시간일 테고, 노동자들에겐 충전의 시간일 테고, 남편을 출근시킨 주부들은 자신이 혼자 있다는 걸 확인하는 시간 아닐까요? 하하, 아무렴 어때요. 누구에게나 긴장이 풀리는 시간인 것만은 분명하겠지요. 하지만 그 시간마저도 우리는 생존을 위해 꾹꾹 밥을 집어넣어야 하잖아요. 부족한 것을 채우지 않으면 안 된다는 것. 인간에게 가장 비극적인 면면이죠. 뭐, 그것이 꼭 먹는 것만은 아닐 수도 있겠고요.

그런데 그 여자 정말로 옷을 훌훌 벗었습니까? 그것도 저 네거리 한가운데서? 외국이라면 모를까 믿어지지가 않는군요. 제정신이라면 그렇게 할 수 없었을 테니까요. 하지만 이해는 됩니다. 직장이나 가정에서 우리는 늘 이 세계와 다투지 않으면 안 되잖아요? 늘 비슷한 일들이 반복되고 세상은 충분히 무료하니까요. 누구나 일상이라는 틀을 과감히 깨고 밖으로 뛰쳐나가고 싶어 하지만 현실에선 불가능한 일 아닙니까? 모르긴 해도 그 여자 무척 용감한 여자군요. 사람들은 자신이 눈으로 직접 보지 않은 일들도 곧잘 부풀려 말하길 좋아하니까 곧이곧대로 믿을 수만은 없지만 말예요. 그 여자의 숨소리가 여기까지 울리는 듯해요. 자신을 가두고 있는 울타리를 넘어 저쪽으로 훨훨 날아가는 그 여자의 가쁜 심장 소리가 말입니다. 그런데 과연 무엇이었을까요? 그 여자를 그토록 답답하게 억누르고 있던 그것은?

신문 가판대 여자

그렇게 함부로 무시하지 말아요. 비록 손바닥 하나 겨우 드나드는 좁은 구멍이지만 여기만큼 바깥을 잘 볼 수 있는 곳도 없어요. 그거 알아요? 우리가 다른 사람을 관찰할 때 자신 역시 다른 사람의 시선에서 자유로울 수 없다는 것. 적어도 여기서는 그런 걱정일랑 하지 않아도 돼요. 한 평이 채 되지 않는 좁은 신문 가판대 안에 몸을 감추고 좁은 구멍으로 얼마든지 바깥을 바라볼 수 있으니까요.

사실 내가 가장 많이 보게 되는 건 사람들의 손이에요. 거칠고 투박한 노동자의 손에서부터 조그마한 초등학생 손바닥까지. 하루에도 수백 명이 반달형으로 뚫린 저 좁은 구멍으로 손을 밀어넣어 돈을 내밀고 신문을 사거나 복권을 달라고 하죠. 사람들의 손만 봐도 그 사람이 무슨 일을 하는지 얼추 짐작할 수 있어요. 사람들의 눈빛과 일일이 마주하지 않아도 되니까 특별히 신경쓸 일도 없고요. 그건 손님들도 마찬가지일 거예요. 안에 누가 들어 있는지, 무엇을 하고 있는지, 알 필요도, 궁금할 이유도 없이 자기 볼일만 보면 그만이니까요.

손님이 없을 때는 가끔 저 좁은 구멍으로 바깥을 내다봐요. 눈에 들어오는 건 어디론지 끝없이 밀려가는 자동차의 물결뿐이죠. 풍경은 늘 같은 장면을 보여 주죠. 그래서 더욱 놀라운 일이었어요. 그 여자는 콘크리트와 자동차들이 가득한 저 도로를 헤치고 당당히 걸어온 최초의 여자였으니까요. 적어도 이곳에서 내다보기엔 그랬어요. 더구나 실오라기 하나 걸치지 않은 알몸이었는걸요.

그 여자를 본 건 도시락을 먹던 중간이었어요. 한시라도 자리를 비울 수 없어 나는 항상 도시락을 싸서 이곳으로 출근해요. 아침 일찍 집을 나오니까 12시만 되면 항상 배가 고파요. 빌딩에서 일하는 샐러리맨들이 넥타이를 펄럭이며 식당으로 향할 때

나 역시 가방을 열고 준비해 온 도시락을 꺼내요. 그다지 불편하진 않아요. 보는 사람이 없으니 궁상맞게 밥 먹는다고 뭐라고 할 사람도 없고.

그 여자는 대각선 방향 저쪽 빌딩 앞에 서 있었어요. 신호가 바뀌지도 않았는데 성큼 도로로 내려서더군요. 지나가던 중년 부인 하나가 만 원짜리 지폐를 내고 신문 한 부를 달라고 해서 거스름돈을 집어 주던 순간이었죠. 단발머리를 찰랑거리며 나풀나풀 걸어오는 그 여자가 정면으로 보이더군요. 처음엔 영화라도 찍는 줄 알았어요. 옷을 벗어 던지기 시작하는데 무척 민망했어요. 아무리 촬영이라고 해도 대로상에서 옷을 전부 벗을 수는 없는 거잖아요? 그 여자는 이곳으로 다가와 신문 가판대 오른쪽을 끼고 먹자골목으로 사라져 버렸어요. 정말 충격적인 장면이었죠. 난 밥 먹는 것도 잊고 한동안 멍하니 앉아 있었어요. 내부에서 자꾸 알 수 없는 희열이 느껴지며 내내 그 여자가 떠오르는 거예요. 사람들의 시선에도 아랑곳없이 그 여자는 한 마리 새처럼 자유로워 보였어요.

나이요? 글쎄 한 스물대여섯 살쯤 되었을까. 아주 젊은 여자였어요. 검은 치마에 상의는 붉은색 유니폼을 입고 있었죠. 맞아요. 언젠가 비슷한 유니폼을 본 적이 있어요. 저쪽에 있는 백화점에서 근무하는 아가씨가 틀림없을 거예요. 그 여자 정말 눈 깜짝할 사이에 입었던 옷을 죄다 벗어 버렸어요. 가장 인상 깊었던

148

것은 그 여자가 신고 있던 굽이 높은 빨간색 하이힐이었지요. 신발은 끝내 벗지 않더라고요. 상상해 보세요. 알몸에 굽 높은 빨간 하이힐을 신고 대로를 횡단하는 여자의 늘씬한 모습을 말예요. 꼭 패션쇼에 나온 모델 같았어요. 한바탕 퍼포먼스라도 하듯 기계적인 걸음걸이였지요. 자신을 향한 사람들의 눈길을 조롱하고 비웃기라도 하듯.

2

그 여자 이야기

승강기는 지구의 중심으로 떨어지듯 빠르게 하강했다. 건물을 나서던 여자는 계단 층계참에서 잠시 멈추었다. 고개를 들어 방금 내려온 오피스텔을 올려다보았다. 건물은 육중한 높이로 하늘 한쪽을 찌르고 서 있었다. 38층 꼭대기에 웅크리고 있을 남편이 눈앞을 스쳤다. 남편은 무료한 얼굴로 네거리 아래쪽에 시선을 던지고 있을 것이다.

여자는 계단을 마저 내려와 횡단보도 앞에 섰다. 횡단보도엔 많은 사람들이 왁자하게 몰려 있었다. 경적을 울리며 사방으로 자동차들이 오고 갔다. 신호는 쉽게 바뀔 기미가 보이지 않았다. 여자는 시계를 보았다. 약속 시간은 이미 지나 있었다. 남자가 일하는 증권사 건물 입구가 보였다. 고객들이 바삐 객장을 오갔다. 그 남자는 식사를 핑계로 이미 객장을 빠져나왔을 것이다.

그 남자는 점심시간이 끝나기 전에 일터로 돌아가야 한다. 그 남자는 거대한 톱니바퀴의 일부처럼 늘 한 치의 오차도 없이 움직였다.

후덥지근한 바람이 불어왔다. 사방이 꽉 막힌 듯 답답했다. 커다란 통 안에 갇혀 있는 느낌, 짜증이 일었다. 여자는 무심코 블라우스의 맨 위 단추 하나를 풀었다. 신호는 여전히 바뀔 기미를 보이지 않았다. 차도로 내려섰다. 바람이 가볍게 몸을 스치고 지나갔다. 신호를 기다리며 멀티비전이 설치된 맞은편 건물로 시선을 주었다. 현란한 광고들이 화면을 메웠다. 멀티비전 뒤로 시멘트 건물들이 첩첩이 포개져 있었다. 해는 네거리 상공에 붙박여 움직이지 않았다.

공중을 날아가는 물체 하나가 눈에 띄었다. 끈이 풀어진 빨간색 대형 애드벌룬이었다. 애드벌룬은 아주 느린 속도로 네거리 상공을 지나갔다. '언제 어디서나 스피드 ○○텔' 애드벌룬 밑에 매달린 플래카드의 고딕체 글씨가 선명하게 들어왔다. 손에 잡힐 듯 애드벌룬이 눈앞에서 아른거렸다. 바람에 몸을 내맡긴 채 애드벌룬은 물고기처럼 자유롭게 흔들렸다. 애드벌룬에서 늘어진 끈이 땅에 끌릴 듯 네거리를 막 지나고 있었다. 여자는 차도를 대각선으로 걷기 시작했다. 빠른 속력으로 달려왔던 택시 한 대가 마찰음을 내며 급정거했다. 여자는 풀이 우거진 초록색 숲이 네거리를 메우는 상상을 했다. 차들이 연속적으로 멈췄다. 여자는 입고 있던 조끼를 벗어 팔에 걸쳤다. 애드벌룬은 계속해서 높이를 상승시켰다. 건너편에서 새 우는 소리가 들렸다. 어디선가 시냇물이 흐르는 것 같았다. 여자는 숲을 향해 두 팔을 벌리고 걸어갔다.

여자는 지금 그린필드로 가고 있다.

신문 가판대를 돌아 우회전을 하면 먹자골목이었다. 골목에 들어서기 무섭게 음식 냄새가 코끝으로 달려들었다. 먹자골목이 끝나는 곳에는 그물을 높게 드리운 골프 연습장이 있었다. 모텔 그린필드는 골프 연습장 바로 뒤였다. 여자는 일주일에 한두 번씩 그린필드에서 그 남자를 만났다. 시계가 12시를 가리키기 전, 버릇처럼 골프채를 챙겨 오피스텔을 나섰다. 남편은 창가에 서서 아래를 내려다볼 뿐 여자에게 별 관심을 두지 않았다. 남편은 여자에게 철저히 무관심한 것처럼 보였다. 오피스텔을 빠져나올 때마다 여자는 천천히 심호흡을 했다. 남편이 공중에서 내려다보고 있다고 생각하면 온몸이 약한 전기에 감전된 듯 저릿했다. 남편은 지상에 서 있는 자그마한 여자를 결코 알아보지 못할 것이었다.

그 남자는 특별한 것을 요구하지 않았다. 정해진 시간 안에 여자와 서로의 몸을 더듬고 몸의 일부를 합쳤으며 시간이 되면 등을 돌렸다. 그 모든 일은 점심시간에 이루어졌고 시곗바늘처럼 정확했다. 주변의 누구도 그들이 짧은 시간에 그런 일을 벌이고 있으리라고는 생각하지 않았다. 관계가 끝나면 그 남자는 담배 한 개비를 입에 물고 천천히 연기를 들이켠 다음 옷을 입고 증권사 객장을 향해 걸어갔다. 그 남자를 보낸 후 여자는 모텔 옆 골프 연습장에서 몇 번 스윙을 하다가 오피스텔로 돌아왔다. 골프 연습을 하겠다고 남편에게 한 말을 지키기 위해서였다.

그 남자 이야기

샤워를 마친 여자는 타월로 몸을 감싼 채 욕실을 나온다. 투명한 창유리로 골프 연습장의 초록색 그물이 보인다. 그물은 네거리를 촘촘히 가두고 있다. 여자가 살고 있는 오피스텔 건물도 그물 속에 갇혀 있다. 남편은 지금도 창문에서 변함없이 밖을 바라보고 있을 것이다. 멀티비전에 찍힌 증권 시세가 시시각각 변화하며 덩달아 그래프도 춤을 춘다. 여자는 창문을 조금 열어 놓고 그 남자가 누운 침대에 한쪽 발을 올려놓는다.

딱. 창밖으로 샷 소리가 들린다.

여자는 빨랫줄처럼 뻗어 나가다가 그물에 부딪혀 떨어지는 공을 생각한다. 지금껏 여자가 때린 공은 한 번도 그물을 벗어나지 못했다. 그 남자가 여자를 힘껏 껴안는다. 그 남자에게선 컴퓨터 키보드 냄새가 난다. 그 남자는 하루에도 수백 번 고객의 전화를 받고 단말기를 통해 주문을 반복한다. 그 남자의 손놀림에 따라 고객의 잔고는 상승과 하강을 거듭한다. 그 남자가 몸을 움직여 여자의 몸 위로 올라온다. 그 남자의 시선은 멀리 네거리 코너에 있는 멀티비전에 가 있다. 그들은 팔에 힘을 주며 힘껏 서로의 몸을 더듬는다.

딱. 다시 골프 공 소리가 들린다.

여자가 두 다리를 살짝 든다. 아이언에 맞은 공이 힘차게 공중으로 날아오른다. 그 남자의 몸에 전류가 흐른다. 그 남자의 몸이 여자의 몸으로 집요하게 파고든다. 그 남자가 조금씩 몸을 움직인다. 여자는 남자의 목을 팔로 휘감는다. 그 남자의 움직임이 빨라진다. 입술이 열리고 신음이 뒤섞인다. 남자의 움직임이 점점 격렬해진다. 멀티비전에 찍힌 주가 지수가 999로 ↓한다. 점심시간은 아직 10분 남았다.

「나는 이 정오가 좋아…….」

여자의 가슴을 손가락으로 쿡쿡 누르며 그 남자가 입을 연다. 딱. 샷 소리가 들린다. 모텔 창문 밖은 골프 연습장이다. 골프 연습장 그물은 지금 네거리를 가두고 있다. 상공에 떠 있던 애드벌룬은 이제 보이지 않는다.

「왜죠?」

여자가 남자를 향해 누우며 묻는다.

「정오가 되면 태양은 하루 중에 가장 높은 곳에 걸려 있게 마련이지. 어느 곳으로도 움직이지 않고.」

「……?」

「하지만 정오가 지나면 시간이 걷잡을 수 없이 빨리 달아나 버리잖아. 추락하는 숫자들처럼. 나는 빠른 것들이 너무 무서워…….」

무지개가 떴다

버려지는 게 싫으면 버리지 말았어야지!

그는 숨을 훅 내쉬며 원망하듯 중얼거렸다.

숲을 빠져나오자 흙탕물이 앞을 가로막았다.

다행히 빗줄기는 아까보다 많이 약해졌다.

'으브시' 노모의 입에서 바람 빠지는 소리가 났다.

배설을 했는지 등허리가 미지근해졌다.

그는 시멘트 다리가 놓인 곳까지 뒤뚱거리며 노모를 업고 내려왔다.

언덕을 내려가자 차에 가속도가 붙었다. 그 순간 더억더억 하는 소리와 함께 차가 한쪽으로 기우뚱 쏠렸다. 그는 반사적으로 브레이크를 밟으며 핸들을 움켜쥐었다. 정신을 차릴 틈도 없이 소나타는 도로 옆 산허리를 퍽 들이받았다. 그는 애꿎은 운전대를 손으로 내려치며 차를 후진시켰다.

「에이, 쌍놈의 똥……..」

소나타는 보닛에 얹힌 황토를 털어 내며 얌전히 2차선 국도로 돌아왔다. 늘 이런 식이다. 차라리 제대로 망가져 준다면 당장에라도 영업소로 달려가 최신형 자동차를 뽑았을 것이다. 그러나 93년식 낡은 구형 소나타는 잦은 고장에도 불구하고 퍼질 듯 퍼질 듯, 지겹도록 끈끈하게 생명력을 이어 왔다.

「엄마, 괜찮아?」

그는 룸미러를 힐금거리며 뒷좌석의 노모를 살폈다. 노모는 뭐가 좋은지 검버섯 핀 얼굴짝 가득 웃음을 베어 물었다. 입을 벌릴 때마다 메마른 입술 틈으로 컴컴한 동굴 하나가 보였다가 사라졌다. 그 어두운 안쪽으로부터 오랜 세월, 천천히 피와 살을 말려 온 미라 하나가 무덤을 헤치고 걸어 나온 것 같았다.

「젠장, 날씨까지 꾸물거리네. 뭘 그리 골몰히 생각하슈?」

그는 트렁크를 열어 잭과 예비 타이어를 꺼내며 잇새로 침을 찍 쏘았다. 하체가 부실해 잘 걷지 못하는 노모는 잭을 넣어 차체를 들어 올리자 흡사 놀이동산에 온 아이처럼 얇은 입술을 헤벌쭉 앞으로 내밀었다. 그는 서둘러 터진 바퀴를 떼어 내고 예비 타이어로 갈아 끼웠다. 볼트를 힘주어 돌리느라 등줄기로 땀이 돋았다. 떼어 낸 타이어는 금속 조각을 밟은 듯 예리하게 찢겨 있었다.

나사를 조여 떼어 낸 타이어를 잘 고정시키고 트렁크를 닫았다. 그가 덜덜거리는 소나타를 지금껏 타고 다니는 이유는 사소한 정리 때문이었다. 부동산 중개업을 하는 그에게 승용차는 분신과 같은 존재였다. 비록 낡은데다가 수시로 카센터에 맡겨야 하는 처지로 전락했지만, 십수 년 가까이 전국 각지를 누비며 20만 킬로미터라는 주행 거리를 훈장처럼 달고 다니는 승용차였다.

그는 허리를 펴며 시계를 보았다. 20분 정도 지체했지만 시간은 그럭저럭 넉넉했다. 문제는 포장되지 않은 울퉁불퉁한 산길이었다. 목적지에 닿기까지 과연 자동차가 견뎌 줄지 의문이었다. 시에서 시작된 2차선 아스팔트 도로는 언덕 아래에서 끝이 난다. 목적지는 길을 따라 10킬로미터쯤 더 들어간 계곡 안쪽에 있다고 했다.

키를 홀더에 밀어 넣자 마지못해 반응하듯 탈탈거리며 힘겹게 시동이 걸렸다. 오늘따라 자동차는 출발 전부터 말썽을 부렸다. 시동이 잘 걸리지 않는 것은 고질병이니 그렇다 쳐도 출발 직전 배터리가 방전된 상황은 납득할 수 없었다. 기온이 낮은 겨울철도 아니었고 더구나 배터리는 최근에 교체한 새것이었다. 긴급 출동 서비스를 나왔던 공업사 직원도 '차가 낡아서'라며 말꼬릴 흐렸을 뿐이다.

신호 대기 중에도 두 번이나 시동이 꺼졌다. 그때마다 다른 차의 경적이 날카롭게 신경을 긁었다. 그는 욕설을 내뱉으며 키를 돌려 대는 것으로 짜증을 가라앉혔다. 노모가 타지 않았다면 그대로 레커차를 불러 폐차장으로 향했을지도 모를 일이다. 죽어 가던 전기 신호는 포기하고 싶을 때쯤 가까스로 다시 살아났다. 마치 버려지기 싫다는 듯, 인간처럼 안간힘을 쓰는 것 같았다.

「뭘 생각해?」

액셀을 밟으며 그는 하나마나 한 질문을 던졌다. 히죽거리며 창문에 붙어 있던 노모가 별안간 화들짝 놀라는 시늉을 했다. 그는 담배를 꺼내다 말고 노모의 깊게 팬 두 눈을 새삼스레 들여다 보았다. 눈동자에 특별한 감정이 담겨 있는 것 같지는 않았다. 그런데도 노모는 허깨비 같은 얼굴로 이따금씩 놀라거나 슬픈 표정을 지어 그를 깜짝 놀라게 했다.

언덕을 내려가자 툭, 빗방울 하나가 앞 유리에 부딪쳤다. 그는 가속 페달에 더욱 힘을 주었다. 개울을 따라 뻗어 나간 계곡 안쪽은 무덤 속처럼 음산한 기운이 돌았다. 산이 높지는 않았으나 전나무가 길 좌우에 빽빽이 자리해 있어 약간 무섭다는 느낌마저 들었다. 기어이 비가 쏟아질 모양인지 빗방울은 오래된 토기 빛이 도는 우중충한 하늘로 성기게 빗금을 그어 나갔다.

그는 헤드라이트를 켜고 미로를 따라가듯 차분히 핸들에 힘을 주었다. 좀더 일찍 출발할 수 있었는데 오전 내내 병원과 동사무소, 은행을 오가느라 시간을 허비했다. 요양원에서 일시불로 요구한 6백만 원을 은행에서 수표 한 장으로 찾은 뒤에야 비로소 집을 나설 수 있었다. 점심도 거른 채였다. 요양원에서 요구한 서류는 건강진단서와 주민등록등본, 보호자소득증빙서류, 가족동의서, 긴급수술동의서, 보호자주민등록등본, 자동이체신청서 사본 등 10여 가지나 되었다.

「예, 6백만 원을 일시불로 지불해 주시고 1년 뒤부터 환자가 사망할 때까지 매달 70만 원씩만 자동 이체하시면 됩니다. 모

160

든 건 우리가 다 알아서 해드리니까 가족들은 더 이상 신경 쓰지 않아도 되죠. 때 되면 우리가 연락을…….」

형식적인 노모의 건강진단서를 떼던 날, 병원 로비로 찾아온 무지개요양원 사무장이 말했다. 6백만 원을 내고 1년 후 매달 70만 원만 지불하면 노모의 똥오줌을 모두 받아 주는데다가 하루 세끼를 꼬박 제공하고 자질구레한 치료까지 책임져 준다니. 한 사람의 인생을 책임지는 대가치고는 오히려 싸다는 생각이 들 정도였다.

「시설은…….」

그가 말끝을 흐리자 사무장은 가방에서 브로슈어를 꺼냈다.

「저희는 허가 받은 합법 기관이니까 걱정하지 않으셔도 됩니다. 아스팔트 깔리면 건물도 더 크게 신축할 계획이고요.」

사무장은 유독 합법적이라는 말을 강조했다. 그럼 불법 시설도 많다는 이야긴가? 사무장이 보란 듯이 넘기는 브로슈어는 한눈에 보기에도 조악했다. 이미지 사진임이 분명한 건물 화보를 눈으로 훑으며 그는 마치 그렇게 하는 게 노모에 대한 최소한의 예의라도 되는 양, 다른 조건의 가격을 물었다. 사무장은 입꼬리를 치켜올리며 병실 가격이 인쇄된 또 다른 종이를 꺼내 들었다.

「월 2백 정도만 부담하시면 1인실에 모실 수 있습니다. 2, 3인실은 130만 원이고요. 그래도 부담 없기는 일반실이 최고지요. 가끔 특실을 찾는 분들이 있긴 한데 정신도 없는 노인 양반을 특실에 모신다고 그분들이 알아주기나 한답디까?」

사무장은 입술을 일그러뜨리며 눈치를 살폈다. 특실은 아예 존재하지도 않음이 분명했다. 그는 며칠 시간을 달라며 사무장을 돌려보냈다. 사실상 마음은 이미 결정을 내린 뒤였다. 요양원을 짓는다며 계곡 안으로 공사 차량들이 들어가는 걸 보아 온 터였고, 지역 신문에 실린 요양원 개원 광고도 두어 차례나 보았다.

「어쩔 수 없는 일이야.」

그는 우중충한 하늘을 올려다보며 중얼거렸다. 조선족 간병인은 저녁 10시에 자기 집으로 돌아간다. 다음 날 아침까지 노모를 돌보아야 하는 수고는 온전히 그의 몫이었다. 새벽에 한 번 아침에 한 번 어김없이 오물로 질퍽해진 기저귀를 갈았고, 주말에는 노모가 더럽혀 놓은 이불 빨래를 하거나 냄새에 찌든 집 안을 청소했다.

'차라리 죽어 버렸으면.'

노모의 기저귀를 갈 때마다 그는 속마음을 숨기지 않았다.

7년 전, 노모는 긴 여행을 마치고 돌아온 사람처럼 문 앞에 모습을 드러냈다. 그가 스무 살 되던 해 편지 한 장만 달랑 남기고 홀연히 사라진 여자였다. 자리를 잡으면 생활비를 보내 주겠다는 약속은 지켜지지 않았다. 스무 살 청년은 대학을 휴학하고 엄마가 일하던 봉제 공장 주변을 수소문하며 다녔다. 엄마가 갑자기 떠났다는 사실보다 버려졌다는 사실이 그는 견딜 수 없었다. 엄마가 한국에 체류하며 의류 도매업을 하던 일본인을 따라갔음

162

을 알게 된 것은 훗날의 일이었다.

 얼굴도 제대로 알아보기 힘들 만큼 늙어 버린 엄마가 자신을 찾아왔을 때, 그는 저녁을 먹기 위해 집을 나서던 참이었다. 문 앞에 선 낯선 여인, 그녀가 신고 있는 태극무늬가 새겨진 옥색 고무신을 보며 그는 아주 잠깐 기시감에 휩싸여 그녀를 어디서 본 듯하다는 느낌을 받았다. 그는 낯선 여인을 우두커니 세워 두고 평소처럼 승강기로 걸어갔다. 여인은 멍하니 서서 그를 지켜볼 따름이었다.

 오피스텔 지하 식당에 앉아 된장찌개를 먹으며 그는 방금 문 앞에 섰던 여인에 대해 생각했다. 고무신이 낯익다는 생각은 들었으나 도무지 누군지 기억나지 않았다. 밥을 다 먹고 승강기에 오르며 그는 자신이 알고 있는 여자들을 하나하나 헤아려 보았다. 자신을 버리고 간 엄마가 떠올랐을 때 그는 피식 실소를 흘렸다. 그녀가 스스로 버리고 떠난 자식을 찾아올 아무런 이유도 없었기 때문이다.

 여인은 여전히 문 앞에 서 있었다. 그는 여인을 못 본 척 지나쳐 문을 닫고 안으로 들어갔다. 평소대로 텔레비전을 켠 뒤 매주 일요일 오후 8시에 방영되는 역사 관련 다큐멘터리 하나를 시청했다. 다큐멘터리가 끝나자 9시 뉴스가 이어졌다. 억대의 뇌물을 수수한 세무 공무원과 부정한 돈을 받은 청와대 비서관에 관한 뉴스가 헤드라인으로 보도될 무렵, 그는 문득 현관 밖의 여자가 궁금해졌다.

그는 문을 살짝 열어 보았다. 여자의 실루엣과 발밑으로 익숙한 옥색 고무신이 보였다. 그는 문을 닫고 텔레비전에 몰입했다. 9시 뉴스와 스포츠 소식, 사교육의 문제점을 진단한다는 〈100분 토론〉이 이어졌다. 그는 케이블로 채널을 변경했다. 5개쯤 채널을 건너뛰자 하늘을 날아가는 새 한 마리가 화면에 클로즈업됐다. 뉴질랜드의 코로만델 반도를 출발하여 한 번도 쉬지 않고 자그마치 1만여 킬로미터를 비행하여 북반구에 도착했다는 흑꼬리도요새였다.

밖으로 나가 문을 열었다. 여인은 망부석처럼 굳어 있었다. 그는 문을 열어 놓고 거실로 돌아와 텔레비전에 눈을 박았다. 여인은 현관으로 들어와 쓰러질 듯 작은방으로 스몄다. 그는 잠을 이룰 수가 없었다. 그는 케이블 채널을 이곳저곳 들쑤시며 파편적인 영상들과 눈을 맞추었다. 새벽이 되어 자리에 누웠지만 잠은 여전히 오지 않았다. 그는 불을 켜지 않고 작은방 문을 열어 보았다. 여인은 가지고 왔던 손가방을 머리에 벤 채 새근새근 잠들어 있었다.

타다닥, 굵은 빗줄기들이 자동차 유리를 치고 갔다. 가시거리가 푹 꺼지며 눈앞에 보이던 산길이 수증기처럼 증발해 버렸다. 그는 와이퍼를 가동하며 급히 속력을 줄였다. 삐걱삐걱, 바삐 오가는 와이퍼 틈새로 비에 젖어 번들거리는 산길이 주름처럼 흘러내렸다. 시멘트 다리를 지나며 얼핏 쳐다보니 다리 난간 아래로 시뻘건 흙탕물이 콸콸거리며 쏟아져 내려왔다.

다리를 건너자 길은 두 갈래로 갈라졌다. 이정표에 뭐라고 쓰인 게 보였지만 글자를 알아볼 수는 없었다. 필시 무지개요양원이겠지, 짐작하며 그는 길이 넓은 쪽으로 차의 방향을 틀었다. 산길은 얼마 못 가서 차 한 대가 간신히 지나갈 정도로 폭이 좁아졌다. 그는 난감해하며 노모를 살폈다. 노모는 바깥의 혼란에도 아랑곳없이 썩은 이를 드러내며 하품을 해댔다. 감정이 없이도 때 되면 음식을 받고, 소화시키고, 방귀를 뀌고, 배설을 하며, 졸리면 하품을 한다는 게 신기할 따름이었다.

'시동만 꺼지지 않는다면…….'

장마철도 지났는데 비는 도무지 그칠 기미를 보이지 않았다. 멀리서 벼락이 떨어지는지 쿵쿵 소리가 차체를 울렸다. 그는 불안한 마음을 억누르며 운전에 집중했다. 요양원에서 차를 보내준다고 했을 때 거절한 것은 아무래도 실수였다. 요양원 차량을 마다한 이유는 그들에게 떠맡기듯 노모를 인계하기 싫어서였다. 노모는 단지 요양 가는 것에 지나지 않는다고 그는 스스로에게 무수히 최면을 걸었다. 몸이 아프면 누구든 병원엘 가고, 그래도 차도가 없으면 요양을 해야 한다.

몇 년 전부터 이따금씩 엉뚱한 소리를 중얼거리는 것으로 노모는 첫 신호를 보내 왔다. 저녁상을 말끔히 차려 놓고 빨래를 걷는다며 옥상으로 올라가 자정이 되도록 내려오지 않는 날이 더러 있었다. 노모는 옥상 가운데 고목처럼 서서 까마득한 별들을 헤아리는 중이었다. 하나 둘, 하나 둘, 그의 귀에는 분명 그렇게 들렸다. 이진법 이외에는 수를 알지 못하는 고대의 제관처럼, 노모는 자기만 아는 주문을 외며 감쪽같이 숨어 버릴 제 별자리를 찾아 헤맨 게 분명했다.

옥상에 올라가 별을 더듬던 노모는 6개월 전, 식탁 옆에 앉아 오줌을 누는 것으로 자신이 누울 별자리로의 긴 여행을 시작했다. 형광등 아래 쭈글쭈글한 엉덩이를 드러낸 채 히죽히죽 웃던 노모는 연극 속 배우처럼 비현실적이었다. 알맹이는 어디론가 사라지고 빈 허깨비가 거실에 덩그마니 놓여 있는 것 같았다. 그는 노모가 얼굴을 살짝 붉히고 모든 게 연극이었다고 말해 주길 바라며 옥상으로 올라갔다. 겨울이 완전히 물러가지 않은 탓에 옥상은 입김이 나올 정도로 추웠다. 그는 주머니에 손을 넣고 노모가 하던 대로 고개를 들어 별을 헤아렸다. 밤하늘은 몰려나온 별들로 빽빽했다.

그 많은 별들 가운데 유독 오각형으로 빛나는 별자리 하나가 눈에 띄었다. 오리온 좌에서 북극성을 향해 육안으로 열 발짝쯤 뻗어 간 길목에 자리한 마차부자리였다. 육안으로 올려다본 마차부자리는 하늘에 뚫린 커다란 구멍처럼 보였다. 그 속으로 별

166

똥별 하나가 길게 흔적을 남기며 사그라졌다. 그는 노모가 찾던 것이 어쩌면 마차부자리였는지도 모르겠다고 생각했다. 껍데기만 남은 육신이 불에 태워지거나, 바람에 말려지거나, 혹은 똥오줌을 지려도 그건 남겨진 자들의 몫일뿐이다. 육신을 떠난 영혼들을 거두어 싣고 마차부는 밤새 길고도 아득한 길을 떠날 것이었다.

자동차는 어둡고 침침한 계곡을 느리게 더듬어 들어갔다. 전나무 숲이 끝나자 지난 장마철에 떠밀려 온 돌덩이들 사이로 길 아닌 길이 울퉁불퉁한 굴곡을 드러냈다. 그러다가 봉분이 무너진 묘지 하나를 지나자 거짓말처럼 길이 끊겼다. 아니, 길이 끊어진 게 아니라 계곡이 시작되는, 말하자면 막다른 곳까지 이른 것이다. 계곡 안쪽에 있다는 무지개요양원은 좀처럼 보이지 않았다.

그는 차를 멈추고 트렁크 개폐 버튼을 눌렀다. 차문을 열자 매질하듯 굵은 빗방울이 어깨와 등짝을 후려쳤다. 자동차에 부딪친 빗방울들이 바람에 얹혀 미친 듯 사방으로 튀었다. 트렁크에 넣어 둔 우산을 꺼내는데 구두가 흙탕물로 푹 잠겨 들었다. 어깨와 등이 젖어 옷이 차갑게 달라붙었다. 몸이 후들후들 떨렸다. 뼛속까지 빗물이 스미는 것 같아 그는 어금니를 악다물었다.

우산을 받친 채 좁은 길을 더듬어 올라갔다. 투두두두, 굵은 빗방울이 다투어 우산을 두드렸다. 지대가 높은 곳에 발을 딛고 방금 차를 몰고 올라온 아래쪽을 살폈다. 찻길은 어디에도 없었다. 길도, 나무도, 계곡도 모두 빗줄기에 갇혀 보이지 않았다. 그는 짜증을 참으며 자동차로 돌아왔다. 후진과 전진을 반복하자 자동차는 시동이 꺼질 듯 말듯 탈탈거리며 힘겹게 방향을 바꾸었다.

그는 노모를 곁눈질하며 투덜거렸다.

「젠장, 새벽부터 꿈자리가 뒤숭숭하더니만…….」

왜 그런 꿈을 꾸게 되었는지는 알 수 없다. 새벽에 잠이 깨 물을 마시고 화장실에 들렀다. 아니, 잠을 깬 것 자체가 꿈인지 그 이후부터가 꿈인지 분명치 않았다. 화장실 문을 열자 역한 지린내가 코로 파고들었다. 흰 변기 가장자리를 짚고 꿈틀거리는 손이 보였다. 손의 주인은 잠을 자고 있어야 할 노모였다. 사람 손바닥 크기만큼 줄어든 노모가 자신이 지른 변기 속 오줌에 빠져 허우적대고 있었다.

「아들아, 내 손 좀 잡아다오…….」

늙은 어미가 입을 움씰거리며 손을 내밀었다.

「그 안에서 뭐하는데?」

그는 평소처럼 짜증을 냈다.

「발을 헛디뎠지 뭐냐.」

「조심하지 그랬어?」

「몸이 작아져 버렸단다. 난 아이가 되고 넌 어른이 된 거지. 어서 나를 좀 꺼내 주지 않겠니? 어미는 살고 싶다. 내게 젖을 물

168

려다오. 자장가를 불러다오.」

「미쳤어? 나 싫다고 간 여자한테.」

그는 변기에 한쪽 발을 딛고 잔인하게 말했다.

「떠나려 한 게 아니다. 가서 돈을 보내 주려 했던 건데 잘 되지 않았을 뿐이란다. 너 대학 보낼 생각하니 하루하루가 너무 암담해서……. 그 남잘 따라가면 네 학비쯤은 넉넉히 해결할 거라 믿었어.」

「그럼 오지 말았어야지.」

「난, 버려지는 게 무서웠어. 너라면, 넌 내가 살을 찢어 속으로 나은 아들이니까. 네 아버지처럼 그렇게 나를 버리고 떠나지 않을 거라고 생각했어.」

「무슨 소리야? 아버지는 죽었잖아.」

그는 소리를 지르며 잠에서 깨어났다.

말들이 엉키고 생각이 뒤섞였다. 눈을 감고 손잡이를 꾹 눌렀다. 회오리가 일듯 변기 속이 요동쳤다. 노모는 두 손으로 갈퀴처럼 허공을 긁다가 사라져 버렸다. 생각할수록 기이한 꿈이었다. 안방으로 건너가 방문을 열어 보았다. 노모는 늘 그렇듯 암전히 잠들어 있었다. 그는 불을 켜고 노모를 들여다보았다. 깡마른 얼굴에 유난히 아래쪽으로 당겨 그어진 눈썹. 검버섯에 자리를 내준 양쪽 볼과 숨이 들락거리는 핏기 없는 입술은 죽은 자의 그것과 크게 다르지 않았다.

불을 끄는데 노모가 누운 머리맡 벽면으로 눈길이 갔다. 미완성인 벽화가 흡사 지옥도를 연상시키듯 형광등 불빛 아래 거무죽죽한 윤곽을 드러냈다. 지난봄, 노모는 벽에다가 첫 흔적을 남겼다. 공교롭게도 새로 집 안 도배를 마친 며칠 뒤였다. 일요일 아침, 평소 같으면 거실로 나와 텔레비전에 맹하니 눈을 박고 있어야 할 노모가 보이지 않았다. 안방에 들어가 보니 노모는 이부자리 위에 우두커니 앉아 대소변을 몸으로 짓이기는 중이었다.

「아, 정말 미치겠네!」

그는 신경질적으로 이부자리를 걷어 올렸다. 놀랐는지 아니면 조건반사적인 행동이었는지 노모는 움찔하며 몸을 일으켰다. 하지만 그것도 잠시, 중심을 잡지 못하고 벽을 짚으며 방바닥으로 나자빠졌다. 갈퀴로 긁어놓은 듯 다섯 줄기의 너무도 분명한 오물 자국이 벽에 그어졌다. 방을 치우며 락스와 가루 세제를 섞은 걸레로 수십 번이나 문질렀지만 색만 엷어졌을 뿐 자국은 그대로 남았다.

노모는 2, 3일에 한두 번씩 벽에 흔적을 남겼다. 꼭 일부러 그러기라도 한 듯 손바닥 모양이 그대로 벽에 찍힌 적도 있었다. 물걸레로 지울 때마다 묽게 풀어진 똥물이 벽을 타고 흘러내렸다. 똥물은 미친 여자의 머리카락처럼 벽지 틈바구니를 따라 번식했다. 정신이 온전치 않은 노모는 그것이 마치 남은 생의 의무라도 되는 양, 필사적으로 벽에다가 제 삶의 마지막 무늬를 새겨

나갔다.

그는 차의 방향을 바꿔 다리가 있던 곳으로 돌아 내려왔다. 난간 아래로 흙탕물이 시위하듯 쿨렁이며 몰려 내려갔다. 비가 그치지 않는다면 다리를 집어삼키는 것은 시간문제로 보였다. 그는 시동을 켜둔 채 차에서 내려 아까 스치듯 보았던 이정표의 글을 확인했다. 이정표로 알고 지나쳤던 나무판은 가을철 '산불 조심'을 강조한 안내판이었다. 그는 맥이 빠져 운전석으로 돌아왔다.

삼거리에서 볼 때 좁은 듯 보였던 다른 길은 조그마한 산모롱이 하나를 돌아가면서 다시 넓어졌다. 빗줄기도 어느 정도 수그러들어 곧 요양원 앞마당에 도착할 수 있을 것만 같았다. 하지만 10분을 넘게 달려도 요양원은커녕 안내판 하나 보이지 않았다. 어쩌다 한두 채씩 보이던 농가도 사라지고 비슷비슷한 풍경만 계속되었다.

출발 전, 요양원 담당 직원이 '아스팔트가 끝나는 곳에서 10킬로미터 안쪽'이라며 길을 설명하려 했을 때 걱정 말라며 말꼬리를 자른 것은 분명 실수였다. 그는 땅을 전문으로 취급하는 부동산 중개인이었다. 지방으로 땅을 답사하러 다니던 경험을 살려 그쯤은 얼마든지 찾아갈 수 있다고 자신했던 것이다. 그러나 계곡은 예상보다 깊었고 비까지 내려 방향을 분간하기조차 힘들었다.

그는 모든 신경을 운전에만 집중했다. 빗줄기 사이로 잠깐씩 나타나는 길, 혹은 길로 짐작되는 곳을 따라 브레이크와 가속 페달을 번갈아 밟으며 전진을 계속했다. 마치 거대한 무덤 속에서 길을 잃고 헤매는 것 같았다. 흙이 무너진 낭하를 만나 급브레이크를 밟을 때마다 하늘과 땅이 하나로 얽혀 들었다. 그럴수록 그는 평정심을 유지하기 위해 애썼다. 설령 비가 그치지 않는다고 해도 계곡 안쪽 무지개요양원엔 노모를 위한 침상이 마련돼 있을 것이었다. 그곳에 노모를 내려놓고 오기만 하면 사무장의 말대로 모든 일이 '끝'나는 것이다.

자동차 밑바닥이 무엇엔가 쿵, 부딪혔다. 그는 추진력을 얻기 위해 가속 페달을 꾹 밟았다. 그러자 뿌욱, 하는 소리와 함께 시동이 꺼져 버렸다. 차가 돌에 걸린 모양이었다. 힘껏 키를 돌려 보았지만 시시시싱 소리만 들릴 뿐 시동은 걸리지 않았다. 그는 키를 돌려 대며 클러치를 밟았다 떼기를 반복했다. 스타트 모터가 완전히 손상됐는지 엔진 소리도 더는 들리지 않았다. 그는 낙담한 나머지 운전대를 이마로 들이받았다. 잠깐 방심한 사이에 벌어진 일이었다.

그는 조수석에 던져 둔 휴대폰을 귀로 가져갔다.

무지개요양원으로 전화를 걸자 쉰 목소리의 여자가 전화를 받았다. 그는 전후 사정을 이야기하고 위치를 물었다. 여자는 아스팔트 도로가 끝난 곳으로부터 길을 따라 끝까지 안으로 들어오면 된다고 대답했다. 그는 어느 길로 가야 되느냐고 물었다. 여자는 길은 하나뿐이라고 성의 없이 대답했다. 가라앉았던 마음이 다시금 끓어올랐다. 그는 감정을 억누르며 그렇다면 지금 차 좀 보내 줄 수 있느냐고 물었다.

「진작 그렇게 하실 일이지, 어디쯤이세요?」

여자가 누군가와 말을 주고받으며 물었다.

「글쎄요, 다리가 보이는 곳에서 건너지 않고 곧장 오른쪽 길로 왔습니다. 비 때문에 아무것도 보이지 않아요. 아무튼 차 좀 보내 주십쇼.」

「다리요? 이상하네. 무슨 다리지?」

「거 왜 산불 조심 팻말이 세워진…….」

「산불 조심이요? 무슨 말씀을 하시는지 모르겠네.」

여자는 어쨌든 차를 보내겠다며 전화를 끊었다. 그는 방전을 각오하고 비상 깜박이를 켰다. 그러나 20분이 지나도록 요양원에서 보낸다던 차는 나타나지 않았다. 그는 조바심을 억누르며 뒷좌석의 노모를 살폈다. 갑자기 정신이 돌아오기라도 한 걸까. 노모가 노랗게 질린 얼굴로 숨을 가쁘게 몰아쉬었다. 노모는 턱을 꼿꼿이 세워 시선을 천장에 박고 온몸을 격렬히 떨기 시작했다.

「이봐요, 차 보낸다더니 대체 어찌 된 겁니까?」

그는 요양원으로 전화를 걸어 따지듯 물었다.

「이상하네. 차 떠난 지 한참 됐는데.」

「대체 어디로 떠났다는 겁니까?」

「거기가 어디쯤이죠?」

「답답하네. 아까 모르겠다고 하지 않았습니까? 비가 와서 아무것도 보이지 않는다고. 아스팔트 끝나는 곳에서 30분, 아니 1시간쯤 지났어요. 차가 고장 나서 오도 가도 못하고…….」

「차가 고장 났으면 카센터에 연락을 해야지 왜 화를 내요?」

떠들고 있는 여자의 면상을 후려치고 싶었다.

「뭐야? 차에 환자가 있다는 소리 못 들었어?」

「연락해 볼 테니까 기다려 봐요.」

여자는 노골적으로 짜증을 내며 전화를 끊었다. 그는 숨을 훅 내쉬며 입술을 비틀었다. 여자의 말대로 차가 출발했다면 벌써 도착했어야 옳았다. 운전기사가 비 때문에 그들을 보지 못하고 스쳐 간 게 분명했다. 제 성을 못 이겨 씩씩거리는데 갑자기 시큼한 냄새가 풍겼다. 노모의 방에서 익숙하게 맡던 냄새.

「뭐야! 아, 미치겠네.」

격렬히 몸을 떠는 동안 대소변이 배출된 게 분명했다. 그는 노모를 시트에 눕히고 치마를 걷어 올렸다. 기저귀를 벗겨 보았지만 이미 치마를 비롯해 시트까지 누런 똥물이 흥건했다. 며칠 전부터 노모는 먹는 대로 설사를 해서 조선족 간병인을 곤란하게 만들었다. 그는 치미는 울화를 삼키며 마른 오징어처럼 검은빛이 도는 노모의 대음순 주변을 휴지로 문질렀다.

「으브시.」

노모의 입에서 알아들을 수 없는 말이 흘러나왔다.

「도대체 뭐라는 거야?」

똥물에 젖은 기저귀를 창밖으로 내던지며 그는 아차 싶었다. 급히 출발하느라 일회용 기저귀를 챙겨 오지 않았던 것이다. 그는 수건으로 노모의 밑구멍을 틀어막고 양쪽 끝을 앞뒤로 빼내 치마 고무줄에 고정했다. 밀폐된 차 안이라 그런지 손에 오물이 묻자 확 구역질이 올라왔다. 그는 이를 악물었다. 그때 다시 '으브시' 하는 이상한 소리가 들렸다. 그는 차문을 열다 말고 노모를 곁눈질했다. 노모는 송곳니를 드러낸 채 히죽 웃음을 흘렸다. 그의 눈에는 분명 그렇게 보였다.

「재밌어? 도대체 왜 웃는데?」

그는 잡아먹을 듯 노모를 노려보았다.

「안 들려? 대체 왜 웃느냐고 묻잖아!」

노모는 대답하지 않았다.

「끝까지 이게 뭐야. 지 자식 좀 편하게 해주면 안 돼? 내가 힘들어 하니까 꼴좋은가 보지? 그래서 웃는 거지? 안 미친 거지? 다 듣고 있지?」

그는 노모의 어깨를 잡고 흔들었다.

「대체 왜 웃느냐니까?」

그는 차문을 걷어차며 밖으로 나왔다. 손에 묻은 오물을 빗물에 씻으며 그는 자신의 모질지 못함을 후회했다. 운신이 부자연스러운 가족을 요양원에 맡기는 것은 부끄럽거나 도덕적으로 비난 받을 일이 결코 아니라고 그날 무지개요양원 사무장이 덧붙였다. 돌이켜 보니 사무장의 말이 백 번, 천 번 옳았다. 진작, 서둘러 노모를 요양원에 맡겼더라면 오늘 같은 일은 결코 닥치지 않았을 것이었다.

그는 빗물에 젖어 번들거리는 이마를 문지르며 운전석으로 돌아왔다. 노모는 보살처럼 편안한 자세로 돌아와 있었다. 그는 휴대폰을 꺼내 요양원에 전화를 넣었다. 통화 중이었다. 몇 번이고 재발신 버튼을 눌렀다. 카센터에서 사람을 보내 줄 리도 없고 좋든 싫든 요양원에 기대를 걸 도리밖에 없었다.

「으브시.」

온 신경을 전화에 집중하고 있는데 뒷좌석에서 바람 빠지는 소리가 났다. 딸꾹질 소리도 아닌, 숨소리도 아닌, 그렇다고 말소리는 더더욱 아닌 기묘한 소리였다. 혈관과 근육, 오장육부, 세포와 근육 마디마디가 필사적으로 뒤틀리며 서로 안간힘을 쓰는 것 같았다. 노모는 또다시 허공을 주시한 채 몸을 격렬히 떨기 시작했다.

「아아, 안 돼!」

그는 참았던 울음을 터뜨리며 소리를 질렀다. 외침이 채 끝나기도 전에 누런 똥물이 노모의 사타구니를 타고 흘러내렸다. 아침에 꾼 악몽을 떠올리며 그는 튕기듯 차 밖으로 나섰다. 어디든 직접 차를 찾아 나설 생각이었다. 우산을 꺼내 드는데 전화벨이 울렸다. 통화 버튼을 누르자마자 낯선 남자의 음성이 튀어나왔다.

「도대체 어디 계신 거요?」

요양원 운전기사인 모양이었다.

「지금 있는 곳이 어딥니까?」

「읍내 근처까지 갔다가 다시 돌아오는 길이오. 도대체 어디쯤서 있다는 얘깁니까? 주변에 뭐 보이는 거 없어요?」

「비 때문에 하나도 안 보인다니까. 차가 고장이란 말입니다.」

「아니, 길 놔두고 어디로 들어간 겁니까?」

상대가 짜증을 냈다.

「뭐라고? 그게 지금 고객한테 할 소리야?」

그는 더 참지 못하고 휴대폰에 대고 악을 썼다.

「젠장, 왜 소리를 지르고 난리야.」

상대도 지지 않고 맞받았다.

「야, 이 새끼야! 산골짜기에 처박혔으면 이정표라도 세워 둬야지.」

그는 분에 못 이긴 나머지 들고 있던 휴대폰을 내던졌다. 휴대폰은 보닛에 튕긴 뒤 진흙탕으로 미끄러졌다. 그는 휴대폰을 구

무지개가 떴다 177

듯발로 짓이겼다. 빗물에 옷이 흠뻑 젖었지만 신경 쓰지 않았다. 한바탕 욕설을 하고 나니 오히려 속이 후련했다. 그는 될 대로 되라는 심정으로 운전석으로 돌아와 등받이에 기대며 노모에게 중얼거렸다.

「젠장, 한숨 잠이나 자. 아무래도 비가 그쳐야······.」

룸미러를 보다가 그는 튀어나올 듯 눈을 크게 떴다. 뒷좌석에 앉아 있어야 할 노모가 보이지 않았다. 요양원 기사와 통화를 하는 동안 노모가 어디론가 사라진 것이다. 그는 자동차 밖으로 튀어나와 흙탕물에 발을 적시며 트렁크 뒤쪽을 살폈다. 노모의 흔적은 보이지 않았다. 진땀을 흘리며 자동차 주변을 돌아다니다가 근처에 떨어진 고무신 한 짝을 발견했다. 숲을 향해 열 걸음쯤 올라간 곳이었다.

노모는 수풀 한쪽에 웅크린 채 몸을 떨고 있었다.

'잘 걷지도 못하는 양반이 언제 여기까지 기어 왔을까.'

그는 노모를 안아 일으키며 기이한 느낌에 사로잡혔다. 그 순간, 상류로부터 빗물이 콸콸거리며 쏠려 내려왔다. 물이 순식간에 허리까지 차올랐다. 그는 노모를 등에 업고 휘청거리며 비탈로 기어 올랐다. 불어난 계곡 물이 낮은 곳에 정차된 자동차를 덮쳤다. 돌에 걸렸던 자동차가 반쯤 기우뚱하더니 뱅그르르 돌며 떠내려갔다. 미처 손을 쓸 틈도 없이 자동차는 그의 시야에서 사라져 버렸다.

「젠장.」

그는 가슴을 쓸어내리며 사라지는 자동차를 보았다. 자동차에 그대로 앉아 있었더라면 목숨을 잃었을 게 뻔했다. 계곡물은 잠시의 여유도 주지 않고 그가 올라선 언덕까지 넘어왔다. 발목이 물에 잠기자 그는 다시 노모를 들쳐 업고 산등성이로 기어올랐다. 30킬로그램도 나가지 않는 노모의 몸은 허깨비처럼 가벼웠다.

까마득하게 잊고 있던 기억 하나가 떠올랐다. 세 살, 혹은 네 살의 그는 젊은 엄마의 등에 업혀 있었다. 엄마는 그를 업고 오래도록 달밤을 걸었다. 엄마는 대궐처럼 기억되는 큰 기와집 앞에서 대문을 두드렸다. 양복을 말끔하게 차려 입은 남자가 성난 얼굴로 엄마의 뺨을 때리던 기억, 노래를 흥얼거리는 엄마의 등에 업혀 달밤을 되짚어 집으로 돌아오던 기억, 너무 오랜 시간이 흘러 버려 꿈인지, 실제로 그런 일이 있었는지 확신할 수 없는 기억이었다.

「버려지는 게 싫으면 버리지 말았어야지!」

그는 숨을 훅 내쉬며 원망하듯 중얼거렸다. 숲을 빠져나오자 흙탕물이 앞을 가로막았다. 다행히 빗줄기는 아까보다 많이 약해졌다.

「으브시」

노모의 입에서 바람 빠지는 소리가 났다. 배설을 했는지 등허리가 미지근해졌다. 그는 시멘트 다리가 놓인 곳까지 뒤뚱거리며 노모를 업고 내려왔다. 다리는 이미 불어난 강물에 잠겨 있었다. 물에 잠긴 다리 위로 간신히 난간의 흔적만 드러나 있었다.

　다리의 흔적을 따라 물속으로 발을 디뎠다. 차가운 흙탕물이 집어삼킬 듯 누런 아가리를 벌렸다. 다리 중간에 이르자 물은 가슴까지 잠겨 왔다. 기운이 빠진 나머지 두 다리가 후들거렸다. 노모가 몸을 밀착시키며 두 손으로 목을 꼭 끌어안았다. 구름이 엷어지며 햇살이 맞은편 산자락에 무지개를 걸어 놓았다. 그는 이를 악물며 한 걸음씩 앞으로 나갔다. 다리 건너, 건너편 언덕은 아직 멀었다.

수繡

당신은 실 상자에서 647번 실을 꺼내어 바늘에 끼운 후 왼쪽 꼬리 부분에서 아가

미 쪽으로 수를 놓아 간다.

647번은 비버 그레이다.

비버 그레이는 안개를 표현하기에 가장 좋은 색깔이다.

목어의 아랫배에 한줌의 안개가 번진다.

아랫배라고 하지만 실상은 빈 공간이다.

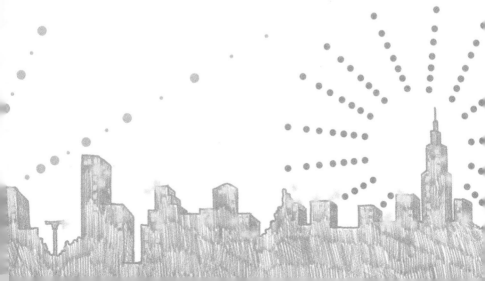

당신은 수를 놓는다. 가로와 세로가 각각 두 뼘쯤 되는 인도산 얇은 모슬린 위다. 엄지와 인지에 힘을 주어 바늘을 천에 찌른 후 바깥으로 빼낸다. 우측 구멍으로 집어넣은 후 그보다 한 땀 아래 하단으로 빼낸다. 좌측 상단 바깥에서 안으로 통과시키면서 한 바느질이 끝난다. 계속해서 같은 동작을 반복한다. 당신은 지금 목어의 아랫배를 비워 내는 참이다.

당신은 이따금 몸을 흔든다. 낡은 등나무 흔들의자 위다. 강보에 싸인 아이처럼 편한 자세로 앉아 있다. 만든 지 오래된 흔들의자는 모서리가 닳아 반질반질 윤이 난다. 몸의 중심이 뒤로 쏠릴 때마다 찌걱찌걱 마찰음이 들린다. 하지만 당신은 이 낡은 흔들의자를 좋아한다. 이 의자에 앉아 책을 읽거나 차를 마시고 수를 놓는다. 의자는 오랫동안 알고 지냈던 사람처럼 몸에 딱 맞는다. 서른두 살이 되는 지금까지 당신은 이보다 더 편안한 의자를 보지 못했다.

손을 멈추고 무릎에 올려놓은 도안을 들여다본다. 목어의 배를 표현하려면 2개의 색실이 더 필요하다. 당신은 실 상자에서 647번 실을 꺼내어 바늘에 끼운 후 왼쪽 꼬리 부분에서 아가미 쪽으로 수를 놓아 간다. 647번은 비버 그레이다. 비버 그레이는 안개를 표현하기에 가장 좋은 색깔이다. 목어의 아랫배에 한줌의 안개가 번진다. 아랫배라고 하지만 실상은 비어 있는 공간이다. 완전히 비워 내기 위해 647번 실은 목어의 배 밑 부분과 위쪽 비늘의 경계 사이를 뚫어 가고 있다. 아가미 부분에 이르러 실은 3371번 블랙 브라운으로 바뀐다. 블랙 브라운은 검정보다 부드럽다. 몸통과 안개 사이에 초승달 같은 경계선이 그어진다. 당신은 눈을 감고 목어가 뱃속을 비워 토해 내는 맑은 소리를 듣는다.

고개를 들어 왼편 하늘을 바라본다. 103동 건물 콘크리트 사이로 해가 고개를 내밀고 있다. 해는 103동 옥상에 설치된 환기통에 걸려 있다. 빙빙 돌아가는 환기통 함석 날에 의해 해의 아랫부분이 너울거린다. 한 손으로 해 가리개를 한 후 지켜본다. 당신이 앉아 있는 104동 702호 베란다는 서남향으로 창문이 나 있다. 103, 104, 105동이 ㄷ자 모양으로 지어진 아파트 단지다. 오후 한두 시쯤 103동 건물 사이로 모습을 드러낸 해는 소망교회가 있는 맞은편 소나무 숲을 지나 오른편 105동 건물 속으로 모습을 감추곤 한다. 날이 맑은 날이면 햇빛은 색실이 풀리듯 베란다를 휘감는다. 겨울이 지나고 봄이 올 때까지 그에게선 한 통의 연락도 오지 않았다.

당신은 수를 놓는다. 인도산 얇은 모슬린 위다. 입고 있는 노란색 누비 스커트의 무릎께가 환해진다. 103동에 가려졌던 해가 성큼 단지 광장으로 들어선다. 당신과 등나무 흔들의자는 완전히 햇살 속에 놓인다. 손을 멈추고 당신은 목어가 수놓아지는 모슬린을 뚫어져라 쳐다본다. 형태를 갖추어 가기 시작하는 목어 한 마리가 활처럼 기운 모습으로 누워 있다. 아직 머리 부분이 작업되지 않은 목어는 영락없는 물고기의 모습이다. 금방이라도 몸을 이리저리 흔들며 어디로든 헤엄쳐 당신의 손아귀를 벗어날 것만 같다.

늘 세상의 구석진 곳으로만 달아나고 싶어 했던 그를 떠올린다. 바람 차갑던 어느 거리에 당신이 있다. 서둘러 집을 나섰던 당신은 전철역 사거리에서 손을 비비며 그를 기다렸다. 그는 약속 시간보다 10분 늦게 도착했다. 클랙슨이 울리고 유리문이 내려갔다. 여긴 완전히 한겨울이네. 그는 보름간의 인도 여행을 마치고 공항에서 돌아오는 길이었다. 간다라 미술에 대한 사진 자료를 슬라이드 필름으로 만들기 위해 오래전부터 계획했던 여행이었다. 그는 당신의 모교이기도 한 대학에서 미술사를 강의하고 있다. 옆 좌석에 앉으며 그의 옆모습을 훔쳐본다. 아침에 면도를 안 했는지 턱 끝이 가뭇했다. 면도를 하지 않은 그의 턱을 그날 처음 보았다. 승용차에 오르며 당신은 보름간의 안부를 물었다. 음식이 안 맞아 고생했지만 그럭저럭 견딜 만하더군. 히터 스위치를 올리며 그가 대꾸했다.

시내를 어렵게 빠져나간 승용차는 올림픽대로로 들어섰다. 당신은 어디로 가는지 묻지 않았다. 그는 당신의 그런 면을 좋아한다고 했다. 어디를 가든, 무슨 음식을 먹든, 내 뜻에 따라 주는 네가 나는 참 편하고 좋아. 처음 모텔에 든 날, 그가 한 말이었다. 한남대교 밑을 지날 무렵 간간이 날리던 눈발이 쌓이기 시작했다. 30분째 차는 거북이 운행을 하고 있었다. 그의 얼굴에 떠오르는 피곤한 기색을 당신은 안타깝게 바라보았다. 어제저녁 봄베이 공항을 출발했다는 그는 중간 경유지인 간사이에서 당신에게 전화를 걸었다. 당신은 친구 결혼식에 갈 약속을 깨고 그를 기다렸다. 그는 호주머니를 뒤져 담배 한 개비를 꺼냈다. 한 손으로 운전대를 잡고 몇 번이나 불을 붙이기 위해 애썼다. 접촉사고가 났는지 견인차 한 대가 경광등을 번쩍이며 갓길로 질주했다. 멈춘 차들은 움직일 기미를 보이지 않았다. 30분쯤 시간이 흘렀다. 차는 좀 전의 사고 지점을 지나가고 있었다. 눈발 속에 어지럽게 널린 유리 파편이 보였다. 갓길 한쪽에 주인 없는 구두 한 짝이 거꾸로 처박혀 있었다. 고개를 돌려 그를 보았다. 당신은 문득 묻고 싶어졌다. 지금 우리, 어디로 가고 있나요? 그러나 볼우물만 만들었을 뿐이다.

차들이 멈춘 틈을 타 그가 가방을 열고 조그마한 상자를 꺼내 당신에게 내밀었다. 받아. 별건 아니고. 하다카스라고 모직물이 유명한 동네를 지나는데 마침 시장이 섰더라구. 당신은 조심스럽게 상자를 열었다. 손으로 직접 짠 거라더군. 뭐라더라, 공기로 직조한 천? 하얀색 천 하나가 네 등분으로 개켜져 상자 안에 담겨 있었다. 그만큼 가볍고 섬세하다는 뜻이겠지. 당신은 그것을 꺼내 무릎 위에 올려놓았다. 감촉이 매끄러웠다. 천은 한쪽 귀퉁이를 펄럭이며 금방이라도 날아갈 것만 같았다. 그곳 사람들에게는 이곳에 부적을 그려 간직하는 풍습이 있다더군. 그가 계속 중얼거렸다. 하다카스를 거쳐 다음으로 들른 곳은 타르사막의 관문인 자이살메르였어. 약간 높은 언덕 위에 고성을 중심으로 황색 사암으로 지은 집들이 옹기종기 모여 있는 아름다운 마을이었지. 밤이 되었을 때 드라이버의 도움을 받아 낙타를 타고 사막으로 나갔어. 마치 아라비안나이트 속의 주인공처럼. 그러다가 달을 보았지. 상상해 봐. 사막의 모래를 뚫고 장엄하게 떠오르는 달의 모습을. 돌아 나오는 길에 삼바르호(湖)에서 소금을 채취하여 도시로 실어 나르는 대상 무리를 만났는데 그런 생각이 들더군. 저 대상들처럼 달빛을 따라 어디론가 끝없이 걷고 싶다는 생각. 당신은 차창 밖으로 고개를 돌렸다. 눈이 내리는 강물 위로 유람선 한 척이 보였다. 유람선은 네온을 번쩍이며 강을 이쪽과 저쪽으로 경계 지은 채 점점이 떠내려가고 있었다. 까칠한 그의 턱이 당신을 향했다. 당신은 그의 눈을 오래도록 외면했다. 그가 덧붙였다. 선희도 눈이 그치고 봄이 되면 서른하나가 되는군.

칼을 들어 당신은 목어의 아가미 부분을 뜯어내기 시작한다. 도안에 그려진 목어는 용의 머리에 물고기의 몸을 하고 있다. 물고기의 몸과 용의 머리가 만나는 아가미 부분은 여러 개의 실이 섬세하게 들고난다. 아가미와 목의 경계선은 310번 블랙이다. 310번 실을 좌우로 610번, 928번, 3778번 실이 바둑알이 놓여지듯 한두 줄, 혹은 몇 칸씩 목어의 아가미 주변을 오르내린다. 3778번 테라 코타가 놓여야 할 자리에 356번 테라 코타를 사용했다. 356번 실은 3778번 실보다 조금 진한 적갈색이다. 그 차이는 아주 미세하여 당신은 두 줄이나 실수를 한 것이다. 조심스럽게 어긋난 실들을 뜯어낸다. 핀셋을 들어 작은 보푸라기까지 전부 뽑아낸다. 잘못된 바느질은 즉시 뜯어내야 한다. 전체가 완성되었을 때, 잘못 바느질된 색은 쉽게 눈에 띈다. 당신이 열 살이나 많은 그를 사랑하게 되었던 것처럼 바늘은 곧잘 빗나간다.

해는 소망교회 십자가 위를 지나간다. 작은 언덕으로 이루어진 교회 뒤편은 소나무 숲이다. 언덕 정상엔 송전탑이 위치해 있다.

송전탑에서 늘어진 굵은 전선들은 교회 건물과 그 옆 부설 유치원을 지나 작은 해바라기 밭 하나를 건넌 후 다음 송전탑으로 이어져 있다. 105동에 가려 당신은 그것을 다 볼 수 없다. 십자가 위를 지난 해는 늘어진 전선줄을 구르듯 타넘어 105동 속으로 숨곤 한다. 하루 중에서 햇빛은 지금 당신과 가장 정면이다. 의자의 방향을 103동 쪽으로 바꾼 후 비스듬히 앉는다. 늘어진 당신의 그림자가 거실 쪽으로 실루엣을 드리운다. 당신의 눈길이 그림자의 기운 끝을 따라간다. 한 뼘쯤 열어 놓은 건넌방이 보인다. 쿨럭쿨럭 기침 소리가 들린다.

저만치 아파트 아래서 무엇인가 반짝 빛난다. 당신의 시선이 피아노 건반을 두드리듯 주차선 안에 정차된 차들의 보닛을 따라간다. 검은색과 흰색, 혹은 감청색의 반복이다. 103동 경비실 앞에 이르러 목련 한 송이가 툭 떨어진다. 당신의 시선이 정지한다. 목련 나무 아래 쪼그리고 앉아 있는 한 남자의 모습이 보인다. 남자는 목련을 집어 들고 오랫동안 바라보고 있다. 한 달 전부터 단지 주변을 떠돌고 있는 사내다. 사나흘, 혹은 일주일에 한 번씩, 남자는 당신의 눈에 띄었다. 해가 모습을 드러내기 시작하는 오후면 남자는 103동을 끼고 단지 중앙으로 걸어온다. 단지 중앙에 있는 놀이터 앞에서 남자는 오랫동안 앉아 있거나 주변을 어슬렁거린다. 그러다가 해가 105동으로 사라지는 저녁나절이면 슬며시 사라진다. 남자가 몸을 일으켜 놀이터가 있는 곳으로 걸어온다. 남자는 그네에 앉기를 좋아한다. 2개의 그네에 노란 유니폼을 입은 유치원 아이들이 매달려 있다. 당신은 의자를 돌려 놀이터를 내려다본다. 아이들은 봄볕에 나온 병아리들 같다. 남자는 벤치 위에 앉는다. 남자의 눈앞으로 바람을 가르며 그네가 지나간다. 당신의 시선이 그네로 옮겨 간다. 그네가 정면으로 지날 때마다 당신과 남자의 시선이 교차한다.

쿨럭쿨럭. 기침 소리가 커진다. 그칠 듯 말 듯 계속된다. 당신은 보조 탁자 위에 들고 있던 바늘과 모슬린을 내려놓고 방으로 향한다. 이불 밑으로 손을 넣어 본다. 애야. 아버지가 몸을 일으킨다. 베개를 들어 아버지의 등에 받친다. 바깥 날씨가 어떠냐? 눈이 좀 그쳐야 할 텐데. 팔에 와 닿는 아버지의 몸은 마른 장작처럼 가볍다. 눈은 오래전에 그친 걸요. 능곡엔 사과꽃이 가득했지. 너도 알지? 거길 좀 가보자꾸나. 다시 기침이 이어진다. 꿈을 꾸셨어요? 당신은 아버지의 등을 두드린다. 아버지는 능곡을 생각하는 모양이다. 이맘때면 마을로 들어서는 사방 십리길이 온통 사과꽃 천지였던 그곳. 집은 골짜기의 가장 안쪽에 있었다. 그곳에서 아버지는 등나무 흔들의자를 동구 쪽으로 내어놓고 사과꽃 향기에 흠뻑 취해 앉아 있곤 했었다.

물 마시고 싶으세요? 뭐, 아직 눈이 온다고? 당신은 물 주전자를 들고 방으로 들어선다. 이태 전 뇌졸중으로 쓰러진 이후 아버지는 빠르게 늙어 가고 있다. 아버지는 동구 밖을 바라보던 그

190

모양 그대로 등나무 흔들의자 위에 눈을 감고 앉아 있었다. 흰 꽃잎이 눈보라처럼 마당 가득 날리던 오후였다. 마을이 저만치 보이는 곳에서 그는 차를 세웠다. 아무래도 아버지를 제가 있는 곳으로 모셔야겠어요. 헤어질 무렵 당신은 그를 향해 쓸쓸한 표정으로 말했다. 선희도 어서 좋은 사람 만나야지. 좋은 사람요? 이렇게 제 곁에 있는 걸요. 차에서 내린 뒤, 마을로 꺾어 드는 산허리에 이르러 당신은 뒤를 돌아보았다. 그는 승용차에 어슷이 몸을 기댄 채 당신을 바라보며 서 있었다. 가세요. 당신은 손을 흔들었다. 사과꽃 사이로 번쩍 치켜든 그의 손이 보였다. 당신은 일주일에 한 번씩 능곡에 있는 아버지를 찾아갔다. 서울에서 버스를 타고 한 시간쯤 걸리는 거리였다. 그를 만난 이후에는 종종 그의 차를 얻어 탔다.

집을 향해 민틋한 골목을 오르며 당신은 행복하다고 생각했다. 저만치 마당에 한 무더기의 사과꽃이 보였다. 아버지가 젊었을 때 근처 과수원에서 접붙이기를 해와 울타리 대용으로 심어 놓은 것이었다. 흔들의자에 앉아 있는 아버지의 모습이 보였다. 주무세요? 아버지는 대답이 없었다. 머리칼 사이로 드문드문 흰 꽃잎이 내려앉아 있었다. 당신은 황급히 핸드폰을 눌렀다. 두 손이 덜덜 떨렸다. 5분도 안 돼 그의 차가 되돌아왔다. 그는 아버지를 안아 침착하게 승용차 뒷좌석으로 옮겼다. 마을 노인 몇이 무슨 일인가 싶어 골목길에 나와 있었다. 그는 비상등을 켠 채 빠른 속력으로 병원을 향해 차를 몰았다. 아버지는 두 번이나 수술을 받았고 입원한 지 6개월 만에 가까스로 당신을 알아보았다. 아버지의 짐을 챙기러 능곡에 내려갔던 날, 당신은 흔들의자 앞에 떨어져 나뒹구는 때 긴 운동화 한 짝을 보았다.

꽃이 보고 싶으세요? 당신은 묻는다. 아버지는 물을 힘겹게 넘긴 후 다시 눕는다. 뭐, 누가 온다고? 어서 눈이 그쳐야 할 텐데. 그래야…… 아버지가 중얼거린다. 기침이 나오면 밖으로 나가봐요. 더 좋아지시면 능곡에도 같이 가구요. 아버지는 대답이 없다. 당신은 한참 동안 앉아 있다. 물이 다 떨어졌는지 가습기가 가래 끓는 소리를 낸다. 가습기의 코드를 뽑고 창문을 조금 열어 놓는다.

당신은 수를 놓는다. 낡은 흔들의자 위에 앉았다. 조금씩 몸을 흔든다. 그림자가 베란다 턱을 넘나든다. 의자는 모서리 부분이 하얗게 닳아 있다. 손을 놀리며 프린트 된 도안을 들여다본다. 도안 속의 목어는 입안 가득 여의주를 품고 있다. 동전 크기의 여의주를 표현하려면 총 다섯 가지 색깔의 실이 필요하다. 311번, 312번, 369번, 616번, 실을 꺼내어 탁자에 올려놓은 후 감아 놓지 않았던 3078번 실을 찾아 두 가닥으로 나눈다. 번호를 적어 보빈에 감기 시작한다. 목어 한 마리를 완성하기 위해 소요되는 실의 색깔은 총 마흔일곱 가지다. 처음 십자수를 배웠을 때 당신은 규격

192

화된 자수용 실의 색깔이 500개가 넘는다는 말을 듣고 놀랐다. 그때까지 당신이 아는 세상의 색은 10여 가지에 불과했다. 자수를 배워 가면서 당신은 500개의 색깔로 세상을 전부 표현해야 한다는 사실에 종종 한계를 느꼈다. 당신의 눈길은 햇살이 지나가는 실 상자 위로 향한다. 당신은 세상에서 가장 큰 실 상자를 가지고 있다. 아버지가 짜준 목합이었다. 상자 속에는 200개가 넘는 실들이 보빈에 감겨 칸칸이 들어차 있다.

바늘에 369번 실을 꿴 후 날카로운 끝을 목어의 입안으로 밀어 넣는다. 목어의 입안에 조그마한 우주가 만들어지고 있다. 언젠가 TV에서 보았던 딱정벌레의 경단과 닮았다고 생각한다. 목어의 아래턱과 입천장 사이에 두 번 세로 땀을 넣은 후 616번 실로 바꾼다. 빵빵. 누군가 시끄럽게 경적을 울리기 시작한다. 103동 출입구 앞에 트럭 한 대가 승용차 뒤를 막고 있다. 아이를 안은 젊은 여자가 늙은 경비를 타박하고 있는 모습이 보인다. 그네 쪽으로 시선을 던지던 당신의 눈길이 멈칫한다. 그네 위에 낮에 보았던 남자가 이쪽을 쳐다보는 모습이 보인다. 당신이 있는 104동을 뚫어져라 바라보며 남자는 조각물처럼 굳어 있다. 청바지를 입은 중년의 사내 하나가 허겁지겁 105동을 빠져나온다. 경비가 사내를 향해 삿대질을 한다. 청바지 사내는 급히 트럭을 몰아 아파트를 빠져나간다. 그네에 앉은 남자가 일어선다. 남자의 어깨는 축 처져 있다. 단지를 빠져나가며 몇 번이나 뒤를 돌아본다. 105동 콘크리트 벽 사이로 해가 모습을 감춘다.

  당신은 수를 놓는다. 인도산 얇은 모슬린 위다. 여의주 모양을
만들어 가던 손이 멈춘다. 허리를 굽혀 무릎에 올려진 도안을 들
여다본다. 369번 실이 두 땀이나 다른 자리를 침범했다. 칼을 들
어 조심스럽게 뜯어낸다. 자수용 천인 아이다나 이븐위브였다면
이렇게 실수가 잦지 않았을 것이다. 모슬린은 얇고 구겨지지 않
는다. 단 한 번의 잘못된 바느질도 흉터를 남길 정도로 섬세하
다. 당신은 목어 도안을 사기 위해 수예점에 들렀던 날을 생각한
다. 2월, 거리에 진눈깨비가 내리고 있었다. 5년간 일했던 출판
사에 사표를 내고 당신은 좁고 가파른 계단을 내려와 거리로 나
섰다. 용산에서 남영동을 거쳐 서울역까지 한참을 걸었다. 눈도
비도 되지 못한 진눈깨비들이 거푸 아스팔트 위에 떨어지며 녹
고 있었다. 서울역 2층으로 오르는 층계참에 앉아 오래도록 오르
고 내리는 사람들을 지켜보았다. 몇 번이나 매표소 앞을 서성였
지만 끝내 표를 사지 못했다. 맞은편 식당에서 우동 한 그릇을
시켰지만 국물만 몇 모금 뜨고 더는 먹지 못했다. 서울역을 빠져
나와 남대문 방향으로 걸었다. 남대문을 지나 명동까지 왔을 때
대형 건물 2층에 있는 커다란 미용실이 눈에 들어왔다. 힘겹게
계단을 밟아 올라갔다. 그날 당신은 고교 졸업 후 처음으로 머리
를 귀밑까지 잘랐다.

미용실을 나선 후 택시를 잡았다. 택시는 20분을 달려 집 근처 전철역 사거리에 당신을 내려놓았다. 당신은 집과 반대 방향으로 걸었다. 진눈깨비가 그친 사방은 온통 거무튀튀한 잿빛이었다. 어깻죽지 한 쪽이 축축했다. 물이 스몄는지 왼쪽 발바닥이 미끄러웠다. 박정숙산부인과 앞에 이르러 걸음을 멈췄다. 여자 하나가 비둘기처럼 뒤뚱거리며 현관문을 나서다 흘끗 당신을 쳐다보았다. 당신은 입술을 꾹 깨물고 현관문을 밀쳤다. 예약 날짜가 이틀이나 지났군요? 꽃무늬가 박힌 가운을 입은 간호사가 말했다. 안 될까요? 당신은 습관적으로 머리를 넘겼다. 목덜미가 허전했다. 잠시만요. 간호사가 어디론가 인터폰을 넣었다. 현기증이 일었다. 오전부터 아무것도 먹지 못했다. 따라오세요. 다른 간호사가 당신을 수술실로 안내했다. 많이 젖었군요. 누군가 당신의 어깨를 수건으로 훔쳤다. 당신은 다리를 벌린 채 침대에 누웠다. 졸음이 쏟아졌다. 어서 수술을 마치고 집으로 돌아가 눕고 싶었다. 미용실에서의 일이 떠올랐다. 미장원 여자는 한 치의 망설임도 없이 가위를 놀렸다. 가위는 날카롭게 귀밑을 파고들었다. 어깨를 덮던 머리카락은 순식간에 바닥으로 떨어져 내렸다. 자, 숨을 깊게 들이마셔요. 간호사의 목소리가 아득히 멀어졌다. 사각사각. 귓가에 가위 소리가 느껴졌다.

당신은 세 시간 후 회복실에서 눈을 떴다. 아랫배에 찢어지는 통증이 느껴졌다. 속이 미식거리고 목이 말랐다. 물을 찾아 슬리

퍼를 끌고 복도로 나섰다. 다리가 후들거렸다. 복도에 아무렇게
나 주저앉았다. 괜찮겠어요? 간호사가 달려왔다. 당신은 고개를
끄덕였다. 조금씩 집을 향해 걸었다. 단지 앞 상가에 이르렀을
때 막 문을 닫으려는 수예점이 보였다. 휘청거리며 그쪽으로 걸
음을 옮겼다. 앞 동에 사시죠? 지나시는 걸 몇 번 보았죠. 키가
크고 비쩍 마른 주인 여자가 알은체를 했다. 길고 뾰족한 바늘처
럼 살집이라고는 찾아 볼 수 없는 여자였다. 자수 처음 아니시
죠? 당신은 고개를 끄덕였다. 처음 오시는 분들은 곧바로 문을
열지 않으시거든요. 대부분 문 앞에서 한참을 망설이다가 어렵
게 문을 열곤 하시는데. 당신은 진열된 액자들을 들여다보았다.
선뜻 고르지 못하자 주인 여자가 도안책을 앞으로 내밀었다. 맘
에 드시는 게 없으면 여기서 한번 골라 봐요. 당신은 건성으로
책장을 넘겼다. 다시 아랫배에 통증이 느껴졌다. 어디 편찮으세
요? 여자가 당황한 얼굴로 물었다. 아무래도 내일 다시 와야겠
어요. 유리문을 열던 당신의 눈에 구석에 걸린 액자가 보였다.
여자가 재빨리 액자를 내렸다. 아, 이건 목어예요. 흰 아이다 위
에 붉은색 목어 한 마리가 입을 딱 벌린 채 당신을 올려다보고
있었다. 당신은 목어 도안과 마흔일곱 가지 색깔의 실을 사들고
수예점을 나섰다.

조용히 건넌방 문을 열어 본다. 아버지는 모처럼 편히 잠에 빠

져 있다. 어제저녁까지 계속되던 기침 소리도 밤사이 잠잠했다. 당신은 물 주전자를 레인지에 올린 후 청소를 시작한다. 집 안 구석구석 비질을 하고 닦기를 반복한다. 물건들이 제자리로 정리되고 방과 거실 바닥에 윤기가 흐른다. 물이 끓는지 주전자에서 더운 수증기가 솟는다. 녹차 티백을 찾아 주전자 안에 집어넣고 불을 줄인다. 집 안 가득 미세한 녹차 향이 떠다닌다.

청소를 끝낸 후 소파 맞은편에 있는 책장을 정리하기 시작한다. 거꾸로 꽂힌 책을 찾아 바로 꽂고 책들을 높이대로 정리한다. 책 정리가 끝난 후 책장 하단에 붙은 사물함을 열어 본다. 못과 망치, 분재용 모종삽 따위가 제멋대로 뒤섞여 있다. 사물함 구석에서 당신은 무엇인가를 찾아낸다. 아직 한 번도 사용한 적이 없는 폴라로이드 카메라다. 학생들을 대상으로 실시했던 과학 독후감 모집에서 상품으로 주고 남은 물건을 얻어 왔던 것이다. 그와 만날 때마다 당신은 핸드백에 카메라를 넣어 다니며 함께 사진 찍을 기회만 엿보았다. 그는 당신과 사진 찍기를 싫어했다. 몇 번의 기회가 있었지만 그때마다 교묘하게 피해 갔다. 당신이 조를 때마다 그는 중얼거렸다. 내 흔적이 세상 어딘가에 남겨진다는 것은 생각만 해도 끔찍해. 그의 대답에 당신은 더 말을 잇지 못했다. 그럼 나는 뭐죠? 이렇게 당신을 사랑하고 있는. 그러나 볼우물만 만들었을 뿐이다.

당신은 입으로 먼지를 후후 불어 낸다. 녹슨 건전지를 빼낸 후 베란다로 향한다. 베란다 문을 열자 차가운 공기가 몰려 들어온다. 엷은 안개가 아파트 광장을 떠다니고 있다. 목덜미가 서늘해진다. 카메라 렌즈에 눈을 들이대고 반대편을 향한다. 파인더 중앙에 교회 십자가가 들어온다. 교회 십자가와 파인더 중앙의 십자 표시 선을 일치시켜 본다. 십자가가 사라진다. 천천히 아파트 단지 광장으로 카메라의 초점을 옮겨 온다. 소방 도로임을 알리는 주황색 화살표를 따라 104동 경비실 앞까지 이동시킨다. 화살표가 끝나는 곳에 이르러 당신의 동작이 멈칫한다. 뾰쪽한 화살표 위에 남자가 이쪽을 향한 채 서 있는 모습이 보인다. 이처럼 이른 시간에 남자가 모습을 나타내기는 처음이다. 찰칵, 당신은 셔터를 가볍게 눌러 본다. 낯선 남자의 모습이 십자로 위에 굳는다.

　당신은 수를 놓는다. 흰색 엷은 모슬린 위다. 꼬리에서 입까지 손의 두 뼘쯤 되는 목어가 누워 있다. 눈 부위에 이르러 손길이 바빠진다. 눈알이 빠진 목어는 잘 조각된 나무토막 같다. 677번 올드 골드로 테두리를 채운 후 천을 바싹 당겨 하얀색 블랑으로 첫 땀을 뜬다. 당신의 손끝은 오랜 작업 끝에 마지막 점안을 하는 장인의 손길처럼 조심스럽다. 당신은 개심사 안양루에 걸려 있던 목어를 기억해 낸다. 지난해 여름, 그가 정말로 대학에 사표를 제출했을 때만 해도 당신은 그에게서 어떤 전조도 감지하지

198

못했다. 그가 사라진다는 생각은 상상도 할 수 없는 일이었다. 산다는 건 정말 지긋지긋해. 당신을 만날 때마다 그는 버릇처럼 중얼거렸다. 인도에 다녀온 이후 증세는 날로 심해지는 듯 보였다. 그런 충동은 누구에게나 있는 거예요. 당신은 그를 위로했다. 현실을 벗어나고 싶은 충동은 누구든 있기 마련이다. 그것에 뚜렷한 이유가 있을 필요는 없다. 그도 그런 상태일 것이라고 믿었다.

여름의 끝 무렵에 그가 정말로 사라졌을 때에도 당신은 일시적인 일이라 생각하며 그를 기다렸다. 그러나 그는 정말로 감쪽같이 사라졌다. 그가 살던 아파트는 이미 다른 사람에게 처분된 뒤였다. 그의 부모와 형제들조차 그의 부재를 몰랐다. 가을 내내 당신은 그를 찾아다녔다. 먼저 연락을 취해 온 것은 그였다. 당신은 버스를 세 번이나 갈아탄 끝에 그가 머물고 있는 개심사에 도착했다. 깊은 산중에 위치한 작은 절이었다. 네가 자꾸 마음에 밟혀 가던 길도 돌아서곤 했다. 다 버릴 수 있겠는데 마음 하나 버리지 못하겠구나. 그가 걸치고 있던 붉은 장삼 너머 구리처럼 달구어진 해가 지고 있었다. 당신은 아무것도 묻지 않았다. 그의 손을 꼭 쥔 채 마당을 걸어 내려왔다. 목어는 안양루 중앙에 매달려 저만치 산 아래를 굽어보고 있었다. 당신은 그날 처음으로 목어를 보았다. 춥겠어요. 텅 빈 목어의 뱃속을 바라보며 당신은 가만히 안양루 기둥에 귀를 대보았다. 그가 중얼거렸다. 눈을 감아 봐. 그러면 목어의 울음소리가 들릴 거야. 아무런 소리도 들려오지 않았다. 당신은 눈을 감은 채 그를 향해 중얼거렸다. 내려가요, 우리. 바람이 머릿결을 어지럽혔다. 웅웅, 목어가 울기 시작했다.

초인종 소리가 짧게 한 번 이어진다. 차분하게 가라앉아 있던 집 안의 정적이 무너진다. 액정 화면엔 아무런 영상도 잡히지 않는다. 몇 달 동안 초인종을 누른 사람은 아무도 없었다. 흔한 외판원조차 오지 않았다. 잘못 들은 걸까. 등을 돌리는 찰나 다시 초인종 소리가 이어진다. 이번엔 두 번이다. 쿨럭쿨럭, 동시에 아버지의 기침 소리가 터진다. 액정 위에 한 남자의 얼굴이 떠오른다. 아주 잠깐, 당신은 기시감에 휩싸인다. 어디서 보았더라. 남자의 손이 화면 위로 클로즈업되는 동시에 당신이 소리친다. 누구세요? 남자는 아무런 대답이 없다. 누구시냐닛! 당신은 안전고리를 풀지 않은 채 문을 연다. 비쭉 열린 문틈으로 황급히 사라지는 남자의 뒷모습이 보인다. 몇 달 전부터 단지 주변을 서성이던 남자라는 생각이 든다. 멀리서 볼 때와는 달리 키가 작고 왜소하다. 당신은 소리 내어 문을 닫는다.

당신은 수를 놓는다. 얇은 모슬린 위다. 목어의 눈에 마지막 바늘땀을 넣은 후 실을 끊어 낸다. 비로소 천 위에 완전한 모습의 목어가 떠오른다. 천의 양쪽을 팽팽히 당겨 본다. 어디선가 목어의 맑은 울음소리가 들려오는 듯하다. 첫서리가 내린 날 그는 벗어 두었던 승복을 걸치고 다시 인도행 비행기에 올랐다. 개심사를 내려온 지 불과 보름 만이었다. 방 안은 깨끗이 정리되어 있었다. 그가 쓰던 물건은 무엇 하나 남아 있지 않았다. 아파트 단지를 빠져나가는 남자의 모습이 보인다. 남자는 잔뜩 어깨를 늘어뜨린 채 걷고 있다. 남자의 기울어진 그림자가 개나리 덤불 속으로 자취를 감춘다.

능곡엘 가는 게냐? 아버지는 어린아이처럼 들뜬 얼굴이다. 당신은 휠체어를 민 채 천천히 앞으로 나아간다. 103동 콘크리트 벽 사이로 해가 모습을 보인다. 햇빛은 광장을 대각선으로 가른 채 105동 경비실 쪽에서부터 점점 이쪽으로 각도를 넓혀 오고 있다. 화단에 심어진 향나무와 사철나무, 느티나무, 측백나무를 따라 휠체어를 밀며 걷는다. 목련나무 아래 이르러 휠체어를 멈춘다. 아버지, 보세요. 목련이에요. 아버지가 중얼거린다. 능곡엘, 능곡엘 가야 하는데. 눈이 그치면 말이야. 바람이 가볍게 옷깃을 스치고 지나간다. 휠체어 위로 꽃잎이 하얗게 쏟아진다. 당신은 버릇처럼 머리를 쓸어 올린다.
휠체어를 밀며 앞으로 걷는다. 103동 앞을 지나 교회가 있는 광장 맞은편 언덕 아래까지 가본다. 교회 옆 유치원 건물 안에서 피아노 소리가 흘러나온다. 무엇이 무엇이 똑같을까. 젓가락 두

짝이 똑같아요. 피아노 반주에 맞춰 아이들의 합창이 터진다. 당신은 천천히 휠체어의 방향을 105동 쪽으로 바꾼다. 살이 잔뜩 오른 비둘기 몇 마리가 105동 분리 수거함 주변에 흩어져서 부지런히 부리를 놀리고 있다. 고개를 들어 104동 702호 베란다를 바라본다. 유리 안으로 희미하게 의자의 윤곽선이 드러난다.

놀이터 안으로 휠체어를 밀고 들어간다. 그네 위에 앉은 남자의 모습이 보인다. 남자는 당신과 아버지에게서 한시도 시선을 떼지 않는다. 오셨군요? 남자를 향해 알은체를 한다. 남자가 엉거주춤 몸을 일으킨다. 그네 줄이 앞뒤로 가볍게 흔들린다. 휠체어의 방향을 남자를 향해 바꾼다. 남자는 당황한 얼굴로 당신과 아버지를 번갈아 바라본다. 당신은 남자가 앉아 있는 옆 그네에가 앉는다. 모래 위에 2개의 그림자가 나란히 생겨난다. 그림자에서 두어 걸음 떨어진 곳에 아버지가 앉아 있다. 아버지는 초점 없는 시선을 단지 한구석으로 향하고 해바라기 중이다. 누굴 찾고 계신가 봐요? 당신이 남자를 향해 묻는다. 깊게 패인 남자의 눈자위가 몇 번 씀벅인다. 아, 아, 아, 말을 잇기 위해 애를 쓴다.

당신은 휠체어 손잡이에 매달고 왔던 종이 가방을 끌러 온다. 남자의 시선이 당신의 손을 향한다. 당신은 남자에게 가방을 내민다. 남자의 손에 얇은 모슬린 한 장이 쥐어진다. 남자는 놀란 눈으로 그것을 펼쳐 본다. 손가락 마디 사이로 목어 한 마리가 잡힌다. 가늘게 바람이 스치며 지나간다. 목어가 남자의 손아귀

에서 가볍게 펄럭인다. 목어예요. 제게 더는 필요 없어진 물건이
죠. 왜, 왜, 왜, 이걸? 남자의 동공이 초점을 잡기 위해 애쓰며 당
신을 향한다. 오래전부터 이 주변을 서성이는 걸 봤어요. 저는
저기 앉아 목어를 수놓고 있었죠. 봄이 올 때까지 내내 겨울을
견딘걸요. 당신은 손을 들어 앉아 있곤 하던 베란다를 가리킨다.
유리에 반사된 햇빛이 색실이 풀리듯 사방으로 흩어진다. 남자
는 손에 쥐어진 목어를 오랫동안 들여다보고 있다.

　사진 한 장 찍어 주시겠어요?

　아버지랑 사진을 찍은 지 꽤 됐거든요. 당신은 목에 걸고 있던
폴라로이드 카메라를 벗어 남자의 손에 건넨다. 장소는 아, 저기
가 좋겠어요. 당신은 휠체어를 밀며 103동 앞에 있는 목련나무
아래로 향한다. 남자가 카메라를 들고 엉거주춤 뒤를 따른다. 목
련나무 아래 이르러 자리를 잡고 휠체어 뒤에 선다. 남자는 한쪽
무릎을 꿇고 앉아 오래도록 렌즈를 들여다본다. 렌즈 속에 활짝
웃고 있는 당신과 졸고 있는 아버지의 모습이 잡힌다. 남자의 시
선이 아버지의 코와 이마를, 목덜미를 세심하게 훑는다. 당신의
시선이 남자의 얼굴을 훑고 내려와 남자의 때 긴 운동화 위에 머
문다. 찰칵. 남자가 가볍게 셔터를 누른다. 잠시 후 한 장의 사진
이 카메라 위로 인화되어 올라온다. 아버지는 눈을 감고 있다.

　당신은 수를 놓는다. 봄 풍경이다. 당신은 어제 남자와 헤어진

후 수예점에 들러 그 도안을 골랐다. 수목이 우거진 산등성이에 한 채의 초가집이 보인다. 봄 풍경에는 총 일흔세 가지의 색실이 사용된다. 당신은 실을 가지런히 보조 탁자에 놓은 후 풀어 바늘에 꿴다. 천 중앙의 십자 표시에 조심스럽게 바늘을 찌른다. 첫 땀은 647번 비버 그레이다. 흰 아이다 한가운데 봄빛이 번진다. 비버 그레이는 안개를 표현하기에 가장 좋은 색깔이다. 수를 놓아 가며 당신은 그가 안개가 아니었을까 생각한다. 당신은 집착이라는 실을 풀어 안개 위에 어긋난 수를 놓아 왔다. 그의 공간에 하나의 존재가 되기 위해 몸부림쳤지만 당신이 찌른 곳은 허방이었으며 무엇도 존재하지 않는 바람 속이었다.

당신은 이따금 몸을 흔든다. 낡은 등나무 흔들의자 위다. 강보에 싸인 아이처럼 편한 자세로 앉아 있다. 만든 지 오래된 흔들의자는 모서리가 닳아 반질반질 윤이 난다. 몸의 중심이 뒤로 쏠릴 때마다 찌걱찌걱 마찰음이 들린다. 하지만 당신은 이 낡은 등나무 흔들의자를 좋아한다.

충성! 계속 근무하겠음

하태원 이병 앞으로!

짧은 훈시 끝에 강 중위가 난데없이 한 병사를 지목했다.

그는 부대에 전입 온 지 채 두 달도 되지 않은 신병이었다.

하 이병, 힘들지 않았나? 괜찮습니다.

하 이병이 잔뜩 군기 든 목소리로 대답했다.

그래, 하 이병은 이번 얼차려를 통해 무엇을 느꼈나?

하 이병이 당황한 얼굴로 옆에 선 고참들 눈치를 살폈다.

괜찮아. 솔직한 마음을 얘기해 봐.

강 중위의 목소리는 한껏 부드러웠다.

저는…… 목이 몹시 마르다는 것을 느꼈습니다.

뒤에 섰던 선임병들 사이에서 키득키득 웃음이 흘러나왔다.

충, 성! 근무 중 이상 무!

위병의 긴장된 고함 소리가 연병장 전체로 메아리쳤다. 목소리는 간결하고 우렁찼다. 축 늘어졌던 황색 차단막이 끄렁끄렁 공중으로 치켜 올라갔다. 차단막은 부대 정문 위에 아치형으로 매달린 '초전박살'이라고 쓰인 철제 현판을 가리키며 멈췄다. 대대장이 탑승한 지프가 부대로 진입하고 있었다. 그곳으로부터 부대로 오르는 길은 비스듬했다. RPM을 높이며 지프는 부대 뒤쪽 관사 방향으로 빠르게 미끄러졌다. 차단막이 내려지고 위병은 차양이 쳐진 초소 안으로 모습을 감췄다.

경례 소리에 잠시 움찔했던 박 중위는 길게 기지개를 켜고 자리에서 일어났다. 10중대 막사 옥상에 가건물 형식으로 올려진 교회당 안은 달궈진 불판처럼 뜨거운 열기를 내뿜었다. 가만히 앉아 있어도 땀이 비 오듯 흘렀다. 선풍기가 돌아가고 있었지만 시원한 느낌은 조금도 들지 않았다. 보고서 작성을 위해 사단 사령부에서 곧 보내겠다던 팩스는 벌써 한 시간째 소식이 없었다. 팩스의 내용이 어떤 것인지, 아직 정확히 전달된 것은 없었다.

「무더위 속에도 전쟁은 일어나겠지.」

혼잣말을 내뱉고 박 중위는 냉장고에서 물통을 꺼냈다. 보름째 계속되는 폭염이었다. 입안이 말라붙어 침을 삼킬 때마다 목구멍이 끈적거렸다. 숨이 가쁠 때까지 물을 들이켰지만 갈증은 가시지 않았다. 그늘로 들어가 낮잠이라도 청했으면 좋겠다고 생각하며 박 중위는 창가로 다가갔다. 볕에 노출된 무릎 부근이 단박에 뜨거워졌다. 빈 물통을 들고 박 중위는 연병장으로 눈길을 주었다. 흙먼지를 뿌옇게 일으키며 구보 중인 병사들이 눈에 들어왔다. 구보 행렬은 막사 앞을 통과해 오른쪽 축구 골대로 휘어졌다.

그들은 도합 일곱 명이었다. 단독 군장이었지만 상당히 지친 모습이었다. 위장포가 씌어진 방탄모가 무겁게 병사들의 머리를 짓눌렀다. 하늘로 치켜세워진 총구는 적을 겨누는 살상용 무기로 보이지 않을 만큼 무의미하게 흔들렸다. 사고를 쳐도 크게 친 모양이었다. 어지간한 잘못을 저지르지 않은 이상 정비 지시가 내려진 토요일 오후를 얼차려로 때울 이유는 없었다. 박 중위는 딱하다는 듯 고개를 흔들었다. 언젠가 시내에 나갔다가 문구점에서 보았던 모형 장난감 기차가 떠올랐다. 장난감 기차는 스위치를 넣기 무섭게 미니 레일을 반복해서 질주했다.

누군가 짧게 두 번 문을 두드렸다. 미처 대답도 하기 전에 열어놓은 출입문으로 낯익은 얼굴 하나가 불쑥 몸을 들이밀었다. 위장 크림을 바르지 않아도 될 만큼 얼굴이 까맣게 그을린 10중대 3소대장 강 중위였다. 키가 커서 일견 호리호리해 보이지만 다부진 근육질의 소유자였다. 중대 일직을 서는지 왼쪽 팔에 노란 일직 사관 완장을 차고 있었다. 손으로 연신 부채질을 해대며 그는 성큼 교회 안으로 들어섰다.

「마침 계셨군요? 날씨가 왜 이 모양인지 모르겠습니다.」

인사를 늘어놓고 그는 창가로 다가왔다. 더운 날씨에도 어느 한 군데 흐트러짐 없이 단정한 옷차림이었다.

「강 중위님 대원들 아닙니까?」

병사들을 가리키며 박 중위가 물었다. 구보 행렬은 왼쪽 축구 골대 부근에서 꿈틀거리며 막사 앞쪽으로 방향이 꺾이는 중이었다.

「목사님 말씀이 맞습니다. 우리 대원이 아니라면 어떻게 제가 저들을 용광로 속으로 내몰겠습니까.」

군종 목사인 박 중위를 부대 내 사병이나 장교들은 계급에 관계없이 통상 목사님이라 불렀다. 박 중위의 소속은 원래 연대 본부였다. 지난해 태풍으로 연대 막사와 교회가 파손되어 새로 건물을 증축하는 동안 3대대로 임시 파견을 나와 있는 것이었다.

「제가 관여할 일은 아니지만…….」

연병장을 바라보며 박 중위가 조심스럽게 입을 열었다.

「좀 과하지 않습니까? 벌써 두 시간도 더 된 것 같은데…….」

「글쎄요. 녀석들이 저지른 행동에 비한다면 결코 과한 게 아닙니다.」

강 중위는 보란 듯이 고개를 내밀고 밖을 살폈다. 연병장을 돌고 있는 병사들에게 '내가 여기서 내려다보고 있으니 꾀를 부리지 말라'고 경고하는 제스처였다.

「사고라도 쳤습니까? 설마 그건 아니겠죠, 다른 소대면 몰라도…….」

박 중위는 강 중위의 3소대가 2년 연속 무사고 소대로 선정되었다는 사실을 기억해 냈다.

「굳이 사고랄 순 없지만 그렇다고 그냥 넘어갈 수 있는 일도 아닌, 우발적인 사건이었습니다.」

「우발적인 사건요? 어떤?」

「자자, 그 얘긴 그만하시고…….」

강 중위가 턱으로 밖을 가리켰다. 그제야 박 중위는 강 중위가 찾아온 목적이 다른 데 있음을 알아차렸다. 강 중위가 교회로 박 중위를 찾아오는 이유의 대부분은 장기를 두기 위해서였다. 계단 하나만 내려가면 곧바로 행정반인 탓에 강 중위는 종종 옥상

교회로 박 중위를 찾아와 장기를 두었다.

「글쎄요…….」

못 이기는 척 일어섰지만 박 중위는 마음이 썩 내키지 않았다. 장기의 승패를 일일이 수첩에 기록할 정도로 강 중위는 승부욕이 강했고 때론 그것이 지나쳐 상대를 피곤하게 만들었다. 무엇보다 불볕더위 아래 부하들을 몰아넣고 태연하게 장기를 두자고 청하는 태도에 거부감이 들었다.

「병사들 때문입니까? 목사님답군요. 아무렴 제가 부하들을 사지에 몰아넣고 혼자 쉬려고 하겠습니까. 심각하게 생각하진 마십시오. 다만 교육의 일환일 뿐이니까요.」

강 중위는 유독 교육이라는 말을 강조했다.

「교육이요?」

「예. 근무만 아니라면 저도 저들과 함께 연병장을 돌았을 겁니다.」

밖으로 나오자 콘크리트에 반사된 햇볕이 따갑게 눈을 찔러 왔다. 옥상 바닥은 열기로 후끈거렸다. 박 중위와 강 중위는 옥상을 가로질러 작은 평상이 놓인 곳으로 갔다. 10중대 막사보다 한 층 높게 지어진 9중대와 본부중대 연합 건물로 인해 낮이면 그늘이 생기는 장소였다. 연병장이 내려다보이는 위치에 자리를 잡은 다음 강 중위는 평상 밑에서 장기판을 꺼내 말을 배열했다.

「내기를 하는 게 어떻겠습니까?」

맞은편에 앉으며 박 중위가 말했다. 뜻밖이라는 듯 강 중위가
눈을 잔뜩 치떴다.

「정말입니까? 설마 PX에 가서 시원한 맥주라도 한잔하자는
말씀은 아니겠지요? 그래, 목사님은 무엇을 거시겠습니까?」

박 중위는 연병장을 가리켰다. 강 중위가 흔쾌히 머리를 끄덕
였다.

「좋습니다. 이만하면 시간도 꽤 됐고 제가 진다면 즉각 중지시
키죠. 하지만 저 얼차려는 제가 지시한 게 아닙니다.」

말을 배열하다 말고 박 중위가 고개를 들었다.

「그럼 병사들 스스로 군장을 꾸려 폭염 속으로 나섰다는 말입
니까?」

「그런 셈이죠. 저들은 제가 맡고 있는 3소대 내의 2분대 병사
들입니다. 아까 말했듯 오전에 행해졌던 분대별 사격 훈련 중
에 작은 사고가 발생했습니다. 내무반에 돌아온 직후 그 문제
에 대한 모의재판을 열었죠. 그 결과 병사들 스스로 얼차려를
택하게 된 겁니다.」

「모의재판이라뇨?」

강 중위가 한(漢)을 잡고 박 중위가 초(楚)를 잡았다. 졸(卒)
하나를 옆으로 이동시켜 길을 열며 박 중위가 선공했다.

「몇 달 전부터 실험적으로 실시해 오고 있는 우리 소대만의 제
도입니다. 물론 상부에는 어떤 정식 보고도 하지 않았습니다.

사회에서 하는 재판을 흉내 낸 것이죠. 피해자와 가해자가 있고 변호인이 있고 판·검사가 있고…….」

「판결은 누가 합니까?」

「저와 선임하사가 번갈아 내리는데 대부분은 병사들 스스로 자신들이 받아야 할 벌을 선택하는 쪽으로 유도하고 있습니다.」

「스스로라…….」

박 중위가 고개를 흔들었다.

「왜 그러십니까?」

「아, 아닙니다.」

박 중위가 포(包)를 이동시켜 궁(宮)을 수비하고 졸을 비켜 길을 만드는 사이, 강 중위는 일찌감치 병(兵)을 앞으로 밀고 마(馬)와 상(象)으로 공격선을 넘어왔다. 성격이 급한 강 중위는 공격 위주로 수를 펼쳤다. 강 중위가 즐겨 사용하는 말은 마였다. 마는 빠른 기마병을 상징한다. 기동성이 좋아 적진을 한바탕 흔드는 데 안성맞춤이었다. 마가 뒤따르는 병을 지휘했다. 마는 일선에서 소대원들을 지휘해야 하는 보병 소대장 강 중위와 썩 어울리는 말이었다.

「어떤 일이 있었는지 얘기나 들어봅시다.」

박 중위는 위병소 밖으로 넌지시 눈길을 던졌다. 지붕 위에 이글거리는 열기를 매달고 육공 트럭 한 대가 먼지를 일으키며 52번 작전 도로 방향으로 내달았다. 부대 막사 좌측을 끼고 돌아가는 연녹색 무명고지 한쪽 끝이 마르지 않은 물감처럼 도로를 향해 흐물 흐물 무너져 내렸다.

「목사님도 아시겠지만 군인에게 있어 제일 중요한 게 명령 아닙니까?」

「그렇긴 하지요.」

「제가 그동안 지향해 온 것은 고도의 육체적 정신적 능력을 갖춘 철의 소대를 만드는 일이었습니다. 명령에 따라 일사불란하게 움직이며 어떤 작전도 소화해 낼 수 있는 그런 병사들 말입니다. 그래서 다른 소대보다 더 교육 훈련에 매달려 온 게 사실이고요.」

강 중위의 남다른 열정 때문인지 그가 맡고 있는 3소대는 모든 면에서 대대의 선봉이었다. 대대 ATT 측정에서 세 번 연속 최우수 소대로 선정되었고 지난달 끝난 하계 종합 훈련에서는 연대 선봉 소대로 뽑히기도 했다. 비단 군사 훈련뿐만이 아니었다. 소대 대항 축구만 해도 대대 안에서 강 중위의 3소대는 적이 없었다. 통과 확률이 20퍼센트도 되지 않는 태권도 승급 심사에서 90퍼센트가 넘는 합격률을 기록한 점은 대대 전체의 전설이 된 지 오래였다.

「그러나 오늘 그런 제 믿음은 여지없이 흔들렸습니다.」

돌연 강 중위의 목소리가 높아졌다.

「목사님은 혹시 화망구성 사격에 대해 들어보셨습니까?」

「아, 예.」

대기를 날카롭게 찢으며 어디선가 총소리가 들려왔다. 대대 자
동화기 사격장 쪽이었다. 총소리는 한동안 그치지 않고 계속되
었다. 뜨거운 날씨 속에서도 누군가는 삽탄을 하고 누군가는 표
적지를 노려보고 있을 터였다. 박 중위는 몇 년 전 장교 교육대
에서 받았던 사격 훈련 장면을 기억해 냈다. 그때는 한겨울이었
다. 꽁꽁 얼어붙은 땅바닥에서 훈련병들은 종일 엎드렸다 일어
서기를 반복했다. 찬바람은 살을 도려낼 듯 달려들었고 무릎과
손바닥에 피가 맺혔다. 일주일간의 기초 사격술 예비 훈련이 끝
나고 사선에 올라섰을 때 박 중위는 총을 쏘지 못했다. 총구를
겨누었지만 표적지가 보이지 않았다.

「쏴! 쏘란 말이야.」

조교가 욕설을 내뱉으며 달려왔다.

「표적지가 보이지 않습니다.」

「뭐?」

어이가 없는지 조교가 쓴웃음을 지었다. 박 중위는 조교의 손
에 이끌려 사선을 내려왔다. 혹독한 얼차려가 그를 기다리고 있
었다. 사선을 내려오자 비로소 겨누고자 했던 표적이 제대로 보
였다. 사격을 마친 동료들이 휴식을 취하는 동안 박 중위는 홀로
PRI를 반복했다. 다시 사선에 올랐을 때 조교가 비아냥거렸다.

「아직도 표적지가 안 보이나?」

「…….」

박 중위는 자세를 웅크리고 전방을 노려보았다. 표적지는 여전
히 보이지 않았다. 현기증이 일며 눈앞이 아득해졌다. 전방 개활
지가 하얗게 비어 갔다. 박 중위는 어쩔 줄 몰라 주변을 두리번
거렸다. 사격을 끝낸 동료 훈련병들의 모습이 보였다. 그들은 어
서 훈련이 끝나고 돌아가기를 고대하고 있었다. 수백 개의 눈들
이 동시에 박 중위를 향했다. 그들은 입을 모아 일제히 소리치는
듯했다. 쏴, 쏘라구!

「사격 개시!」

조교의 명령이 떨어졌다. 텅 빈 여백을 향해 박 중위는 무작정
방아쇠를 당겼다. 손목과 어깨에 가벼운 진동이 느껴졌다. 겨울
햇볕을 받으며 은회색 탄피들이 포물선으로 날아올랐다. 차가운
공기를 깨뜨리며 총소리가 귀청을 때렸다. 하얗게 비어 버린 시
야 속으로, 허공을 찢으며 단단한 납덩이들이 무수히 날아가 박
혔다. 흉물스런 총탄 구멍들이 동공 가득 떠올랐다. 한 발, 두 발,
마지막 실탄을 모두 사격한 후 박 중위는 사격호 바닥에 주저앉
았다.

「뭘 그렇게 깊이 생각하십니까?」

말을 장기판에 부딪쳐 딱딱 소리를 내며 강 중위가 물었다.

「처음으로 사선에 섰던 날이 불현듯 생각나서요.」

「목사님도 사격을 해보셨습니까?」

216

「웬만한 기초 군사 훈련은 저희도 다 받습니다.」

「그럼 잘 아시겠군요. 말이 화망구성이지 그게 사실 자유 사격이나 마찬가집니다.」

강 중위는 잠시 말을 멈추고 담배 하나를 꺼내 불을 붙였다.

「250미터, 200미터, 100미터 구간별로 각각 타깃이 설치되지만 굳이 타깃을 맞추지 못해도 상관이 없단 말입니다.」

「병사들이 그 약점을 이용해 제멋대로 사격을 했군요?」

「바로 그겁니다.」

연기를 길게 내뱉으며 강 중위는 오전의 일을 설명했다.

사건이 일어난 곳은 대대 사격장이었다. 오전 9시, 강 중위는 소대원들을 이끌고 사격장으로 이동하여 간단한 사격술 교육을 실시한 후 실거리 사격에 들어갔다. 사격은 분대별로 시작되었다. 처음에는 개인당 각 20발씩 구간별 조준 사격을 실시했고, 그다음에는 20발들이 탄창 4개를 각각 배분하고 자유 사격에 들어갔다. 자유 사격은 적 보병 부대의 대규모 돌격이나 전투기 내습에 대비한 훈련으로 분대원 전체가 일시에 화망을 구성하여 정해진 구역에 집중 사격을 가하는 훈련이었다.

「사수 전진 무의탁 준비!」

1분대의 사격이 순조롭게 끝나고 2분대 병사들이 소총을 들고 사선으로 올라왔다. 통제실에 섰던 강 중위의 입에서 쩌렁쩌렁 명령이 떨어졌다.

사선에 선 2분대 병사들이 동시에 복명복창을 했다.

「자물쇠 풀고 조종간 반자동!」

「자물쇠 풀고 조종간 반자동!」

「사격 개시!」

늘 하던 훈련이었으므로 모든 일은 능숙하게 진행되었다. 총소리가 콩 볶듯 사방을 울리자 매캐한 화약 냄새가 퍼졌다. 총구마다 번쩍번쩍 불꽃이 일고 탄피 수거를 위해 사격을 보조하는 분대원들의 손길도 바빠졌다. 타깃이 설치된 각 구간의 모래 방호벽마다 풀썩풀썩 흙먼지가 날아올랐다. 콧등에 흐르는 땀을 손으로 쓱 문지르며 강 중위는 전방을 주시했다. 안전사고 예방을 위해 어느 때보다 집중력을 요하는 시점이었다.

「고양이들이 사격장 안으로 뛰어든 것은 바로 그때였습니다.」

「고양이요?」

습관적으로 장기 알을 뒤집던 박 중위가 손동작을 멈췄다.

「이따금씩 부대 장교 식당 앞에 나타나는 들고양이들이었습니다. 요란한 사격 소리에 놀라 숲에서 뛰쳐나왔던 게 아닌가 하는 생각이 들더군요. 딴엔 피한다고 피한 게 하필이면 사지 한가운데로 뛰어든 꼴이 되었지요.」

박 중위가 차(車)를 전진시키기 위해 졸을 옆으로 비켰다. 열린 틈으로 강 중위의 마가 파고들었다. 기다렸다는 듯 박 중위가 포로 장군을 불렀다. 사(士)를 움직여 강 중위는 가까스로 장군을 막아 냈다.

「그래서요? 총에 맞았나요?」

「예.」

「저런.」

박 중위가 혀를 찼다.

「쯧쯧. 사람도 총에 맞는 마당에 그까짓 고양이 몇 마리가 무슨 대숩니까?」

군화 뒤축으로 피우던 담배를 비벼 끈 다음 강 중위는 하던 얘기를 계속했다.

「문제는 소대장인 제 명령이 분대원들에게 전혀 먹혀들지 않았다는 데에 있습니다.」

「사격 중지 명령을 내렸습니까?」

「당연히 그랬죠.」

고양이는 자유 사격이 시작된 지 10초쯤 지났을 때 나타났다. 누군가는 분주히 탄창을 갈아 끼웠고 누군가는 아예 조종간을 자동에 놓고 드르륵 총알을 갈겨 대던 때였다. 숲과 연해진 사격장 좌측 1사로 5, 60미터 전방에 돌연 한 떼의 고양이들이 모습을 드러냈다. 100미터 타깃과 사선 중간에 위치한 개활지였다. 고양이는 모두 다섯 마리였다. 총소리에 놀랐는지 고양이들은 이리 뛰고 저리 뛰며 사격장을 종횡무진 누볐다.

「고양이다. 쏴라!」

어디선가 짧은 외침이 터졌다. 때를 같이하여 사선에 엎드렸던 일곱 병사의 소총이 일시에 불을 뿜었다. 수백 발의 총알이 고양이를 향해 날아갔다. 한 마리, 두 마리, 고양이들은 차례로 쓰러졌다. 고양이 시체를 향해 사격은 한동안 이어졌다.

「급하게 호각을 불었지만 병사들은 듣지 않았습니다. 통제실을 뛰쳐나와 고래고래 소리를 질렀지만 허사였습니다. 모두들 고양이에게만 정신이 팔린 눈치였습니다. 결국 각자 가지고 있던 실탄 80발을 죄다 소진한 뒤에야 사격들을 멈추더군요.」

졸에 막혀 병이 진입할 수 없게 되자 강 중위는 양쪽으로 마를 찔러 왔다. 평소에 즐겨 써먹던 강 중위의 마병 합동 공격이 오늘은 자꾸 막히고 겉돌았다. 강 중위가 잠시 한눈을 파는 사이, 박 중위의 포가 접근해 마를 즉결 처분했다. 마를 잃자 강 중위는 의욕을 상실한 얼굴로 입맛을 다셨다. 구보 중인 병사들의 걸음걸이도 눈에 띄게 무뎌졌다. 수통과 총열 부딪는 소리만이 이따금씩 들렸다. 내친김에 차로 장군을 부르려다가 박 중위는 짐짓 못 본 체하고 다른 말을 이동시켰다. 강 중위는 오늘따라 실수를 연발했다. 승기는 이미 박 중위에게로 기울었다.

「더 큰 문제는……」

담배 하나를 꺼내 다시 불을 붙이며 강 중위가 연병장을 가리켰다.

「병사들이 당시 상황을 거의 기억하지 못한다는 점입니다. 지휘 체계와는 아무런 관련도 없이 병사들은 스스럼없이 고양이를 조준했습니다.」

「순간적으로 무의식 상태에 빠졌던 건 아닐까요?」

강 중위는 허리를 빳빳하게 펴며 푸우 한숨을 내쉬었다.

「호각이나 깃발, 수신호, 무전기, 신호탄 등 가용한 모든 통신 수단이 사용되는 전장에서 병사들은 항상 상급자의 지시에 귀를 기울이게 돼 있습니다. 상황이 주어지면 어떤 명령이든 즉각 신호에 따라 움직여야 하고요. 일곱 병사 중 누구도 사격 중지 명령을 듣지 못했다는 점은 이해할 수 없는 일입니다.」

강 중위는 장기가 잘 풀리지 않는다는 듯 미간을 찌푸리며 행로를 수시로 변경했다. 공격은 번번이 막히고 말은 이미 반 수 이상 잃은 상태였다. 박 중위는 차를 양쪽으로 진입시켜 장군을 부르고 판을 끝냈다. 강 중위는 미련이 남지 않는다는 듯 항복을 선언했다.

「그 순간 문득 이런 장면이 떠오르더군요.」

강 중위는 소매로 이마의 땀을 훔쳤다.

「CNN을 통해 언젠가 그 장면을 본 적이 있죠. 이라크에서, 검문소로 진입하는 민간인 차량을 향해 미군 병사들이 무차별 사격을 가한 사건 말입니다.」

바그다드 남쪽 나자프 인근의 한 국경 초소에서 벌어진 사건이었다. 일단의 부녀자와 아이들을 태운 벤 하나가 미군 검문소를 향해 천천히 다가왔다. 유리문이 내려지고 한 여성이 민간인 차량임을 나타내기 위해 손수건을 흔들었다. 사격은 그 순간 이루어졌다. 갑자기 누군가 벤을 향해 사격을 가했고 긴장한 병사들이 동시에 방아쇠를 당겼다.

「문제는 최초 발포자의 총소리가 집단적으로 병사들을 움직였다는 데에 있습니다. 명령 체계가 전혀 작동하지 않은 것이죠.」

「오늘 일은 좀 다른 차원의 접근이 필요하지 않을까요?」

박 중위가 조심스럽게 말했다.

「다른 차원이라뇨?」

박 중위는 그동안 보아 온 3소대원들의 모습을 머리에 그렸다. 영내에서 가끔 마주치는 3소대원들은 어딘지 모르게 경직돼 있었고 불안해 보였다. 그런 현상은 하급자들일수록 두드러졌다. 휴일 종교 행사를 나온 3소대 이등병들은 다른 소대원들보다 눈에 띄게 허둥거렸고 예배가 끝나기 무섭게 내무반으로 돌아갔다. 그나마 일병 이상의 계급은 찾아볼 수도 없었다. 다른 소대와 인원을 맞추기 위해 마지못해 이등병을 내보낸다는 느낌을 지울 수 없었다. 일과가 끝난 뒤 침상에 앉아 책을 읽거나 PX에서 음료를 사 마시며 잡담을 주고받는, 다른 대대원들에게서 일반적으로 볼 수 있는 행동도 3소대원들에게서는 좀처럼 찾아볼 수 없었다. 대신 그들은 일과 시간이 끝난 후에도 곧잘 교육 훈련에 임했다. 사격이 있기 전날에는 점호 시간 직전까지 사격 훈

련을 실시했고 태권도 승급 심사일이 가까워지면 이미 보름 전
부터 아침저녁으로 발차기에 매달렸다.

「사격 직후의 상황을 좀더 들어볼 수 있을까요?」

「사격 후, 통상 자신이 쏘았던 표적지를 확인하러 가야 되지만
저들은 누가 먼저랄 것도 없이 환호성을 지르며 고양이를 향해
달려갔습니다. 고양이들은 몸 곳곳에 총탄을 맞고 여기저기 죽
어 있었죠. 피비린내가 진동하고 터진 창자들이 사방에 널려
있었습니다. 병사들은 자신이 쏜 총에 고양이가 맞아 죽었을
것이라며 신나게 떠들어 대더군요.」

강 중위는 무슨 말인가를 더 하려다가 멈췄다. 느려진 구보 행
렬이 비틀거리며 막사 앞을 통과해 갔다. 병사들은 금방이라도
쓰러질 듯 기진맥진해 있었다. 그러나 누구도 대열을 이탈하지
않았다. 간간이 거친 숨소리가 전해질 뿐 구보 행렬은 이상하리
만치 조용했다.

「몹시 잔인했군요.」

「소대장의 명령 따위는 안중에도 없더라고요.」

「혹시 병사들이 희열에 들떠 있었던 건 아닐까요?」

「희열이라뇨?」

강 중위가 자리에서 벌떡 일어나며 말을 이었다.

「그럼 병사들이 그동안 억압이라도 받았단 말입니까? 당치않
습니다. 저들은 반복되는 교육 훈련을 통해 스스로 강한 병사,

최고의 소대원이 되기를 원해 왔습니다.」

까치 한 마리가 탄약고 쪽으로 곤두박질쳤다.

「쉬는 시간마저 반납하고 훈련에 매달리는 일이 과연 개인의 자유 의지만으로 가능할까요? 소대 내에 흐르는 논리에 의해 선택을 강요당할 수도 있고…….」

「강요라니요? 누가 무엇을 강요합니까? 절대 그렇지 않습니다. 모의재판을 통해서도 그런 사실은 분명하게 드러났으니까요.」

총소리가 이어졌다. 유류고에서 기름을 배급받은 일단의 취사병들이 낑낑거리며 드럼통을 굴려 취사장으로 사라졌다.

「모의재판은 어떻게 진행되었나요?」

「재판은 사격장에서 돌아온 직후 열렸습니다.」

전에도 몇 번 모의재판을 해본 경험이 있어 소대원들은 비교적 신속하게 각자 맡은 배역을 수행했다. 검사 역할을 맡은 병사는 제대를 한 달 남긴 말년 곽 병장이었다. 곽 병장은 논고를 통해 병사들이 타깃을 향해 총을 쏘지 않고 고양이를 향해 사격을 단행한 것은 명백한 규율 위반이며 명령 불복종 행위라고 못 박았다. 2분대 병사들의 변호를 맡은 병사는 법대 2학년에 다니다 휴학하고 입대한 조 상병이었다. 조 상병은 소대장의 사격 중지 명령과 고양이를 향한 2분대원들의 사격이 거의 동시에 이루어졌음을 지적하고 사격 중지 명령이 효과적으로 전달되지 않았다고 주장했다. 참고인으로 나선 화기 분대의 한 병사는 2분대원들이 고양이를 사격하지 않았다고 증언했다. 즉 2분대원들은 정당한 명령 체계 하에서 100미터 타깃을 향해 일제 사격을 가했을 뿐이고 우연찮게 근처를 지나던 고양이들이 죽임을 당했다는 얘기였다.

「결국 가해 요인이 복합적이라는 말이로군.」

판결을 맡은 강 중위가 내무반 통로 중앙으로 나섰다.

「여러 주장들을 종합해 본 결과 병사들이 사격 명령을 이용해 고양이를 쏜 점은 과잉 대응이었다는 생각이 든다. 병사들은 총알이 반드시 표적을 맞혀야 한다는 규정이 없었던 점을 악용했고, 고양이에 정신이 팔려 정작 중요한 사격 중지 명령을 듣지 못했으니까.」

「이의 있습니다.」

조 상병이 손을 번쩍 들었다.

「2분대원의 총알이 표적지보다 고양이를 더 많이 맞춘 것은 사실이지만 그것이 고양이를 노렸다는 증거는 될 수 없습니다. 더욱이 병사들은 사격 중에 고양이를 향해 총을 쏘라는 소리를 들었다고 합니다. 가해자는 바로 병사들의 방아쇠를 움직이게 한 정체불명의 목소리입니다.」

「소대장의 목소리는 듣지 못하고 오히려 정체불명의 목소리는 들었다? 그것 참 매우 이상한 일이군.」

고양이를 향해 총을 쏘라고 외치는 소리는 강 중위 자신도 분명히 들었다. 그 목소리는 분명히 사선에 엎드린 병사들 속에서 나왔다. 그런데 병사들은 누구도 그런 말을 하지 않았다고 주장했다.

「혹시 환청을 들은 게 아닐까요?」

조 상병의 말에 강 중위가 다시 앞으로 나섰다.

「그렇다면 병사들에게 환청을 유발시킨 것이 진짜 범인일 수 있겠군. 집중하지 못한 병사들에게 1차적인 책임이 있고. 안 그런가?」

조 상병이 변론했다.

「개인에 따라 다를 수도 있지만 뜨거운 날씨도 하나의 가해 요소일 수 있습니다. 연일 이어지는 훈련으로 병사들은 몹시 지친 상태였으니까요. 더구나 병사들은 늘 다른 소대보다 앞서야 한다는 강박 관념에 사로잡혀 있습니다. 그러한 긴장이 무의식 중에…….」

2분대장이 손을 들어 그 말을 제지하고 나섰다.

「맞습니다. 병사들은 지금 지치고 피곤한 상태입니다.」

좌중의 시선이 일제히 2분대장에게 쏠렸다.

「언제까지 재판으로 시간을 허비할 순 없지요. 2분대가 저지른 실수이니 2분대가 책임지게 해주십시오. 그래야 나머지 대원들이라도 편히 쉴 수 있지 않겠습니까?」

팽팽하게 거듭되던 논쟁은 2분대원들이 스스로 군장을 꾸려 연병장으로 향하면서 끝이 났던 것이다.

「그런 일이 있었군요.」

자동화기 사격장 쪽에서 다시 기관총 소리가 들렸다. 후텁지근한 느낌과 함께 등줄기로 땀이 흘렀다. 손으로 부채질을 하며 박 중위는 언젠가 읽었던 후이넘 왕국에 대한 이야기를 떠올렸다. 후이넘은 걸리버가 네 번의 여행 끝에 도달한 말〔馬〕의 왕국이었다. 후이넘 왕국에서 이성을 가지고 나라를 지배하는 존재는 말이었다. 후이넘의 말들에게는 충동도 없고 악한 감정도 없었다.

강 중위는 벗어 두었던 모자를 집어 들며 일어섰다.

「내기에 졌으니 약속을 지키겠습니다.」

시계를 들여다보며 박 중위도 몸을 일으켰다.

「강 중위님은…… 저들이 군인이기 이전에 인간이라는 사실을 잊고 있는 것 같군요.」

강 중위가 즉각 대답했다.

「아, 물론 인간이죠. 그 인간들 중 군인이라고 하는 특수 집단이고요. 병사들은 다만 하나의 군인으로 길들여질 뿐입니다. 불미스러운 일이 일어나긴 했지만 어떠한 상황도 교육을 통해 충분히 극복할 수 있습니다.」

「과연 그럴까요?」

「그럼요.」

모자를 눌러쓰고 강 중위는 옥상 가장자리로 천천히 걸어갔다. 구보 대열이 군홧발 소리를 내며 점점 가까워졌다.

「집합! 집합!」

호루라기를 꺼내 분 다음 강 중위가 소리쳤다.

트랙을 벗어난 병사들이 10중대 본부 막사 앞에 차례로 도열했다. 거칠게 숨을 몰아쉬며 병사들은 서둘러 자세를 바로잡았다. 연병장을 따라 뽀얗게 일던 흙먼지의 꼬리가 병사들의 발치로 가라앉았다.

「더운 날씨에 고생들 많았다.」

허리춤에 손을 짚은 강 중위가 당당한 모습으로 병사들을 하나하나 내려다보았다.

「오전의 사건을 통해 귀관들은 통제 속에 집중력을 발휘해야 할 집단 안에서 개인의 감정을 표출하는 일이 얼마나 위험한 일이라는 걸 모두 깨달았을 줄로 믿는다.」

병사들은 침묵했다. 강 중위는 이런 경우 긴 훈시가 병사들을 지루하게 하고 반감을 불러일으킬 수 있다는 걸 익히 알고 있는 듯했다.

「하태원 이병 앞으로!」

짧은 훈시 끝에 강 중위가 난데없이 한 병사를 지목했다. 그는 부대에 전입 온 지 채 두 달도 되지 않은 신병이었다.

「하 이병, 힘들지 않았나?」

「괜찮습니다.」

하 이병이 잔뜩 군기 든 목소리로 대답했다.

「그래, 하 이병은 이번 얼차려를 통해 무엇을 느꼈나?」

하 이병이 당황한 얼굴로 옆에 선 고참들 눈치를 살폈다.

「괜찮아. 솔직한 마음을 얘기해 봐.」

강 중위의 목소리는 한껏 부드러웠다. 강 중위는 하 이병의 대답을 통해 자신의 교육을 효과적으로 마무리하고 싶었던 모양이었다. 잠시 머뭇거리던 하 이병이 마침내 용기를 얻은 듯 큰 소리로 대답했다.

「저는…… 목이 몹시 마르다는 것을 느꼈습니다.」

뒤에 섰던 선임병들 사이에서 키득키득 웃음이 흘러나왔다. 강 중위의 얼굴이 붉어지는 걸 박 중위는 놓치지 않았다. 자리를 피해 줘야겠다는 생각을 하며 박 중위는 몸을 일으켰다.

「비라도 좀 내렸으면…….」

혼잣말을 중얼거리며 박 중위는 교회당 안으로 들어왔다. 시간이 한 시간 가까이 지나 있었지만 팩스는 아직 들어오지 않은 상태였다. 수건으로 이마를 훔치며 박 중위는 사격장에서 총을 맞고 죽어 갔을 고양이들을 떠올렸다. 고양이들은 그곳이 사격장이었다는 것을 알고 있었을까. 해산 명령을 내렸는지 막사로 들어오는 병사들의 군홧발 소리가 요란하게 계단을 타고 올라왔다. 문밖으로 내다보니 강 중위만이 미동도 않고 그 자리에 서서 잔뜩 굳은 얼굴로 연병장을 내려다보고 있었다. 짧은 그림자 하나가 강 중위의 발치에 대못처럼 박혀 있었다.

어디선가 자동차 엔진 소리가 들렸다.

퇴근을 하는지 관사 쪽에서 대대장의 지프가 위병소 방향으로 내달렸다. 위병이 재빨리 달려 나와 차단막을 올리고 절도 있는 동작으로 차려총 자세를 취했다. 위병소 너머 527고지 방향으로 조금씩 해가 기울고 있었다. 느슨했던 공기가 다시 팽팽하게 당겨졌다. 축축 처진 플라타너스 잎사귀들을 흔들며 위병의 우렁찬 경례 소리가 연병장에 메아리쳤다.

충, 성! 계속 근무하겠음!

호랑이 능선에서

산에 바위가 어디 한두 갠가?

기사를 건성으로 훑으며 노인이 고개를 흔들었다.

바위는 찾아서 뭣하게?

밝혀야 할 게 있어서요.

나는 그간 있었던 대강의 사건을 노인에게 설명했다.

산짐승이라면 잘 다니는 길목과 물 먹는 장소까지 내가 훤하게 알지. 헌데, 자네가

본 게 틀림없이 호랑이였는가?

예, 이 두 눈으로…….

무엇을 생각하는지 노인은 한동안 말이 없었다.

호랑이를 목격한 건 보름 전이었다. 송아지만 한 놈이었다. 어쩌면 그보다 더 컸는지도 모르겠다. 집채만 한 바위 위에 보란 듯이 딱 버티고 있었다. 부라린 두 눈으로 부지런히 사방을 쏘아보았다. 입가에 바늘처럼 차갑게 돋은 흰 수염이 선명했다. 몸이곳저곳에 밤송이만 한 갈색 반점이 박혀 있었다. 눈에서 쏟아져 나온 푸른빛이 계곡을 훑었다. 나를 쳐다보았는지 그렇지 않았는지는 자세히 알 수 없다.

그날 나는 지리산 골짜기를 헤매고 있었다. 토끼봉 아래 어느 계곡이었다. 방학을 맞아 지리산 종주를 나섰다가 하산 도중 길을 잃은 터였다. 토끼봉은 지리산 종주 구간으로 삼도봉과 명선봉 사이에 위치해 있다. 초행길이었지만 나는 인터넷을 통해 이미 웬만한 자료들은 머리에 입력한 상태였다. 차편은 물론 등산 코스와 각 구간의 거리, 예상 등반 시간까지 비교적 정확하게 알고 있었다. 2박 3일로 계획한 지리산 종주의 시작이었다.

노고단을 출발한 시각은 오전 9시였다. 서울에서 기차를 타고 구례까지 내려갔다. 구례에서 성삼재행 버스를 탔다. 복장은 간편했고 모든 것이 순조로웠다. 잠은 산장에서 잘 생각이었다. 가방 속에는 속옷 여벌과 간단한 먹을거리가 들어 있었다. 무더운 날씨도 산에서는 그다지 문제될 게 없었다. 버스는 구불구불한 산길을 시소 타듯 넘어가 노고단과 가까운 성삼재에 나를 내려놓았다. 아주 수월하게 정상 근처까지 올라온 셈이었다.

노고단은 걸어서 한 시간 남짓 걸렸다. 사람들을 앞질러 노고단 산장에 도착했고 쉬지 않고 내처 노고단 등성이를 넘어갔다. 버스를 타고 쉽게 산을 올라온 때문인지 나는 자만했다. 해거름 전에 천왕봉에 닿을 수 있으리라는 자신감으로 들뜨기까지 했다. 운동을 꾸준히 해온 탓에 체력에도 자신이 있었다. 교직원 산악 모임에 가입하여 1년에 서너 차례씩 등산을 해온 경험도 자신감의 한 원천이었다.

나의 자신감은 노고단을 출발한 지 채 두 시간을 넘기지 못해 오만이었음이 드러났다. 시련은 갑자기 쏟아진 소나기로부터 시작되었다. 노루가 출몰한다는 노루목을 지날 때였다. 노루목은 피아골 방향으로 가파르게 기울던 반야봉의 기세가 잠시 주춤하는 곳으로 어느 곳보다 험한 코스였다. 우거진 수풀을 헤치고 전진하다가 비교적 완만한 능선을 만났다고 생각하는 순간 하늘이 시커멓게 변하면서 주변이 어두워졌다. 몇 차례 번개가 치더니 굵은 빗줄기가 투두둑 목덜미를 때렸다. 짐을 최대한 줄인 탓에 비에 대한 준비는 하나도 돼 있지 않았다. 마땅히 피할 곳이 보이지 않아 비를 맞으며 걸을 수밖에 없었다. 30분쯤 지나자 비는 언제 그랬냐는 듯 뚝 멎었다.

문제는 그 이후부터였다. 젖은 옷이 살갗을 스치자 무릎과 팔꿈치 쪽이 시려 왔다. 젖은 운동화를 신고 비탈길을 오르는 일도 쉽지 않았다. 발은 신발 속에서 자주 미끄러졌다. 그때까지만 해도 산행을 포기하게 되리라고는 생각지 못했다. 신발과 옷을 벗어 물기를 짜내고 양말을 새것으로 갈아 신으면서 불편했던 걸음은 한결 나아졌다. 그러나 반야봉을 돌아가면서부터 오른쪽 발목 인대에 조금씩 통증이 감지되기 시작했다. 통증은 아주 미미한 것이었으므로 속도를 늦추면서 능선을 따라 걸어갔다. 거북스럽게 느껴지던 통증은 시간이 지날수록 무겁게 발목을 휘감으며 올라왔다. 삼도봉을 돌아 내려갈 무렵 나는 무언가 일이 잘못되고 있음을 직감했다. 통증은 집요하게 발목을 압박했고 급기야 조금씩 다리를 저는 지경에까지 이르고 말았다.

산장에서 하루쯤 쉰다 해도 발목이 나으리란 보장이 없어 결국 하산을 결정했다. 노고단을 출발한 지 다섯 시간이 흐른 뒤였다.

막상 하산을 결심하니 내려가는 길을 찾는 것이 쉽지 않았다. 왔던 길로 돌아가기엔 거리가 너무 멀었다. 종주를 위한 준비만 해온 터라 하산에 대한 대비는 전혀 돼 있지 않았다. 프린트된 지도를 자세히 들여다보니 토끼봉에서 칠불사 방향으로 하산로 표시가 되어 있었다. 다른 곳보다 지도에 표시된 거리가 짧았다. 날이 어둡기 전에 그럭저럭 마을에 도착할 수 있을 거라는 생각이 들었다.

토끼봉에서 칠불사로 이어지는 하산로는 어렵잖게 발견했다. 하지만 문제가 생겼다. '자연안식년제' 안내 표지판과 함께 출입로가 통제되고 있었다. 달리 하산로를 찾을 수도 없는 상황이었다. 위험을 무릅쓰고 그 길로 들어선 게 결국 화근이 되었다. 처음 얼마간은 근근이 이어진 등산로의 흔적을 더듬으며 내려올 수 있었다. 두 시간쯤 흘렀을 때 급기야 나는 빽빽이 들어찬 조릿대 군락 속에 갇히고 말았다. 내 키를 넘는 조릿대는 길의 흔적을 말끔히 지워 버렸다. 길을 찾기 위해 이곳저곳을 마구잡이로 헤매면서 순식간에 방향 감각을 잃었다. 엎친 데 덮친 격으로 사방이 서서히 어두워졌다.

나는 잔뜩 긴장하며 시간을 확인했다. 다섯 시가 조금 넘은 시각이었다. 마음이 불안해졌다. 깊은 산중에서 길을 잃고 홀로 놓이게 될 줄은 꿈에도 생각지 못한 일이었다. 발목 통증도 잊고 무작정 경사진 계곡을 내달렸다. 계곡으로 내려가면 물이 흐를

것이고 물을 따라 하류로 가다 보면 마을이 나타나리란 생각에
서였다. 하지만 그와 같은 생각은 참으로 어리석은 것이었다. 두
시간을 헤맨 끝에 계곡 아래에 당도했지만 깎아지른 듯 펼쳐진
바위 절벽이 나를 막아섰다. 집채만 한 바위들이 계곡을 따라 하
류로 끝없이 이어져 있었다. 계곡을 따라 내려간다는 생각은 극
히 위험천만한 일이었다.

별수 없이 산등성이를 향해 기어올랐다. 골짜기로부터 밀려 올
라오기 시작한 어둠은 희미했던 산의 명암을 완전히 집어삼키고
산과 하늘의 경계를 지웠다. 구조를 요청하려 했지만 휴대폰은
일찌감치 불통이었다. 때맞춰 잊고 있던 발목 통증이 격렬하게
다리를 타고 올라왔다. 통증과 함께 두려운 마음이 찾아왔다. 바
람이 수시로 나뭇가지를 흔들고 지나갔다. 보이지 않는 커다란
손이 숲의 이곳저곳을 헤집고 돌아다니는 것 같았다. 오래된 고
목마다 산 귀신들이 웅크리고 앉아 있는 것처럼 보였다. 숲 이곳
저곳에서 산짐승들이 기분 나쁜 소리로 울어 댔다. 어둠 속에서
지칠 대로 지친 나는 산등성이에 아무렇게나 주저앉았다. 팔다
리가 끊어질 듯 욱신거리며 일시에 피로가 몰려왔다.

호랑이와 마주친 것은 저녁 9시경이었다. 깜박 잠이 들었던 나
는 이상한 기분을 느끼고 퍼뜩 정신을 차려 가수 상태를 벗어났
다. 짐승들 울음소리가 뚝 끊어지고 사방의 공기가 팽팽하게 조
여 왔다. 벗어 두었던 배낭을 어깨에 메고 몸을 일으켰다. 바로

그 순간, 정체를 알 수 없는 빛줄기가 내가 서 있는 곳을 쓱 훑고 지나갔다. 등골이 오싹해지며 정수리 부근이 바싹 당겨졌다. 청솔 사이로 막 빠져나온 달빛처럼 빛줄기는 푸른색이 감돌았다. 무엇일까. 고개를 들어 조심스럽게 빛줄기의 끝을 더듬던 나는 다리에 힘이 풀리며 그 자리에 주저앉고 말았다. 동물원에서나 보았던 커다란 호랑이 한 마리가 바위 위에 떡 버티고 선 채 주변을 찬찬히 더듬고 있는 게 아닌가.

푸른빛은 호랑이 눈에서 발산되고 있었다. 온몸의 피가 역류하는 느낌과 함께 머리카락이 빳빳하게 곤두섰다. 몸을 움직이려 했지만 긴 창에 관통당한 듯 순간적인 마비가 왔다. 호랑이가 몸을 날린다면 단박에 내 목덜미에 굵고 뾰족한 이빨을 박을 수 있는 거리였다. 근처 고목을 붙잡고 허둥거리며 기어올랐다. 기운이 쭉 빠지며 다리가 후들거렸다. 나무에 오르자 호랑이와의 간격은 더 가까워졌다. 채 20여 미터도 떨어지지 않은 거리였다. 나는 오로지 살고자 하는 일념 하나로 버둥거리며 나뭇가지에 매달려 호랑이가 미치지 못하는 곳까지, 높은 곳으로 오르고 또 올랐다.

나무 꼭대기에 이르자 비로소 조금 안심이 되었다. 나는 똑바로 호랑이를 보지 못하고 몸을 낮췄다. 나뭇가지 사이로 호랑이의 큰 엉덩짝과 꼬리가 보였다. 한바탕 꿈을 꾸고 있는 것만 같았다. 지리산 한가운데서 길을 잃고 갇혀 버린 것부터가 그랬고,

멸종되어 사라진 호랑이가 눈앞에 모습을 드러낸 것도 비현실적이었다. 문득 주머니에 넣어 온 카메라가 떠올랐다. 복잡한 생각을 갈무리할 겨를도 없이 나는 기계적으로 카메라를 꺼냈고 무의식 속에서 렌즈를 호랑이와 맞추었다. 카메라를 들이대는 순간 산이 떠나갈 듯 어흥, 소리를 내며 호랑이는 버티고 섰던 바위에서 풀썩 뛰어올랐다. 엉겁결에 셔터를 누르고 나무에 몸을 밀착시켰다. 찬바람이 일며 나뭇가지들이 후드득 흔들렸다. 정신을 차리고 보니 호랑이는 사라지고 난 뒤였다.

그 이후에 일어난 일들은 차마 기억하고 싶지 않은 악몽으로 남아 있다. 나무를 내려가면 숨어 있던 호랑이가 입을 냉큼 벌리고 나를 향해 달려들 것만 같아 나는 밤새 잔뜩 긴장한 채 날이 밝기만을 기다렸다. 나무에서 내려온 뒤에도 두려움은 가시지 않았다. 해가 중천에 뜰 때까지 넋 나간 몰골로 산속을 헤매다가 사람들이 고로쇠 수액을 채취하기 위해 나무에 연결해 놓은 플라스틱 파이프를 발견하고 파이프를 따라 민가가 있는 곳까지 더듬어 내려올 수 있었다. 완전히 탈진한 나는 마을 민박집에서 이틀을 앓아누운 끝에야 겨우 기력을 회복하고 집으로 돌아왔다.

며칠 동안 나는 정신적 충격에서 벗어나지 못했다. 함부로 입을 열기가 두려워 두문불출했다. 호랑이를 목격했다는 사실을 도무지 믿을 수가 없었다. 호랑이는 이미 오래전에 이 땅에서 자취를 감춘 동물이 아니던가. 꿈을 꾸었거나 환영을 본 것일지도 몰랐다. 하지만 호랑이의 모습은 너무도 생생했다. 미미하게 계속되는 신열 속에서 나는 오로지 호랑이 생각에 사로잡혀 있었다. 가까스로 기운을 차렸을 때 인터넷을 뒤지며 이것저것 호랑이에 대한 자료들을 찾아보았다. 호랑이, 그중에서도 남한에 서식했던 백두산 호랑이에 대한 자료들을 골랐다. 수집된 자료들을 요약하자면 대략 이런 것이었다.

백두산에서부터 금강산에 이르기까지 험한 밀림 지대에 국한하여 서식한다. 남한에서는 1929년 경주 대덕산에서 마지막으로…… 현재 백두산 및 중국 동북부 지역에 50여 마리가…….

호랑이는 이미 70여 년 전 이 땅에서 자취를 감춘 것으로 돼 있었다. 현실 세계와는 일정 부분 거리를 둔 채 호랑이는 우리의 기억 속에서 이미 멀어진 존재였던 것이다. 지금까지 내가 알고 있었던 호랑이에 대한 인식 또한 피상적인 것에 불과했다. 역사상의 무수한 신화와 전설 속에서 웅장하고 강인한 동물로 등장했던 호랑이는 이제 동물원에서나 볼 수 있는 한낱 재롱거리로 전락한 지 오래였다. 실제로 그것이 이 산하에 살고 있지 않다는 것을 알게 된 이상 가끔씩 목격되는 UFO와 크게 다르지 않았다. 그 호랑이가 푸른 섬광을 내뿜으며 내 눈앞에 나타난 것이었다. 마치 내가 여기 이렇게 두 눈을 뜨고 여태껏 살아 있다는 듯 말이다.

그날 저녁, 나는 비로소 카메라를 떠올렸다. 싸구려 자동 카메라여서 성능이 의심스럽긴 했지만 기억을 더듬자 호랑이를 향해 셔터를 눌렀던 기억이 났다. 필름을 꺼낸 후 즉시 동네 사진관으로 달려갔다. 그러나 호랑이는 찍혀 있지 않았다. 대신 사진에는 기묘하게 생긴 것이 찍혀 있었다. 검은 반점으로 뒤덮인 길쭉한 물체가 사진 왼쪽 상단에서 중앙을 향해 늘어진 채 인화되어 있었다. 끝이 위로 말려 올라갔는데 호랑이 꼬리와 흡사했다. 호랑이는 플래시가 터지는 순간 건너편을 향해 몸을 날렸다. 몸통이 공중으로 솟구친 사이 꼬리만 찍힌 게 틀림없었다. 그것을 증명이라도 하듯 사진 아래쪽에는 호랑이가 버티고 섰던 바위가 그대로 찍혀 있었다. 카메라는 정확하게 호랑이가 서 있던 바위를 향해 플래시를 터뜨렸던 것이다.

사진을 인화해 온 다음 날 한수에게 연락을 취했다. 조언을 구하고자 전화를 걸었던 것인데 한수는 한 시간도 채 안 돼 신문사 마크가 새겨진 파란색 취재 차량을 몰고 나를 찾아왔다. 직업 정신을 발휘한 한수는 사진을 보자마자 반색을 하며 수첩부터 꺼내 들었다. 한수는 중앙지인 A일보 사회부 기자였다.

「살다 보니 특종을 낚기도 하네. 사진 의뢰 끝나면 바로 기사 나간다.」

「사실이 아닐 수도 있잖아? 뭔가 착각했을 수도 있고…….」

난색을 표했지만 한수는 막무가내로 서둘렀다.

「야, 그렇게 생각하면 이 세상에 믿을 건 하나도 없어. 너는 이제부터 네가 본 대로만 말하면 되는 거야. 네가 두 눈으로 직접 본 것.」

입사 3년차 말단 사회부 기자의 고충을 늘어놓더니 친구 좋다는 게 뭐냐며 한수는 사정하다시피 나를 설득했다. 곧이어 사진 기자가 도착했고 나는 예정에 없던 인터뷰까지 하게 되었다. 일이 생각지 않는 방향으로 흘러갔지만 한수가 워낙 강하게 사진에 대해 긍정을 하는 통해 엉겁결에 허락을 하고 말았던 것이다.

호랑이는 살아 있다
— 고등학교 국어 교사 K씨, 지리산 등반 도중 호랑이 발견

호랑이 발견 기사는 A일보 1면 헤드라인으로 특종 보도되었다. 언제 취재를 했는지 국내 호랑이 전문가와 사진 전문가의 보조 인터뷰도 함께 실려 있었다. 그들은 이구동성으로 내가 찍은 사진에 대하여 신뢰를 나타냈다. 신문 기사를 읽자 당시의 상황이 눈에 보이듯 생생하게 되살아났다. 신문에는 내가 지리산에서 길을 잃고 헤매다가 우연히 호랑이를 발견하게 된 모든 과정이 조금의 과장도 없이 자세히 소개돼 있었다. 신문은 계속해서 다른 면을 할애하여 한국 호랑이의 특징과 마지막 발견 기록, 그

242

동안 보고되었던 유사 호랑이 기록들을 특집으로 자세히 다루었다. 헤드라인으로 내 직업을 부각시킨 것에는 기사의 신빙성을 높이려는 의도가 다분히 섞여 있었다.

기사는 즉각 논란을 불러 일으켰다. 기사가 나가기 무섭게 다른 신문과 방송국의 취재 차량들이 줄지어 집으로 몰려들었다. 하나라도 더 새로운 사실을 밝히기 위해 기자들은 집요하게 질문을 던졌다. 취재가 끝났을 때 나는 완전히 녹초가 되었다. 신문과 방송은 연일 호랑이 이야기로 도배되었다. 내가 호랑이를 발견했던 토끼봉 인근에서 최근에 호랑이를 본 적이 있다는 다른 목격자가 덩달아 나타나기도 했다. 지리산 인근에 사는 한 농부는 호랑이 출몰이 어제오늘의 일이 아니라며 장단을 맞췄다.

나흘 뒤에 반론이 보도됐다. 문제를 제기한 곳은 인터넷 뉴스 매체인 D사이트였다. 반론이라기보다 비난에 가까운 글이었다. 기사는 우선 내가 찍은 사진에 강한 의문을 나타냈다. 사진에 찍힌 꼬리가 산에 서식하는 산고양이의 꼬리와 너무도 흡사하다는 것이 D사이트의 주장이었다. 내가 찍은 사진과 비슷한 각도에서 찍었다는 산고양이 꼬리 사진이 내 사진과 나란히 실려 있었다. 한눈에 보기에도 두 사진은 비슷했다. 기사에 등장한 동물 전문가와 사진 전문가는 최종적으로 사진이 조작된 것이라고 결론을 내렸다. 기사는 A일보가 증언의 진위 여부를 정밀하게 가리지 않은 채 섣부른 특종 욕심에 쇼를 연출하며 국민을 우롱했다고 비꼬았다.

　문제는 거기서 그치지 않았다. 며칠 뒤 이번에는 한 방송국 시사 고발 프로그램에서 호랑이 문제를 집중적으로 다루었다. 호랑이 발견 기사가 나간 다음 날 우리 집으로 달려와 이런저런 말을 캐물었던 기자가 출연자로 나왔다. 그들은 내가 호랑이를 발견했을 당시의 상황을 다각적으로 분석하면서 광범위하게 호랑이 문제를 다루는 듯 보였다. 하지만 애초부터 그들의 기획 의도는 다른 곳에 있었다. 그들은 호랑이가 존재할 수 있는 가능성은 처음부터 배제한 채 내가 길을 잃고 위기에 처했던 당시의 상황에 방송의 초점을 맞추었다. 한 시간도 넘게 촬영했던 인터뷰 장면은 대부분 입맛대로 편집되어 방송의 취지에 적합한 장면들만 방영되었다. 게스트로 나온 한 심리학자는 인간이 극한 상황에서 마주치게 될 수 있는 환각 현상에 대하여 장광설을 늘어놓았다.

　진행자는 D사이트가 제기했던 사진 조작설을 자세히 언급함과 동시에 내가 조난당했던 날 지리산 일대에 비가 한 방울도 내리지 않았다는 새로운 증거를 제시하면서 내 증언에 강한 의혹을 나타냈다. 그들이 제시한 기상 증거는 세 가지였다. 기상청에서 작성되었다는 그날 지리산 일대의 기상 자료가 첫 번째였고, 나와 동일한 시간에 지리산 종주 구간을 지났다는 한 등반자의 증언이 두 번째였으며, 다른 하나는 피아골 산장에 근무한다는 지리산 관리 사무소 직원의 증언이었다. 그들은 입을 맞추기라도 한 듯 그날 지리산에 비가 내리지 않았다고 주장했다. 방송은 지리산에서 길을 잃고 당황한 내가 산고양이를 호랑이로 착각했을 수도 있다는 것으로 끝을 맺었다.

사건은 점점 이상한 방향으로 흘러갔다. 그날 비가 내리지 않았다는 방송 내용은 상대할 가치도 없었다. 방송이 나간 이후 A일보는 즉각 반박 기사를 냈다. 유명 산악인을 인터뷰하여 산행 중 우발적으로 소나기가 발생하는 일이 부지기수로 있음을 증명했다. 아울러 전문가의 도움을 받아 그날 내가 찍은 사진 속 호랑이 꼬리와 바위의 각도를 분석하면서 사진 조작설을 일축했다. 하지만 A일보의 주장은 역부족이었다. 호랑이가 이 땅에 존재하지 않는다는 건 이미 고정된 진실이었기 때문이다. 각계각층에서 다양하게 부정적인 의견을 내놓기 시작하면서 A일보는 도리어 곤경에 처하게 되었다.

「개새끼들, 애초에 저들은 호랑이 따위를 믿지 않아. 호랑이 사진을 들이대도 가짜라고 주장할 거야.」

술에 잔뜩 취한 채 전화를 걸어온 한수가 말했다. 특종을 터뜨린 A일보 내부에서조차 사진에 대하여 의문을 제기하고 있다는 것이었다.

「틀림없이 호랑이를 본 거지? 좀 더 자세히 말해 줄래? 생김새도 좋고, 소리라든지, 뭐든 네가 기억할 수 있는 걸 다 말해 보란 말이야.」

술에 취한 한수가 넋두리하듯 중얼거렸다. 나는 한수의 말에 대꾸할 수 없었다. 도대체 그날 내가 보았던 것은 무엇이었을까. 부정적인 견해가 연일 터져 나오면서 나 역시 깊은 혼란에 빠졌다. 갑자기 내린 소나기와 다리를 절며 넘어가던 지리산 등성이가 선명하게 눈에 스쳤다. 마을을 찾아 무작정 경사를 따라 아래로만 걸었고 그러다가 밤이 깊지 않았던가. 눈을 뜨자 달빛을 등진 채 바위에 떡 버티고 서 있던 커다란 산짐승 한 마리. 한데 그것이 정말로 호랑이였을까?

「나도 뭐가 뭔지 모르겠어…….」

「미치겠네. 그게 말이 돼? 잘 기억을 더듬어 봐. 얼마나 큰 놈이었는지. 주변에 다른 무리는 없었는지.」

한수조차도 이젠 내 말을 믿지 않는 모양이었다. 사람들의 기억 속에서 호랑이는 어디까지나 멸종한 동물일 뿐이었다. 섣불리 한수에게 연락을 하고 인터뷰에 응했던 게 뒤늦게 후회됐지만 이미 돌이킬 수 없는 일이었다.

「미안하지만 그게 전부야.」

어이가 없는지 한수는 한동안 침묵하다가 쏘아 붙였다.

「너, 그날 지리산에 가기는 했냐?」

그즈음 나는 누가 보낸 건지 정확히 알 수 없는 편지 두 통을 받았다. 발신자가 '호랑이를 사랑하는 모임'으로 돼 있던 한 통의

편지는 긴 장문의 글로 내 경박함을 탓하고 있었는데 대강의 내
용은 이런 것이었다.

우리는 비밀리에 호랑이들을 보호하고 있으며 호랑이의 정체를 밝
히려는 세력과 싸우고 있습니다. ……지금도 늦지 않았으니 당장
호랑이를 보았던 사실을 부정하십시오. 호랑이의 존재가 세간에
밝혀지는 날엔…… 엽총과 덫, 마취제로 무장한 밀렵꾼들이…….

한 통은 무속인이라고 자신을 소개한 이가 보낸 편지였다.

그날 당신은 틀림없이 호랑이와 마주쳤소. 하지만 그것은 호랑이
의 몸을 잠시 빌린 것에 불과하오. 당신은 지리산을 지키는 산군
(山君)을 보았던 것이오. 목숨을 잃을 수도 있었던 당신을 신령께
서 지켜 주었으니 치성을 드리고 제사를 올리는 게 도리일 것이오.

두 통의 편지는 직·간접적으로 호랑이의 존재를 인정하고 있
었다. 나는 더욱 큰 혼란에 빠졌다. 나 자신조차 내부의 의문과
씨름하던 시기였다. 남한 땅에서 호랑이는 분명히 멸종되었다.
수십 년 동안 호랑이를 목격한 사람은 없었다. 그것은 부인할 수
없는 진실이었다. 그런데 나는 호랑이를 보았다. 쉽게 일어날 수
있는 일이 아니었다. 그렇다면 그날 나는 진정 무엇을 보았을까.

세세하게 지난 기억을 더듬자 여러 곳에서 의문이 생겼다. 가장 석연치 않은 점은 그날 내가 나무에 올라가기까지의 과정이다. 길을 잃고 헤매다가 나무 위에서 아침을 맞은 것은 분명한 사실이었다. 하지만 정말로 호랑이를 본 것인지 꿈을 꾼 것인지 시간이 지날수록 확신이 서지 않았다. 달빛이 비추고 있었을 뿐인데도 호랑이 수염이나 반점 같은 것이 생생하게 기억에 남아 있는 것도 이상했다. 사진에 찍힌 물체도 그랬다. 호랑이 꼬리와 흡사했지만 반론이 제기됐듯 크기만 다를 뿐 산고양이 꼬리와도 비슷했다.

물론 '호랑이를 사랑하는 모임'의 충고를 받아들이고 싶은 마음은 조금도 없었다. 호랑이의 존재 유무를 떠나 이번 일은 한 개인의 양심과 관련되었기 때문이다. 그보다 더 중요한 일은 진실을 밝히는 일이었다. 시간이 흐를수록 사람들의 관심은 호랑이가 있다 없다의 흑백 논리로만 기울어 갔다. A일보와 방송국은 연일 반박 자료를 내보내며 서로를 헐뜯었고 그러면 그럴수록 내 입장은 난처해졌다. 학계는 물론 네티즌들조차 두 패로 나뉘어 연일 설전을 벌였다. 실체를 증명하여 진실을 밝히는 일만이 그 고리를 끊을 수 있는 유일한 해결 방안이었다.

그날 이후에도 공방은 계속되었다. 호랑이 꼬리가 찍힌 필름은 정밀 감식을 위해 미국의 필름 제조 회사로 보내졌고 한 방송사의 기획으로 민간 차원의 조사단이 구성되기도 했다. 조사단은 내가 호랑이를 찍게 되었던 루트를 추적하고 실제로 호랑이가 찍혔던 장소에서 같은 조건으로 사진을 촬영할 계획이라고 했다. 처음에 나는 그들의 제의를 거절했다. 개학이 다가오면서 마음의 여유가 없기도 했지만 그들이 새롭게 만들어 낼 말들이 두려웠기 때문이다. 방송사의 요청은 집요했다. 그들은 내가 호랑이를 발견했던 사진 속 장소를 증명해 주기만 한다면 훨씬 증언이 힘을 받을 수 있을 것이라고 설득했다. 아울러 한국 호랑이 연구에도 크게 이바지하게 되는 길임을 강조했다. 사진에 관심이 모아지면서 나는 이미 도덕성에 심각한 상처를 입은 상태였다. 그들의 말대로 사진 속 장소에서 같은 조건으로 사진 촬영을 할 수 있다면 세간의 의혹을 일축할 수 있을 것이었다.

현장 조사에는 의외로 많은 인원이 따라나섰다. 호랑이에 대한 각 분야의 전문가는 물론이고 민간 사냥꾼과 사진 전문가, 일단의 환경론자와 생태학자까지 수십 명의 사람들이 조사에 동참했다. 방송사 버스를 탄 일행은 전날 저녁 구례로 내려가 캠프를 차렸고 토요일 아침 일찍 노고단으로 출발했다. 촬영은 내가 실제로 겪었던 당시의 상황 그대로 진행되었다. 출발 시간은 물론이고, 각 구간별 통과 시간까지 나는 비교적 정확히 기억을 떠올리며 앞에서 일행들을 안내했다. 방송사에서 파견한 서너 명의 카메라맨들이 조사단의 일거수일투족을 낱낱이 촬영, 기록했음은 물론이다.

오후 2시를 조금 넘겨 일행은 토끼봉에 도착했다. 거기서 봉우리 우측 능선을 타고 자연안식년제가 진행 중인 칠불사 코스로 내려갔다. 등산로에는 그날 내 발자국 흔적이 부분적으로 남아 있었다. 물론 나는 조난당했던 날 신었던 신발을 그대로 신었다. 나는 신고 있는 운동화와 산에 남겨진 발자국을 비교해 가며 발자국이 같은 것임을 증명해 보였다. 하지만 내 증언은 거기까지였다. 희미한 흔적을 따라 조릿대 군락을 헤치며 내려왔지만 아무리 기억을 더듬어도 내가 내려갔던 길을 찾을 수 없었다. 길은 커녕 빽빽하게 우거진 관목 속에서 일행은 오도 가도 못하고 갇히는 신세가 되었다.

「이곳이 분명합니까? 그렇게 큰 바위라면 쉽게 눈에 띌 텐데.」

숨을 헐떡이며 따라오던 카메라맨 하나가 소리쳤다. 다른 사람들의 표정에도 조금씩 짜증이 묻어 나왔다. 시간이 오후 5시를 넘기던 시점이었다. 초조해진 나는 이곳저곳으로 사람들을 막무가내로 안내하며 호랑이를 찍었던 바위를 찾기 위해 애썼다.

「여기가 맞기는 한 겁니까? 날이 어두워지고 있어요.」

또다시 무리 속에서 누군가 소리쳤다. 지리산 자락을 따라 어둠이 밀려 내려왔다. 결국 일행은 호랑이 바위 찾는 것을 포기하고 마을로 철수했다. 등산로를 꿰고 있는 관리 사무소 직원의 도움을 받았는데도 마을로 철수하는 데 두 시간이나 걸렸다.

수색은 다음 날 재개되었다. 실패를 예감한 때문인지 철수를 주장하는 사람들이 생겨났고 실제로 반수 이상이 캠프를 떠났다. 남아 있던 사람들은 아침 일찍 짐을 꾸려 다시 산을 올랐다. 조릿대 군락지로부터 첫 수색을 시작했다. 그러나 이번에도 허사였다. 점심을 먹고 났을 때 누군가 계곡을 먼저 찾아보는 게 좋지 않겠느냐고 제의했다. 길을 잃었던 날 하류로 내려갈 생각으로 계곡을 향해 내려갔다는 신문 기사를 떠올린 모양이었다. 등산로를 벗어나 우측 경사면을 미끄러지듯 한 시간 가까이 내려가자 정말로 계곡이 나타났다. 집채만 한 바위와 낭떠러지로 이루어진 계곡은 바로 그날 보았던 그 계곡이었다. 일행을 이끌고 계곡까지 힘겹게 내려온 나는 조난 당일 그랬던 것처럼 다시금 산등성이를 향해 기어올랐다. 하지만 그게 전부였다. 토끼봉 아래를 샅샅이 훑었지만 호랑이가 버티고 섰던 바위는커녕 그 비슷한 바위조차 발견하지 못했다.

탐사는 오후 3시에 끝났다. 일행은 프로그램을 지휘하던 피디의 탐사 중지 결정이 내려지기 무섭게 장비를 챙기고 산을 내려갔다. 실망한 낯빛들이었다.

「아쉽게 됐군요. 바위만 발견할 수 있다면 사진의 각도도 정확히 분석할 수 있고 주변에서 호랑이 배설물이라든지 여타 흔적도 발견할 수 있을 텐데 말입니다.」

산을 내려가기 전 피디는 실의에 잠긴 내게 격려인지 뭔지 모를 말을 던졌다. 잠시 머뭇거리더니 그는 내 등에 대고 한수와 비슷한 질문을 던졌다.

「한데 정말로 호랑이를 봤나요?」

　일행들이 시야에서 사라질 때까지 우두커니 서 있었다. 피디가 남긴 말이 비아냥거림으로 귓가를 떠나지 않았다. 조난당한 날 나는 틀림없이 호랑이를 목격했고 사진까지 찍었다. 그런데 장시간 수색에도 불구하고 사진에 찍혔던 바위는 발견되지 않았다. 다음 날 대대적으로 다루어질 신문 기사와 방송 뉴스들을 떠올리자 기분은 더욱 참담해졌다. 그들은 이번 탐사의 실패가 나의 거짓을 증명하기라도 한 것처럼 떠들어 댈 것이 뻔했다. 설령 그렇지 않다 치더라도 신문 기사와 방송 뉴스를 접하는 순간 내 말을 믿어 줄 사람들이 얼마나 될지 궁금했다. 깊은 산중에서 단 한 번 가보았을 뿐인 장소를 다시 찾아내는 일이 얼마나 힘든 일인지를 헤아릴 사람은 많지 않을 것이었다.

　나는 일행들에서 떨어져 나와 혼자 산을 오르기 시작했다. 무슨 일이 있어도 그 바위를 찾아 호랑이의 존재도 증명하고 거짓말을 했다는 오명을 벗고 싶었다. 절정에 달한 여름 숲은 쉽게 길을 내놓지 않았다. 졸참나무가 빽빽하게 숲을 이루고 있었는데 그 사이로 가문비나무와 칡넝쿨, 비듬나무, 고로쇠나무, 여타 이름을 알 수 없는 각종 풀과 나무들이 한데 뒤엉켜 전진하는 데 애를 먹었다. 가시덤불을 헤치다가 손을 여러 곳 할퀴었는가 하면 부러진 나뭇가지에 찔려 목에 상처를 입기도 했다. 묵은 낙엽들이 발목으로 척척 감겨 왔고 낙엽 썩는 냄새로 인해 숨 쉬기조차 힘들었다.

한동안 홀로 숲을 헤맸지만 결과는 마찬가지였다. 그러는 사이 해가 기울었다. 나는 점점 등산로와 동떨어져 외진 곳으로 나아가고 있었다. 호랑이 바위를 찾아야겠다는 일념뿐 다른 일은 생각할 겨를이 없었다. 주변이 어두워지고 또다시 깊은 산중에 혼자 갇히게 된 것을 깨달았을 때는 이미 때가 늦은 후였다. 하산로를 찾아 허겁지겁 아래로 내려갔지만 어디에도 길은 없었다. 큰 소리로 일행을 불러 보았지만 메아리조차 돌아오지 않았다. 조난 당시 겪었던 공포 때문인지 등골이 오싹해지며 손에 땀이 찼다.

시간이 얼마나 더 흘렀는지는 모른다. 나는 반 귀신이 되어 미친 듯 어둠을 헤치며 숲의 이곳저곳을 오르내렸다. 옷이 찢기고 상처에서 피가 흘렀다. 그런데 시간이 지날수록 알 수 없는 오기 같은 것이 생겨났다. 무서움도 잊고 오로지 사실을 밝혀야겠다는 생각만이 머릿속에 가득했다. 달빛이 괴괴하게 고여 있을 뿐 골짜기는 이상하리만치 조용했다. 눈앞의 등성이를 넘어가면 또다시 비슷한 등성이가 놓여 있었다. 정신없이 앞으로 가다 보면 이번에는 깎아지른 듯한 절벽이 앞을 가로막았다.

정말로 나는 호랑이를 보았던 것일까. 호랑이는 살아 있는 걸까. 살아 있다면 어느 곳 하나 인간의 손길이 미치지 않은 곳 없는 이 땅에서 그동안 어떻게 용케 모습을 감추며 살아왔을까. 혹시 그날 나는 보지 말아야 할 것을 보고 만 것이 아닐까. 이런저런 생각들이 떠나지 않는 가운데 나는 다시 등성이 하나를 넘어 갔다. 호랑이 울음소리를 들은 것은 그 무렵이었다. 나는 땀을 식히며 한동안 주저앉아 있었다. 나무가 드문드문한 어느 능선이었다. 숨이 차고 팔다리가 욱신거렸다. 바람이 불 때마다 나뭇잎들이 이마 위로 떨어져 내렸다. 바람은 계곡을 쓸어내리며 바삐 아래로 몰려갔다. 능선을 타고 별들이 한 움큼씩 관목 숲으로 내려왔다. 그러다가 문득 그 소리를 들었던가.

넋을 놓고 있는데 어디선가 이상한 소리가 들렸다. 처음에는 바람 소리인 줄 알았다. 바람에 썩은 나뭇가지가 우두둑 부러지는 소리 같았다. 그런데 아니었다. 쉬이, 쉬이. 이상한 소리는 바람을 타고 규칙적으로 전해졌다. 짐승의 숨소리일까? 능선 위쪽 봉우리 방향이었다. 소리는 시간이 지날수록 조금씩 커졌다. 어느 순간 바람이 뚝 멈추고 사방의 공기가 팽팽하게 당겨졌다. 동시에 어흥, 짐승 울음소리가 계곡으로 길게 메아리쳤다. 뒤이어 능선 위쪽으로부터 아래로 나뭇단 부러지는 소리가 도미노 스러지듯 우두두두 빠르게 밀려왔다.

호랑이다! 나는 정신을 차리고 후다닥 몸을 일으켰다. 심장이 절정의 북채마냥 빠르게 뛰었다. 호랑이가 이쪽으로 달려오고 있는 것이다. 호랑이는 나를 표적으로 둔 듯했다. 주변을 재빨리 둘러보았지만 기어오를 만한 나무가 보이지 않았다. 즉각 능선 아래쪽을 향해 허우적거리며 내닫기 시작했다. 나뭇단 부러지는 소리가 점점 가깝게 들려왔다. 호랑이의 거친 숨소리가 귓가에 들려오는 듯했다. 놈의 강인한 발톱이 금방이라도 내 허벅지에 박힐 것 같았다. 기호지세(騎虎之勢)라 했던가. 내 꼴이 딱 그 격이었다.

뛰면서 나는 다시 지리산에 온 걸 뼈저리게 후회했다. 하지만 이미 돌이킬 수 없는 일이었다. 뒤쫓는 소리가 점점 가까워졌다. 쓰러진 고목을 타넘고 미끄러지길 반복하며 무작정 계곡 아래로 달렸다. 도망치는 것 이외에는 달리 뾰족한 대안이 없었다. 그렇게 정신없이 달리길 10여 분, 갑자기 등성이의 경사가 급하게 기울었다. 달려온 관성으로 인해 나는 엉덩방아를 찧으며 그대로 나자빠졌다. 탄력을 받은 몸이 계속해서 아래로 굴렀다. 어느 지점에 이르자 돌연 몸에 와 닿던 저항들이 사라졌다. 추락하는 걸까. 몸이 공중으로 솟구쳤다고 느껴지는 순간 까마득하게 정신이 멀어졌다.

「정신이 좀 드나?」

낯선 인기척이 들렸다. 뼈마디가 전부 욱신거리며 몸이 말을 듣지 않았다. 나는 몸을 일으키려다가 도로 주저앉았다. 몸집이 작은 노인 하나가 다가와 내 이마에 손을 얹었다. 주름투성이 손가락에 시커멓게 흙물이 들어 있었다. 푹 꺼진 두 눈이 뚫어지게 나를 내려다보았다. 금방 무덤을 헤치고 나온 듯 노인의 행색은 섬뜩했다.

「여, 여기가 어디죠?」

「어디라 그러면 알어? 산에 들어와 놓고 어딘지는 왜 물어.」

누런 액체가 담긴 사발을 앞으로 내밀며 노인이 말했다. 약초를 달인 물인 듯 혀끝에 와 닿는 맛이 지독하게 썼다. 겨우 정신을 차리고 주변을 둘러보았다. 전기가 들어오지 않는지 나무로 얼기설기 만든 탁자 위에 촛불이 일렁거렸다. 허름하게 지어진 작은 움막집이었다. 흙벽에는 이런저런 나무뿌리와 말려 놓은 나뭇잎들, 버섯과 나물 따위가 되는 대로 새끼에 묶여 있었다.

「시간이 얼마나 지났나요?」

무엇인가에 허겁지겁 쫓기던 기억이 어렴풋이 떠올랐다.

「지금은 저녁이야. 간밤 꿈에 산군이 보여 차비를 하고 아침 일찍 산에 들었던 건데 삼은 보이지 않고 사람이 엎어져 있더군. 살아 있는 게 기적이야.」

노인의 그림자가 흙벽을 따라 일그러졌다.

「산군이요?」

행색을 보니 약초 캐는 노인인 모양이었다.

「그래, 이곳 토끼봉을 지켜 주시는 신령이시지. 어젯밤 자네가

굴러 떨어진 산자락 말이야. 그게 실은 호랑이 능선이야. 이를
테면 호랑이 등뼈에 해당되는 곳이지.」

「토끼봉인데 호랑이 등뼈라뇨?」

「토끼와 이곳은 별 관련이 없어. 이곳이 방위상 묘방(卯方)에
위치해 있다 보니까 그렇게 불리게 된 게지.」

호랑이를 찾아 정신없이 산을 헤매던 기억이 새록새록 되살아
났다. 그렇다면 지난 며칠 내내 나는 호랑이 잔등을 밟고 다녔던
셈이었다.

「혹시 인근에서 이런 바위를 본 적 있으세요?」

노인이라면 바위가 있는 장소를 알고 있을지도 모르겠다는 생
각이 들어 주머니에 접혀 있던 종이를 꺼내 노인에게 내밀었다.
호랑이 꼬리 사진이 들어 있는 신문기사였다.

「산에 바위가 어디 한두 갠가?」

기사를 건성으로 훑으며 노인이 고개를 흔들었다.

「바위는 찾아서 뭣하게?」

「밝혀야 할 게 있어서요.」

나는 그간 있었던 대강의 사건을 노인에게 설명했다.

「산짐승이라면 잘 다니는 길목과 물 먹는 장소까지 내가 훤하
게 알지. 헌데, 자네가 본 게 틀림없이 호랑이였는가?」

「예, 이 두 눈으로…….」

무엇을 생각하는지 노인은 한동안 말이 없었다.

「뭐, 기억나는 게 있으세요?」

「……」

　노인은 입을 꾹 다문 채 고개를 저었다. 할 말이 없다는 듯 사발을 들고 밖으로 나가 버렸다. 몇 마디 더 말을 붙여 보려 했지만 허사였다. 움막에 누워 나는 생각에 잠겼다. 지리산을 등반할 목적으로 가볍게 길을 나선 게 대략 보름 전이었다. 학교는 방학이었고 시간은 충분했다. 그러다 뜻하지 않게 길을 잃고 산중에 갇히게 되었다. 길을 찾아 정신없이 헤매던 상태에서 호랑이를 목격했다. 하지만 누구도 그 사실을 믿어 주지 않았다. 시간이 지날수록 나 자신조차 내가 본 것에 대해 자신할 수 없게 되었다. 그럴수록 세상은 내가 무엇인가 증명해 주기를 원했다. 결국 나는 다시 지리산 등반에 나설 수밖에 없었다. 그러나 처음 호랑이 사진을 찍었던 장소를 찾는 일은 실패로 돌아갔다. 그런데 어젯밤 나는 무엇으로부터 그토록 다급하게 도망쳤던 것일까.

　노인의 움막을 벗어난 것은 다음 날 아침이었다. 움막으로부터 지름길로 한 시간을 더 걸어 내려온 후에야 민가를 만날 수 있었다. 노인은 마을이 있는 곳까지 친절하게 나를 안내한 후 되돌아갔다. 지리산의 한 마을인 화개면 범왕리였다. 버스를 탈 수 있는 곳에 이르러 나는 걸음을 멈추고 뒤를 돌아보았다. 수천, 수만 그루의 나무와 크고 작은 돌들, 거친 능선과 계곡을 품고 있는 지리산 토끼봉의 한 골짜기, 호랑이 능선이 저만치 눈에 들어왔다.

능선은 호랑이 등뼈처럼 굵고 강한 모습으로 토끼봉 정상을 향해 꿈틀꿈틀 흘러갔다. 가슴 어딘가에 호랑이 두어 마리쯤은 넉넉하게 품고도 남을 기세였다.

  섬진강은 버스를 쥐었다 놓았다 하며 서서히 길을 열어 주었다. 버스가 속력을 낼 때마다 조금씩 작아지긴 했지만 지리산은 여전히 그 자리에 있었다. 덜컹이는 버스 차창에 기대어 눈을 감고 나는 이런 시구 하나를 떠올리며 까무룩 잠이 들었다. 《삼국유사》에 기록된 김현감호(金現感虎) 설화에 미당 서정주가 가락을 붙인 것이다.

> 陰二月 보름달 밤 달이 뜨며는
> 新羅의 하늘은 노래 노래 부르며
> 바닷속 뻘 속의 소라도 불고
> ……
> 수풀 속 암호랑이도 아양을 떨며
> 뱅뱅뱅 뱅뱅뱅 함께 따라 돌다가
> 구석진 데 같이 가선 붙기도 했나니

해설

이면적 진실 찾기

오태호(문학평론가, 경희대학교 객원교수)

1. 신경증적 주체들의 놀이터

권정현 소설에는 도심을 배회하는 공허한 산보객들의 내면이 드러난다. 그러한 신경증적 주체들의 가정과 사회에서 체감한 결여태로서의 존재감이 소설적 구성의 원재료로 활용되기 때문이다. 사회적 약자로서 사적(私的) 욕망이나 생물학적 욕구, 공적 요구 등을 충족하지 못하는 결핍된 존재들은 주변인이나 성적 소수자, 신경증 환자 등으로 명명된다. 그 비정상인들이 지닌 내면의 진정성을 포착하기 위해 작가는 평범하면서도 기이한 일상의 이야기를 구성한다. 그리고 그들 내면의 결락(缺落) 현상을 꼼꼼하고 세밀하게 현재화하여 그 치유를 도모하는 글쓰기를 진행한다. 그러므로 그 자리에서는 결핍과 소외라는 구조적 동일성을 가진 사회적 약자들을 위무하는 이야기가 전개된다.

정상성의 기준과 궤도에서 이탈한 자들이 합리적 이성의 세계로부터 어떻게 소외되고 관심 영역 바깥으로 밀려날 수밖에 없는지를 통해 작가는 소외의 현재성을 채집한다. 그 표정은 명왕성을 향해 달려가는 동성애자(〈굿바이! 명왕성〉), 사고사로 위장한 행위 예술가(〈360〉), 신경성 환상통에 시달리는 게임 스토리 작가(〈장마가 온다〉), 유년 시절의 억압된 성욕을 해소하려는 우울증 여성(〈달밤 달빛〉), 한낮 도심의 네거리를 알몸으로 횡단하는 유부녀(〈A.M. 12:00 모텔 그린필드〉), 애인이 떠난 공허감을 수놓기로 채우려는 여성(〈수(繡)〉), 한반도에서 멸종된 호랑이를 지리산에서 목격한 국어 교사(〈호랑이 능선에서〉), 요양원으로 버려지는 치매 노인(〈무지개가 떴다〉) 등으로 그려진다. 그리하여 현대인의 심신을 구속하고 강제하는 심리적 외상으로서의 다종적 소외가 한국 사회의 현재적 모순에 해당하는 일상적 키워드임을 보여 준다.

무엇으로부터 혹은 누구로부터의 소외인가를 추적하는 권정현 소설은 끊임없이 존재론적 허기를 뿜어내는 주변인들을 향해 자신의 촉수를 들이민다. 그것은 개인의 소외를 위무하려는 방편인데, 그 휴머니티의 표정은 일상인의 내면에 자리한 무의식을 대면하게 한다. 그리고 그 억압된 장면들의 다양한 귀환을 통해 하나의 표면적 사실 이면에 입체적이고 다면적인 진실이 도사리고 있음을 증명한다. 그 입증된 표정들에서 우리는 권정현 소설이 내포한 복수(複數)적 진실 찾기의 진정성을 감지하게 되고, 그것이 이 작가의 서사적 매력임을 알게 된다.

2. 기준 이탈자의 자의식

표제작 〈굿바이! 명왕성〉은 커밍아웃한 남성 동성애자 '뭉'과 '타'가 음습한 사창가의 막다른 골목에 놓여 있다고 전해지는 '펠라티오(구강성교) 자판기' 명왕성을 찾으러 가면서, 어느 날 갑자기 기준 미달로 태양계 행성에서 제외된 채 '소행성 134340'이라는 낯선 이름을 부여받게 된 실제 명왕성 소식을 전하는 이야기다. 서사의 골격에서 드러나듯 이 작품은 근대적 인간들의 정상성과 합리성의 시각과 기준에서 배제된 존재들의 자의식을 탐색하는 데에 초점을 맞춘다.

이 둘의 공통 관심은 좁은 골목 끝에 자리한 가로 1미터 세로 2미터의 '명왕성'이라는 은어를 가진 자판기이다. 그 자판기에 만 원짜리 한 장을 넣으면 사람 허리춤 높이에 사람 입술 모양의 구멍이 뚫린 곳에서 '사람의 혀'가 나오고, 성기를 밀어 넣으면 그 안에서 누군가가 손과 입으로 발기를 시켜서 사정을 하게 한다. 그야말로 만 원어치 구강성교를 통해 싼 값으로 욕망을 자동 교환하는 기계인 것이다. 어둡고 음습한 익명의 공간에서 성기와 얼굴만이 맞닿아 있는 기괴한 자판기의 현장은 성적 욕망이 최소한의 자본으로 교환되는 형태를 보여 준다. 막장 인생에 달한 성 소비자들의 상상적 풍경을 통해 경제적·성적 소수자들의 왜곡된 성욕 해소 방식을 풍자하는 것이다.

둘은 자판기가 있다는 영등포로 향하며, '길녀(상대를 헌팅하기 위해 거리를 헤매는 이반들)'와 '오까마(여장 남자)' 같은 "불쌍한 외기러기들"(19~20쪽)이 함께 시간을 보내자는 신호를 접하며 연민을 느낀다. 그들 역시 이미 '길녀'나 '오까마'의 존재론적 허기를 내면화한 외기러기의 삶을 살아가기 때문이다. 자판기를 찾는 데에 실패한 두 사람은 뉴스에서 명왕성의 공식 명칭이 '소행성 134340'으로 바뀌었다는 소식을 접한다. 명왕성이 태양계 행성으로서의 기준을 충족시키지 못했기에 소행성으로 전락해 버린 것이다. 여기에서 두 사람은 현대 사회가 명명을 통해 정의와 기준을 강제하는 공간임을 깨달으면서, 소행성 번호를 감옥에 갇힌 죄수들의 수인 번호처럼 인식한다. 이성애가 정상성의 지표인 사회에서 그 기준을 이탈한 두 사람은 명왕성처럼 '변태'라는 수인 번호를 달고 주변의 차가운 시선을 극복해야 하기 때문이다. 한때 저승의 뱃사공인 카론을 위성으로 거느렸을 만큼 위력을 지녔던 저승의 신 플루토(명왕성)는 인간의 기준에 의해 행성이 아니라는 판명을 받고 행성 바깥으로 밀려났지만, 인간의 이기적 시선과 기준을 거세하면 명왕성은 자신의 방식과 좌표를 따라서 여전히 우주를 운행할 뿐이다. 결국 작가는 '정상적인 인간적 기준'이 얼마나 인간 중심적이고 인간만을 위한 이기적이고

교만한 독선의 잣대인가를 비판하는 것이다.

동성애자로서 인간적 비정상성의 굴레를 쓰고 살아가는 그들은 '지독한 체념'에 젖어 합리성과 기준을 강요하는 근대 세계의 경계를 배회할 뿐이다. 이 둘은 여기에는 없지만 어딘가 어두컴컴한 공간에 놓여 있을 펠라티오 자판기를 이종적 동일체로 생각하며 생의 두려움을 고백한다. 그 두려움은 변방으로 밀려난 '명왕성'과 '자판기'처럼 정상성의 기준에서 배제된 성적 소수자들이 불안과 걱정 속에 내면화한 동성애적 욕망의 진실에 해당한다. 이제 둘은 안양천에서 알몸이 되어 명왕성을 향해 달려가며, 태양계 행성에서 이탈한 명왕성 같은 존재가 된다.

남성 동성애자들은 자기 동일성의 혼란과 정체성의 동요 속에 현실 세계에서의 정상적 존재감을 박탈당한다. 그들이 대한민국의 법과 도덕의 기준에서 이탈한 존재들로 인식되기 때문이다. 명왕성이 태양계 행성이던 시절 '수금지화목토천해명'을 암기했던 사람들에게 행성 자격을 박탈당한 '소행성 134340'은 과연 명왕성인가 아닌가? 명왕성이 행성이라고 믿었던 진실이 뒤집어진 현실 속에서 동성애자의 비정상성도 뒤집어질 수 있을까? 동성애는 성애의 주변인가, 다양한 성애의 한 형태인가, 비정상적 성애인가? 이러한 질문은 인간적 기준에 의해 행성이 소행성으로 전락해 버리는 현실계에서 끊임없이 유효하게 던져져야 할 반성적 태도에 해당한다. 그리고 그 질문은 당연하게도 이성(理

性)적 기준이 성애를 차별하는 것이 아니라 인간적 차이로 인식해야 함을 강조하게 된다. 그것이 명왕성을 향해 달려가는 알몸 동성애자를 위무하는 이성애자의 진정 어린 자세이자 타당한 기준일 수 있기 때문이다.

3. 행위 예술의 비순수 선언

〈굿바이! 명왕성〉이 성욕 해소 자판기와 명왕성의 소행성화라는 모티프로 기준 이탈자에게 정상성을 강요하는 불합리한 현실 세계에서의 소외 의식을 주목하고 있다면, 〈360〉은 평생 행위 예술에 몸 바쳐 온 예술가의 죽음을 통해 의도의 순수성과 비순수성, 정통성과 파격성, 인공미와 자연미, 목적성과 무목적성, 중심성과 주변성, 진실과 허구의 관계를 문제 삼으며, 그 경계가 지닌 얇은 막의 문제성을 주목한다. 작가는 평생 360회의 행위 예술을 통해 인간의 생로병사를 완성하려는 기획을 가진 '오동기'의 위장된 사고사를 추적하면서 예술의 본원적 기능과 창작 방법론, 목적의식에 대한 질문 속에 사실과 진실의 경계 허물기를 시도하는 것이다.

세계 행위 예술계의 거목이자 '극진 퍼포먼스'의 창시자인 오동기가 23시 50분경 서울대교 중단에서 교통사고를 당해 강물로 추락하자, 신문에서는 '시대를 앞서 간 선구적 예술 거장', '인간의 운명을 가장 현장감 있게 그려 낸 아웃사이더'라는 제목으로 그를 추모하는 일대기를 게재한다. 그는 시공간의 장애를 극복한 무대 재현을 위해 '인간의 몸＋시간＋공간'의 삼위일체를 형상화하면서 '비시간적 영속성'이라는 방법적 개념을 도출해 낸다. 그것은 행위자의 자연스러운 삶이 가장 순수한 예술이며, 행위자가 죽기 전까지는 공연이 끝나지 않는다는 의미로 활용된다. 그러한 순수성에 대한 옹호는 그의 〈벼 베기 論〉에서 자신이 경작한 벼를 베는 농민의 노동 행위가 순수한 땀의 결정체임을 강조하는 것으로 이어진다. 특히 목적성이 개입되면 예술이라는 이름의 모든 창작 활동이 '대중의 망탈리테(심성 혹은 집단 무의식)'에 호소하는 '학습된 감동'을 띨 수밖에 없기 때문에 경계해야 한다는 취지에서 무작위성을 강조한다. 하지만 이러한 의도의 순수성은 거짓에 불과했음이 '죽은 오동기(실제로는 살아 있는)'가 공연 당시 상황을 조작했다고 진술하는 것에서 드러난다.

그의 공연 내용은 즉흥적이지만, 매 공연은 인간의 생로병사에 맞춘 퍼즐의 한 조각이며, 360회의 퍼즐을 규합하여 원을 구성하면 '순환의 고리에서 허덕이는 인간의 삶'이라는 주제를 완성하게 된다. 하지만 아들에 의해 필름으로 남겨진 공연의 횟수는 358회에 그치고 만다. 그의 아들은 공연이 360회를 모두 채우면 원형으로 이루어진 전용 상영관을 건립할 생각이었지만, 단 1개의 작품이 부족하여 작품 전체가 미완성으로 남게 되었다고 파악한다. 하지만 오동기의 생애 최후 작품을 보조해 달라는 부탁을 받은 젊은 애인 양금자에 의하면 사고사 위장이 바로 359회 공연이자 오동기의 평생 기획을 완성하는 마지막 작품이 된다. 마지막 장면에서 중년 남자가 꽃다발을 강물에 내던지고 스포츠카를 탄 채 사라지는 것으로 작품이 종결되는 것을 볼 때 오동기는 추락사로 위장한 채 자신의 공연 예술의 종지부를 찍고 새 인생을 출발한 것임을 확인할 수 있다.

죽은 것으로 위장한 채 다시 살아 순환적 삶을 스스로 완성하고자 한 기획이 바로 오동기의 전략이었던 것이다. 작가는 반전 서사를 밑면에 깔고 오동기의 죽음 위장 공연을 통해 행위 예술의 순수성과 파격성이 지닌 허구성을 폭로한다. 그 폭로는 행위 예술에서의 비순수성의 선언에 해당한다. 그리고 그 폭로 속에서 예술성과 통속성, 순수성과 비순수성의 경계 짓기 혹은 구획 짓기가 헛된 구분에 불과함을 직시한다. 결국 작가는 행위 예술의 비순수 선언이라는 서사적 장치를 통해 겉으로 드러난 사실만을 받아들이는 것이 아니라 그 이면에 감춰진 다양한 진실의 속내를 들여다볼 수 있어야 한다고 강조하는 것이다.

4. 환상통의 현실성

〈360〉이 예술의 순수성에 대한 통념과 예술가의 허위의식 등을 비판한다면 〈장마가 온다〉는 통증의 기원에 자리한 두려움의 심리적 외상을 극복하는 서사를 지니고 있다. 게임 스토리 작가인 화자가 자신의 고교 시절 통증의 기원이자 게임 속 악령 캐릭터의 주인공으로 형상화한 옛 동창 양동수를 만나 자신의 환상통이 허구적 왜상(歪像)에 의해 되살아났음을 깨닫는 작품이다. 작가는 부재하는 실체의 감각적 현존이 환상통의 현실적 기반으로 상존함을 통해 왜상의 현재성과 그 극복의 방편을 제시한다.

저녁 9시 뉴스에서 죄수의 탈옥 소식을 접하면서 12년 만에 고교 동창 양동수를 떠올린 화자는 새벽에 몸을 옥죄는 듯한 첫 통증을 감지한다. 게임 스토리 작가인 화자는 그 통증이 과거의 충격이 다시 재생될 때 과거와 동일한 아픔을 느끼게 된다는 '신경성 환상통(phantom-pain)'일 가능성이 높다는 진단을 받는다. 화자가 고교 시절 당한 지속적 폭행의 두려움이 그 시절 이후 치욕과 공포의 통증으로 화자에게 잠재되어 있었던 것이다. 하지만 탈옥한 양동수의 행적이 묘연한 가운데 화자의 통증은 고교 시절 공포를 환기하며 현재적으로 추체험된다.

사실 화자가 당선된 온라인 게임 스토리 〈영혼 전쟁〉에서 게임 속 최고의 악당 캐릭터인 '와이번'은 악마와 역병을 뜻하는 중세의 상상 동물로서 화자의 의식 속에 새겨진 양동수를 형상화한 괴물이다. 〈영혼 전쟁〉의 대중적 인기는 청소년들이 집이나 학교에서 받은 억압과 스트레스를 가상 공간에서 풀어내는 일종의 방어 기제로 해석된다. 결국 화자가 양동수로부터 받은 폭력적

억압과 스트레스가 자기 방어 기제로 작동하여 악당 캐릭터인 와이번을 창조하게 된 것이다. 그러나 화자의 의식 속 오랜 공포의 실체인 양동수는 평범한 농민으로 고향에서 생활한다. 다소 비슷하긴 하지만 TV 속에서 본 살인마 탈주범이나 화자가 상상하던 악마성의 표상과는 전혀 다른 모습인 것이다. 악인의 흔적을 찾을 길 없는 양동수와 헤어진 화자는 자신을 옥죄던 공포의 실체가 결국 환상통이라는 부재 원인에 불과했음을 깨닫고 허탈해 한다.

작가는 화자의 입을 빌어 게임 스토리가 현실이 아닌 픽션에 불과하며, 문제는 사실과 허구의 경계를 얼마나 실감 나게 허무느냐에 있음을 주목한다. 결국 〈장마가 온다〉의 공포의 실체는 사실과 허구의 경계를 허물면서 화자의 내면에 새겨진 실재하는 두려움의 왜상이었던 것이다. 그러므로 억압된 공포와 두려움의 원인인 양동수와의 실제 대면을 통해 화자의 상상적 통증은 사라진다. 상징계에 존재하는 양동수는 상상적 공포의 대명사가 아니라 그저 한낱 평범한 농부에 불과했기 때문이다. 상상계에 자리했던 살인마 탈주범은 상상의 동물 같은 '와이번'에 불과하다. 하지만 그것은 현실과 픽션, 사실과 허구 등의 경계선 상에 자리하며 화자의 통증을 통해 충분히 외화될 수 있는 허상 같은 실체이다. 신경성 환상통에 걸린 환자에게는 환상이 문제가 아니라 통증의 현실성이 심각한 문제였던 것이다. 작가는 현대인의 신경증적 통증이 대부분 환상과 실제 사이에 걸쳐 있음을 강조하고 있는 것이다.

5. 금지된 성욕에 대한 허기와 갈증

〈장마가 온다〉가 환상통의 부재 원인을 확인함으로써 화자의 트라우마를 극복하듯 〈달밤 달빛〉은 섹스 기피증에 걸렸던 여성 화자가 유년 시절의 억압된 욕망을 치유하는 방식을 보여 준다. 이 작품은 유년 시절 어머니와 정체불명 남자의 성교를 목격한 이후 섹스 혐오증에 시달린 여성이 달밤 아래 몽유병 환자가 되어 무밭을 헤매면서 정체 모를 짐승과의 상상적 성교를 통해 금지된 성욕에 대한 허기와 갈증을 해소하는 내용을 다룬다.

요양 차 지난봄에 월피동(月陂洞)으로 이사 온 화자는 결혼 전에 가벼운 우울증을 앓았고, 남편은 결벽증 환자처럼 바깥 세계와의 접촉을 꺼리는 번역가이다. ① 한 달 전쯤 화자는 산속 공터에 자리한 외딴집에서 사람처럼 깊고 그윽한 눈빛으로 TV를 보는 짐승과 눈이 마주치자 오싹한 공포를 경험하며 도망친다. ② 두 번째로 외딴집에 다시 찾아간 화자는 소파에 짐승이 아니라 쉰 살쯤 된 사내가 앉아 있는 모습을 보며 지난번 일이 자신의 신경 쇠약 때문에 빚어진 일이라고 결론을 내린다. ③ 세 번째로 외딴집으로 향한 화자는 허기와 갈증 속에 식은땀이 흐르고 몸 전체가 기이한 열기로 들뜨는 느낌을 받는데, TV 화면 속에서 여러 명의 남녀가 뒤엉킨 혼음 포르노가 상영되고 있었기 때문이다. 화자는 심한 모욕감에 휩싸인 채 정체불명의 짐승과 눈이 마주쳐 허둥거리며 도망친다.

화자는 아버지가 사망한 뒤 달밤에 정체불명의 짐승(어머니의 친구)이 어머니의 몸을 사납게 물어뜯는 장면과 어머니의 고통스러운 신음이 흐르는 현장을 단 한 번 목격한 후로 악몽에 시달린다. 이후 유년의 기억을 반복해서 보여 주는 꿈의 그 짐승이 자신의 이불을 들추고 몸을 할퀴고 물어뜯는 꿈도 꾼다. 아버지 자리를 대체한 짐승이 화자를 능욕하는 것은 어머니의 자리를 차지/거부하려는 화자의 금지된 욕망을 대변한다. 그러한 유년 시절의 기억 이후 섹스는 화자에게 더럽고 혐오스러운 행위 가운데 하나일 뿐이어서, 결벽증적 섹스 기피증을 지닌 채 남편과 섹스리스 부부로 지낸다. 하지만 이것은 화자의 착각에 불과하다는 사실이 몇 차례 유산을 했다는 남편의 진술로 드러난다.

어느 밤 몽유병 환자처럼 정체불명의 짐승 뒤를 따라나서는 화자는 허기와 갈증 속에 육체적 갈망을 감지한다. ④ 외딴집에 이르러 네 번째로 사내를 만난 화자는 혼음 포르노라고 여겼던 장면이 실은 인간과 가장 유사한 보노보의 집단 성교 장면임을 알게 된다. 보노보의 식사 전 집단 성교 장면의 목격은 유년 시절 이후 육욕을 거세해 온 화자에게 욕망의 족쇄를 해금하도록 요구한다. 뿐만 아니라 사내가 보여 준 르네 마그리트의 〈거짓 거울〉이라는 그림은 화자 내면에 감춰진 욕망을 마주할 전기를 마련한다. 그 그림 속 까만 동공 주변은 구름이 떠 있는 푸른 하늘로 채색되어 있고, 눈꺼풀 너머로 뭔가를 강렬하게 쳐다보고 있지만 초점은 텅 비어 있다. 그리고 그림을 통해 눈동자 안을 들여다보려고 하면, 눈동자 밖을 들여다보게 되어 있어 안과 밖의 설정이 무화된다. 그러므로 〈거짓 거울〉이 지닌 모호한 시선의 정치학은 그림 감상자가 자신의 욕망의 실체를 들여다보도록 유도하는 진실의 거울이라는 의미를 보여 준다. 욕망의 실상을 접한 화자에게 그 그림은 "무엇인가에 놀란 듯하면서도 실상은 그것을 즐기는 듯한, 공포와 분노, 의혹이 복잡하게 섞인 혼란스러운 눈빛"(119쪽)으로 느껴진다. 사실 놀라움과 즐김, 공포와 분노, 의혹 등 희로애락 애오욕의 다차원적 표정을 유발하는 〈거짓 거울〉은 옛날 화자네 간판 가게 안방 벽에 늘 걸려 있던 낡은 그림으로 유년 시절과 현재를 매개하며 '욕망의 진실'을 일깨우는 연결 고리로 작용한다.

⑤ 화자는 다섯 번째로 외딴집을 찾아가지만 그 자리에는 넓은 무밭만 존재할 뿐이고, 푸르고 싱싱한 무를 보면서 알 수 없는 허기와 갈증을 느끼고 어둠 속에서 검은 동공 하나가 뚫어지게 자신을 노려보고 있음을 감지한다. 이제 간판집 방 안에 걸려 있던 마그리트의 낡은 그림과 그림 속 눈동자, 정체불명의 검은 동공, 화자의 시선이 하나로 겹쳐져 금지된 성욕의 과거와 현재의

표정을 압축한다. 그리하여 화자의 금욕주의적 태도에 새겨진 상상계적 욕망의 왜곡(가족 로망스의 해체와 왜곡), 상징계적 욕망의 억압과 성교 거부(남편과의 성교와 성교 거부), 실재계적 충동 해소(정체불명의 짐승과의 가상 성교)의 삼위일체적 진실이 드러난다. 그리하여 숲 속 무밭에 누운 화자는 검은 물체(억압된 욕망의 실체)의 짙은 애무를 온몸으로 감지하며 한 마리 물고기가 되어 천천히 동네를 유영한다. 유년 시절 외간 남자와 어머니의 충격적 섹스 장면 이후 화자에게 억압되고 금제되어 있던 욕망이 이제야 비로소 해소되어 성적 해방의 희열을 온몸으로 수용하게 된 것이다.

화자가 네 번씩이나 들렀다고 생각했던 외딴집은 금지된 욕망이 들끓는 무의식의 지대가 된다. 그곳에서 무를 뽑아 먹는 행위는 페티시적 구강성교를 통해 그동안 금지되었던 육욕에 대한 허기와 갈증을 충족시키려는 상상적 행위가 된다. 르네 마그리트의 〈거짓 거울〉은 이러한 내면에 꿈틀대는 욕망의 본질과 진실을 드러내는 실재계적 응시가 된다. 그리하여 〈거짓 거울〉은 눈동자 안과 밖을 뒤섞으며 안팎의 구분 여부를 무화함으로써 육체에 대한 금욕과 탐욕의 구분 역시 덧없는 것임을 보여 준다. 뿐만 아니라 〈거짓 거울〉은 무 뽑아 먹기를 통해 거세 욕망을 충족시키는 화자를 응시함으로써 성교를 갈망하는 화자의 욕망을 드러내는 '진실의 거울'이 된다. 화자의 시선과 〈거짓 거울〉의 응시는 유년 시절의 기억을 현재화함으로써 거세된 과거의 진실을 드러낸다. 결국 '검은 동공'은 상징계로 진입하면서 거세되었던 화자의 성욕을 호명하여 금지된 욕망을 개방하는 상징적 장치가 된다.

6. 하나의 사실과 복수적 진실

〈달밤 달빛〉이 유년 시절의 충격으로 억압된 성욕을 해소하게 된 우울증 여성을 다룬다면 〈A.M. 12:00 모텔 그린필드〉는 대낮에 알몸으로 대도시의 네거리를 횡단한 중산층 유부녀를 목격한 주변 사람의 증언을 재구성하면서 하나의 동일한 장면이 여러 각도의 시선에 의해 전혀 다른 의미로 해석됨으로써 하나의 사실이 복수적 진실로 존재할 수 있음을 주목한다. 이러한 진실의 복수성은 근대적 합리성이 강제해 온 계몽적 단일성의 신화를 거부하는 탈근대적 문제 제기에 해당한다.

신문 기사적 사실은 6차선 도로의 네거리에서 정오가 되자 평범한 외모의 여자가 천천히 알몸이 된 채 하이힐을 벗고 무단 횡단을 감행한 뒤에 사라졌다는 내용이다. ① 하지만 택시 기사는 그 여자가 청바지를 입은 날씬하고 예쁘장한 여자였으며 매우 서두르는 기색이었고 돌발적으로 거침없이 시위라도 하듯 옷을 벗어 던진 것으로 기억한다. ② 반면 드림타워 경비는 여자가 검정 치마에 흰 블라우스를 입었고 검정 조끼를 덧입은 여자였으며 유니폼이 어딘가 낯이 익었고 노랗게 물들인 긴 생머리가 허리까지 찰랑댄 것으로 증언한다. ③ 드림타워 38층에 사는 오피스텔 남자(알몸 여자의 남편)는 비슷한 일상의 반복과 무료한 세상에서의 일상 탈출을 감행한 용감한 여자라면서, 자신의 아내인지도 모른 채 그 여자를 답답하게 억누르던 억압의 실체를 궁금해 한다. ④ 신문 가판대 여자는 도로를 헤치고 당당히 걸어온 최초의 여자를 보면서 알 수 없는 희열을 느꼈고 그 단발머리 여자가 한 마리 새처럼 자유로워 보였으며, 스물대여섯 살에 검은 치마에 붉은색 유니폼을 입고 있었고 백화점에 근무하는 아가씨가 틀림없으며 굽 높은 하이힐은 끝내 벗지 않았다고 진술한다. ⑤ 하지만 실제로 알몸이 된 그 여자는 38층 꼭대기에서 내려와, '언제 어디서나 스피드 ○○텔' 애드벌룬을 보고 풀이 우거진 초록색 숲이 네거리를 메우는 상상을 하면서 조끼를 벗어 팔에 걸친 채 두 팔을 벌리고 걸어서 '모텔 그린필드'로 간 것으로 기억한다. 여자는 일주일에 한두 번씩 그린필드에서 그 남자를 만났고, 무관심한 남편이 거리의 자신을 보고 있다고 생각하면 감전된 듯 저릿한 기분을 느꼈다고 진술한다. 이렇게 되면 '대낮 도심 네거리의 알몸 여성의 활보'라는 선정적 보도의 이면에는 무미건조하고 반복적인 도시적 일상에서 벗어나려는 공소한 현대인의 내면이 똬리를 틀고 있다는 진실이 드러난다.

알몸으로 도심 네거리를 횡단한 사실을 하나의 씨줄로 하여 다양한 관점의 날줄들이 교차하면서 하나의 사실이 여러 가지 진술로 왜곡되면서 오히려 복수적 진실로 드러날 수 있음을 보여준다. 다섯 사람의 진술 중 어느 하나의 발언도 거짓이거나 허구일 수는 없다. 관점과 시각과 시선의 차이에서 비롯되는 진실성의 차이가 있을 뿐이다. 각 개인들이 파악한 부분적 사실들은 개별적 진실성을 내포한다. 하지만 알몸 여성의 텅 빈 내면과 반복적 일상에서의 일탈 충동이라는 진실의 입체성은 그 진술들을 종합적으로 재구성했을 때에야 비로소 드러나게 된다. 이렇듯 작가는 우리 현대인들이 진실이라고 믿어 의심치 않는 사실들 중에 얼마나 많은 것들이 주관적이고 이기적인 색깔로 덧씌워져 축소·왜곡·과장될 수밖에 없는 것인지를 질문한다. 그러한 합리적 근대 세계에 대한 회의적 질문은 낭만적 거짓으로 소설적 진실을 찾아가려는 작가의 장인 정신을 보여 준다.

7. 허기로 짜깁는 생기

권정현은 실존의 허기를 짜깁는 작가이다. 도시의 일상인 혹은 유목적 개인들이 생의 활기를 잃어버린 부분에 착목하여 작가는 그 허기에 생기를 불어넣고자 한다. 허기의 곁에는 결핍이나 절망, 빈틈이나 고독, 공허 등이 함께한다. 거기에는 이성의 언어가 채집하거나 나포하지 못한 다양한 소수자의 표정이 존재한다. 그러므로 작가는 끊임없이 진실과 거짓, 사실과 허구의 경계를 허물어뜨리면서 질문한다. 과연 이 세계의 윤리성이 생의 허기를 채울 만한 온기를 내포하고 있는지, 아니면 우리 주변에 깊은 천길 낭떠러지 벼랑 끝으로 밀려난 존재가 산재하는 것은 아닌지 숙고하게 한다.

2인칭 시점을 활용한 〈수(繡)〉에서 부적처럼 '목어' 자수를 놓던 '당신'이 장삼 자락을 입고 떠난 '그'를 마음에서 지우기 위해 새로이 '봄 풍경'을 깁는 이야기 역시 허기를 응시한 결과물이다. "산다는 건 정말 지긋지긋"하다는 '그'를 향해 온 존재를 걸고 수를 놓으면서 작품 속 '당신'은 '그'가 안개였을 것이라고 짐작한다. '그'의 공간에 하나의 존재가 되기 위해 몸부림쳤지만 결국 '당신'이 찌른 곳은 허방이었으며 무엇도 존재하지 않는 바람 속이었다는 진실만이 남는다. 우리에게 작가는 독자인 '그'를 향해 수를 놓는 '당신'에 해당한다. 그리하여 '작가인 당신'은 '독자인 우리'의 허허로운 표정들에서 읽어 낸 허기를 생기로, 안개 같은 흐릿한 존재감을 햇빛 아래 선명한 실재감으로 뒤바꾸고 싶은 복두쟁이 이야기꾼이 된다.

권정현의 이야기는 생의 구석구석에 자리한 사회적 소수자들을 향해 있다. 그 변방의 세계를 활보하는 산보객에게서 비밀스레 감춰진 우리 내면의 진실을 마주할지도 모른다. 그리하여 부지불식간에 우리는 무밭에서 무를 뽑아 먹거나 고양이를 향해 총을 난사하거나 목어를 수놓거나 어미를 요양원에 버리거나 호랑이를 목격하거나 소외된 동성애자가 되거나 행위 예술가로 거듭나거나 악당 캐릭터로 분할 수도 있다. 그것은 우리가 하나의 사실 이면에 자리한 복수적 진실들의 진정성을 독해함으로써 얻게 되는 상상의 대가이다. 사실과 허구의 경계를 넘나듦으로써 그 경계 지점의 무화를 통해 진실의 복수성을 드러내고자 하는 것이 작가의 의도인바 우리는 그 의도의 교묘한 짜깁기에 박수를 보낼 일이다.

굿바이! 명왕성

초판 1쇄 인쇄일 · 2009년 3월 16일
초판 1쇄 발행일 · 2009년 3월 20일
지은이 · 권정현
펴낸이 · 임성규
펴낸곳 · 문이당

등록 · 1988. 11. 5. 제 1-832호
주소 · 서울시 성북구 동소문동 4가 83 청구빌딩 3층
전화 · 928-8741~3(영) 927-4990~2(편)
팩스 · 925-5406
ⓒ 권정현, 2009

홈페이지 http://www.munidang.com
전자우편 webmaster@munidang.com

ISBN 978-89-7456-421-6 03810